L.C.Tyler

L.C. Tyler est un auteur britannique qui vit actuellement à Londres. Après des études de géographie, il a travaillé au British Council, l'agence britannique internationale dédiée aux domaines de l'éducation et des relations culturelles, présente dans une centaine d'États à travers le monde. Il a ainsi vécu dans de nombreux pays, du Soudan à la Malaisie.

L.C. Tyler a ensuite dirigé le Royal College of Paediatrics and Child Health à Londres, établissement qui forme notamment les étudiants de troisième cycle en pédiatrie.

Il se consacre désormais entièrement à l'écriture. *Étrange suicide dans une Fiat rouge à faible kilométrage* (Sonatine Éditions, 2007) et *Homicides multiples dans un hôtel miteux des bords de Loire* (Sonatine Éditions, 2013) mettent en scène des enquêtes d'Ethelred Tressider.

Retrouvez toute l'actualité de l'auteur sur :
www.lctyler.com

HOMICIDES MULTIPLES DANS UN HÔTEL MITEUX DES BORDS DE LOIRE

DU MÊME AUTEUR
CHEZ POCKET

ÉTRANGE SUICIDE DANS UNE FIAT ROUGE
À FAIBLE KILOMÉTRAGE

HOMICIDES MULTIPLES DANS UN HÔTEL MITEUX
DES BORDS DE LOIRE

L. C. TYLER

HOMICIDES MULTIPLES DANS UN HÔTEL MITEUX DES BORDS DE LOIRE

Traduit de l'anglais
par Élodie Leplat

SONATINE ÉDITIONS

Titre original :
Ten Little Herrings

FSC — MIXTE — Papier issu de sources responsables — FSC® C003309

Pocket, une marque d'Univers Poche,
est un éditeur qui s'engage pour la préservation
de son environnement et qui utilise du papier fabriqué
à partir de bois provenant de forêts gérées
de manière responsable.

ISBN 978-2-266-24398-8

AVERTISSEMENT

Tous les personnages et les faits relatés dans ce livre sont imaginaires. Le passage page 42 où l'éditeur propose de son plein gré à un écrivain d'améliorer les termes de son contrat est purement fictif.

À mes parents
(toutes mes excuses pour avoir volé un nom)

« Combien de fraises poussent dans la mer ? »
M'a demandé l'homme du désert.
Je lui ai dit, comme il se doit,
« Autant que de harengs poussent dans les bois. »

Comptine anglaise

Prologue

La seule chose qui clochait au sujet de ma conversation avec Ethelred, c'était qu'il était mort depuis près d'un an.

Enfin bon, vous savez comment c'est. Vous êtes là, aux environs de minuit, confortablement installé dans l'appartement d'une personne décédée. Les hallebardes du Sussex s'abattent contre les fenêtres d'époque à guillotine. Un parquet craque, avec un peu de chance, c'est chez les voisins. Le téléphone sonne. Vous répondez, comme il se doit, un tantinet sur vos gardes.

« Résidence d'Ethelred Tressider », dis-je, ceci étant le nom de la personne décédée – bien qu'employer le mot « résidence » pour parler du placard qui servait d'appartement à Ethelred, ce fût prendre quelque liberté avec la vérité.

Il y eut un long silence, comme si la personne qui appelait ne s'attendait pas à obtenir de réponse ou n'en désirait pas vraiment.

« Ach ! Z'est la résidenz te herr Tressider ? demanda mon interlocuteur dans un accent que l'on peut sans hésiter qualifier de merdique.

— C'est bien ce que je voulais dire quand j'ai

répondu qu'il s'agissait de la résidence d'Ethelred Tressider », répliquai-je.

Cet échange me semblait étrangement rassurant, dans le sens où un téléphone qui sonne dans l'appartement froid et humide d'un mort au cœur d'une nuit aussi silencieuse que campagnarde, ça vous file les miquettes. Or, le fait d'avoir un crétin fini à l'autre bout du fil m'indiquait que ce n'était qu'un jour banal au bureau.

« Herr Tressider, le zélèbre écrivain ? »

C'est le mot « célèbre » qui me mit la puce à l'oreille.

« Qui est à l'appareil ? » demandai-je.

Nouveau long silence, qui trahissait que mon interlocuteur n'en savait encore trop rien.

« Je zuis dézolé de fous importuner, madame. Z'est British Gaz, répondit la voix d'un ton au triomphalisme touchant. Je foulais juste férifier gue le dhermostat édait réklé à la bonne dempérature pour l'hifer.

— Ethelred ? C'est toi, n'est-ce pas ? »

Cette fois, la voix n'hésita pas.

« Non. Z'est British Gaz. Contrôle de zécurité gratuit.

— À minuit ?

— Oh, désolé, memsahib. Il n'est pas minouit au centwe d'appel. À Bangalore nous twavaillons tous twès dur. »

En réalité (je sais situer Bangalore sur une carte), il aurait dû être aux alentours de cinq heures du matin, mais ce n'est pas ça qui l'avait trahi.

« Pourquoi votre accent est-il passé de l'allemand au gallois ? m'enquis-je.

— Pas gallois, indien. À Bangalore, nous sommes tous twès, twès indiens. S'il vous plé, pouvez-vous me confirmer que le thermostat de sir Twessider a bien été réglé pouw siouppporter votre hiver anglais ?

— Ethelred, arrête tes conneries. »

Il fallait bien qu'il y en ait un qui en vienne au fait.

« Le thermostat est au poil pour l'appartement d'un mort. Si tu penses ne pas être mort, je le remonterai d'un ou deux degrés. Et maintenant, espèce d'abruti, où es-tu au juste ?

— Mort ? »

On discernait dans sa voix un soupçon d'inquiétude qui n'était pas entièrement lié au chauffage central. Je me souvins alors que la nouvelle de son décès n'avait peut-être pas été jusqu'à ses oreilles – voilà un point qu'il me faudrait lui expliquer en temps voulu. Et si possible de manière beaucoup plus cohérente que je ne vous l'explique en ce moment. Oh… et c'est moi qui l'ai tué, au fait. C'est sûr, un jour ou l'autre, cela allait nécessiter une explication digne de ce nom.

Ethelred Tressider, car je ne doutais point que ce fût lui, aurait été plus apte à vous raconter cette histoire. En tant qu'écrivain de romans policiers méconnu mais néanmoins aguerri, il savait tout de l'art de l'intrigue, des personnages, du rythme et ainsi de suite. Jamais il n'aurait raconté le coup de téléphone d'un mort à la première page ni révélé accidentellement l'identité du meurtrier à la deuxième. En tant qu'écrivain de romans policiers méconnu mais néanmoins aguerri, il en serait encore à exposer soigneusement le décor et à expliquer qui est qui. Jamais il n'aurait foncé tête baissée dans l'histoire en laissant les lecteurs suivre ou non selon leur bon plaisir. Et puis, en tant qu'écrivain de romans policiers méconnu mais néanmoins aguerri, ça allait foutrement le mettre en boule de découvrir que je l'avais tué.

Des excuses semblaient s'imposer.

« Ethelred, tête de nœud, tu te rends bien compte que tout est de ta faute ?

— Tout est de la faute de sir Twessider ? »

La voix semblait désormais aussi dépitée que galloise.

« Abrégeons, tu veux ? Où es-tu, Ethelred ? J'ai besoin de le savoir… pour des raisons que je t'exposerai de vive voix.

— Bangalore, répondit la voix dans une ultime et pitoyable tentative d'autopersuasion.

— Tu veux dire Bangalore, Cardiganshire ?

— Moi je pas savoir quoi être Cardiganshire.

— *Nos da*, répliquai-je.

— *Nos da* », me fit-on tristement écho.

Et je raccrochai. Ma foi, s'il voulait jouer les couillons, je comptais bien le laisser mariner un moment.

Bien sûr, à peine avais-je raccroché que je regrettai mon geste. Après tout, cet appel, ça faisait presque un an que je l'attendais : ces fameux onze mois étranges qui s'étaient écoulés depuis la mort si tragique et si improbable qu'avait connue Ethelred entre mes mains. Maintenant qu'il redonnait signe de vie, je me voyais contrainte de passer à nouveau en revue les motifs qui m'avaient poussée à l'acte. Ce n'était pas à proprement parler de la jalousie. Je ne suis vraiment pas du genre jalouse, vous le savez bien. Ethelred n'était rien pour moi et, bien que je fusse persuadée qu'il lorgnait ma silhouette taille 38 (d'après certaines étiquettes en tout cas), je n'étais sûrement rien pour lui non plus. Restait qu'il avait choisi de me délaisser pour s'envoler rejoindre sa Morue : la Femme écarlate, dont jamais mes doigts ne taperont le nom. Vous pourriez me répliquer que tous les écrivains quinquagénaires ont le droit à une morue. Mais elle c'était la mauvaise morue *pour lui*. Franchement. Je lui avais fait une faveur en le tuant en plein vol.

Un craquement de parquet et un nouveau râle de la fenêtre à guillotine vieillissante me firent brusquement atterrir. L'oreille tendue, j'écoutai plusieurs coups se succéder, puis le silence reprit le dessus dans le West Sussex. Quelque prostate farceuse contraignait-elle son propriétaire à faire un petit saut de minuit aux toilettes ? Je rappelai à mon bon souvenir que je ne croyais pas aux fantômes, pas même à ceux des écrivains de romans policiers techniquement trépassés.

Il ne me restait plus qu'à retrouver la piste d'Ethelred afin de mettre cette affaire au clair. De lui expliquer en quoi il était mort et, histoire de voir le bon côté des choses, en quoi il était vivant. De lui expliquer pour quelles raisons (mineures) la faute pouvait m'en être imputée et pour quelles raisons c'était sa faute entière et absolue. Au beau milieu de cette confusion, il me fallait me concentrer sur des données chiffrées. Le nombre qui me vint immédiatement à l'esprit fut quinze pour cent (vingt-cinq sur les droits de reproduction, d'adaptation et de traduction). Oui, c'était bien la seule chose dont je pouvais être certaine. Qu'Ethelred Tressider fût mort ou vivant, je restais son agent.

1

Je n'ai pas toujours été agent.

Quand j'étais petite, je voulais devenir vétérinaire. J'aimais l'idée de m'occuper de créatures dotées d'une intelligence minimale qui avaient besoin de quelqu'un pour balayer derrière elles. Je voulais passer ma vie en compagnie d'êtres inférieurs incapables d'avoir le dernier mot. Il ne m'avait pas fallu longtemps pour trouver ma véritable vocation dans la vie.

L'agence Elsie Thirkettle attira vite un certain nombre de jeunes auteurs prometteurs d'un très grand mérite littéraire, mais je parvins à jeter la plupart. C'est une question de quantité, pas de qualité, voyez-vous. L'objectif de la révolution agricole était de faire deux récoltes par an avec un champ qui, à la base, n'en produisait qu'une. C'est à peu près la même chose pour les livres. Les royalties perçues sur un livre dont l'élaboration a pris cinq ans sont en général à peu près équivalentes à celles perçues sur un livre écrit en six mois. Je peux récolter mes auteurs deux, voire trois fois. Mes commandements sont les suivants :

1) Le premier commandement d'Elsie : arrache le manuscrit de leurs sales petites pattes dès l'instant où ils atteignent le nombre de mots requis.

Par certains côtés, un deuxième jet sera meilleur mais, par d'autres, à n'en pas douter il sera pire. Contente-toi de l'envoyer à un éditeur et laisse le gentil correcteur faire le reste. Mais avant ça, surtout veille à ce que l'intrigue soit bien différente de celle du livre précédent – voir à ce sujet le deuxième commandement d'Elsie.

2) Deuxième commandement d'Elsie : oblige-les toujours à écrire une suite s'ils en sont capables. Après tout, ils ont déjà les personnages. Ils ont planté le décor. Ils ont accroché quelques lecteurs inconscients. Certes, écrire des suites est la marque indubitable des auteurs de seconde zone, mais, là encore, voir le troisième commandement d'Elsie.

3) Troisième commandement d'Elsie : les romans écrits par des auteurs de deuxième, voire de troisième zone, coûtent aussi cher que ceux écrits par des écrivains de premier choix. Bizarre, quand on y pense. C'est un peu comme vendre du vison au même prix que du nylon sous prétexte qu'un manteau est un manteau. Ou vendre un château-lafitte au même prix qu'une piquette. Ou encore vendre au même prix le bon et le mauvais chocolat (bien que, de toute évidence, le mauvais chocolat n'existe pas). Cela vous paraît impossible ? Reportez-vous au quatrième commandement d'Elsie.

4) Quatrième commandement d'Elsie : c'est dingue tout ce qu'on nous passe.

Ethelred constituait l'un de mes succès. Dans les premiers temps, il rêvait de prix littéraires et de critiques élogieuses, mais, après lui avoir expliqué clairement les choses, j'avais réussi à obtenir au moins deux, parfois même trois ou quatre livres par an sous un large panel de pseudonymes. Il écrivait surtout des polars, mais aussi des romans à l'eau de rose. Selon moi, ce qui rendait ses romances si poignantes, c'était de s'être maintes et maintes fois fait plaquer par des femmes diverses et variées et de façon répétée par son (ex)-femme. Il méritait mieux. Pas moi forcément, mais quelqu'un de très semblable à moi.

Et puis, brutalement, il avait connu une espèce de crise de la cinquantaine et avait décidé de se faire la malle avec la Femme écarlate (dont mes doigts, etc.) sans m'en toucher un traître mot avant d'avoir quitté le pays. Ce n'était que justice que j'omette de l'entretenir de sa mort quelque temps plus tard.

J'aurais pu croire qu'il avait l'intention de disparaître à vie s'il ne m'avait pas laissé des instructions minutieusement détaillées concernant l'entretien de sa chaudière pendant son absence. C'est le genre d'auteur de polars qui s'inquiète beaucoup au sujet de sa chaudière.

Étant son agent littéraire, je n'avais pas uniquement la charge de cette dernière. Lui parti, je payais ses factures, ouvrais tout courrier qui me semblait intéressant, virais ses royalties (moins des frais d'agence raisonnables) sur son compte et vérifiais ses relevés bancaires et de cartes de crédit en quête d'un indice quant à sa localisation ou ses activités. Me rendre de temps en temps dans son appartement me permettait aussi de m'assurer que tout le reste était en ordre et de rassurer ses voisins en leur disant qu'il était toujours en voyage de recherche pour son prochain roman. Il m'arrivait, mais très rarement (parce que le trajet du retour était long), d'y passer la nuit. En réalité, ce n'était pas si long que ça de retourner à Hampstead, mais quand j'étais chez lui, entourée de la présence rassurante de ses informes vestes en tweed, de son vieil imperméable défraîchi et de ses bottes en caoutchouc vertes, il m'était plus facile de croire que son escapade n'était que ce que j'expliquais aux gens : une simple aberration temporaire.

Les relevés de compte et tout le reste, en revanche, indiquaient l'inverse. Côté finances, c'était l'encéphalogramme plat. Pas le moindre signe de vie. En ce qui me concerne, mon relevé de carte bancaire constitue un indice vital : quand il ne bougera plus, vous saurez que je suis morte. Mais Ethelred était capable de survivre des mois durant avec un bol de riz et une barre de céréales bio. L'unique critère qui présidait au choix de ses vêtements était leur durabilité. Ainsi donc, l'absence de dépenses ne signifiait pas obligatoirement qu'il était temps de refermer le dossier.

Cela valait indubitablement la peine de tenter de le faire revenir, hélas il n'existe pas de manuel pour retrouver les auteurs disparus – aucun indice sur Internet. Pas d'annonces dans les journaux locaux – chiens perdus, oui, auteurs perdus, non. Visiblement, ce n'est pas là une pratique courante.

Et soudain, j'eus une illumination. Si jusqu'ici il n'avait pas eu besoin de se servir de sa carte de crédit ni de sa carte de retrait, c'est parce qu'il avait eu accès à une autre source d'argent. Mais croyez-en mon expérience, tôt ou tard le liquide se tarit. Et alors là, il lui faudrait sa Visa. Si j'attendais l'arrivée du relevé, je saurais où il s'était servi de sa carte, mais je ne pourrais être certaine que de l'endroit où il se trouvait le mois *précédent*. En revanche, si j'annulais toutes ses cartes…

Il serait faux de dire que ce fut fait en un clin d'œil. Les entreprises de cartes ont tendance à vouloir parler au propriétaire de la carte en question, mais si vous les convainquez que vous venez de perdre la Visa que quelqu'un vous avait confiée et que vous craignez qu'elle et le code PIN ne soient tombés entre les mains de personnes malintentionnées et aux goûts dispendieux, alors la panique suscitée les poussera à se mettre en branle. En vingt minutes, Ethelred se retrouva, ô tragédie, dépourvu de crédit.

Je me détendis dans l'attente d'un nouveau coup de fil.

Il arriva en l'espace de quinze jours.

Entre-temps, je m'étais interrogée sur la localisation probable d'Ethelred. Il aimait passer ses vacances dans la vallée de la Loire, où il séjournait dans des hôtels au papier peint décollé, buvait des vins inconnus au bataillon et venait confirmer tous les préjugés des Français concernant l'Anglais à l'étranger. Mais cette hypothèse était bien trop évidente pour constituer une véritable possibilité. Et il n'était certainement pas à Bangalore. Il n'appréciait guère Benidorm, Corfou ni tous les autres endroits qui attiraient en masse ses compatriotes. Voilà qui nous laissait la plus grande partie du reste du monde, lequel était vaste. J'étais encore indécise au moment de l'appel.

Il était vingt et une heures quand, dans mon appartement de Hampstead, mon téléphone grenouille fantaisie du meilleur goût se mit à chanter *Greensleeves*.

Je coupai la chique à l'amphibien au milieu d'un couplet en soulevant le combiné.

« Elsie Thirkettle, dis-je.

— As-tu annulé mes cartes de crédit ?

— Pourquoi ferais-je une chose pareille ?

— Je n'en ai aucune idée. Le pourquoi de ton geste

ne m'intéresse guère. Je t'ai juste demandé si c'était toi.

— Tu t'es fait la malle en me plantant comme une bouse, répliquai-je en mobilisant une juste indignation. Comment pouvais-je savoir si tu étais censé être mort ou vivant ? Un coup de fil n'aurait pas fait de mal. Même une carte postale, ça aurait été mieux que rien.

— Je t'ai téléphoné il y a deux semaines.

— Non, c'était British Gaz. Tu te souviens ? »

Bizarrement, il n'y eut pas de réponse.

« Pourquoi ne pouvais-tu pas avoir une crise de la cinquantaine banale ? poursuivis-je. Tu ne pouvais pas acheter une Harley-Davidson, rallier un groupe de heavy metal, embrasser la religion ? Pourquoi cela devait-il impliquer de disparaître sans laisser de trace ? Avec Elle ? »

Il y eut un long soupir.

« À l'époque, l'idée semblait bonne.

— Et maintenant ?

— Et maintenant, j'aimerais qu'on me rende mes cartes de crédit. S'il te plaît.

— Où es-tu au juste, Ethelred ? »

Il y eut un silence.

« À l'étranger. »

Il se montrait plus prudent que de raison.

« Alors cet appel doit te coûter un bras. »

Nouveau silence.

« Je n'y avais pas vraiment pensé, répondit-il.

— Eh ben penses-y maintenant et viens-en au fait.

— Il faut que tu relances mes cartes de crédit.

— Il n'y a que toi qui puisses le faire.

— Super. Qui dois-je appeler ?

— Ce n'est pas aussi simple.

— Pas aussi simple ?

— Il faut que tu ailles à la banque en personne pour clarifier une ou deux choses.
— Une ou deux choses ?
— Disons à peu près six.
— Aurais-tu fait une bêtise ?
— Non, mentis-je.
— Alors, qu'est-ce que je fais maintenant ?
— Si tu veux pouvoir réutiliser une Visa un jour, il va falloir que tu reviennes en Angleterre. »
Il y eut un long soupir.
« Dans ce cas, peux-tu appeler mon hôtel pour payer la facture avec ta propre carte de façon à ce que je puisse partir ?
— Non.
— Mais… protesta la personne sans carte fixe.
— Je refuse de payer ta facture pour que tu puisses te barrer avec je ne sais quelle morue. Tu es incorrigible avec les femmes. Je viens te chercher. Où faut-il que mon avion atterrisse ?
— Il n'y a plus de femmes dans ma vie – et certainement pas de morues. Quant au vol, il faudra que tu ailles à Tours, j'imagine, si tu veux prendre l'avion. Mais il est sûrement plus simple de prendre le train. Je suis dans la vallée de la Loire – à l'hôtel La Vieille Auberge de Chaubord, pour être exact. Il est juste en face du château. Tu ne peux pas le rater.
— Aurait-il du papier peint décollé, par hasard ?
— Oui, c'est le seul genre de papier peint qu'il ait.
— Est-ce que ça sent le moisi et le vieux fromage ?
— Les deux, oui.
— Y aurait-il autre part où loger ?
— Très certainement, mais moi je loge ici à présent. Ça me plaît.

— Alors réserve-moi une chambre pour demain soir.

— Une seule nuit ?

— Je ne vois pas pourquoi nous resterions plus longtemps. »

Je me disais qu'il fallait qu'on reste juste le temps que je lui explique ce que j'avais fait et qu'il comprenne pourquoi c'était pour son bien.

Évidemment, je ne pouvais pas savoir que, dans un hôtel bourré de philatélistes, les clients allaient tout à coup se mettre à s'entretuer. Ce n'est pas vraiment le genre de choses qu'on prévoit, n'est-ce pas ?

2

Ethelred vint m'accueillir à la gare. Pour une raison qui m'échappe, il était vêtu comme l'Anglais à l'étranger. Il portait un costume en lin froissé, une cravate à rayures froissée et un panama. Cet accoutrement aurait paru excentrique à n'importe quelle époque mais, dans une gare provinciale par un après-midi de décembre pluvieux, il attirait de nombreux regards admiratifs.

« Ethelred, pauvre con, dis-je en me dressant sur la pointe des pieds afin de lui planter une bise sur la partie inférieure de ses deux joues. Pourquoi t'es-tu déguisé ?

— C'est tout ce que j'ai. Tu as annulé mes cartes, tu te souviens ?

— Tu dois bien avoir d'autres vêtements. Cela fait des mois qu'il fait trop froid pour porter ce genre de tenue.

— Pas là où j'étais.

— À savoir ?

— Je te l'ai déjà dit : en Inde.

— Tu travaillais *vraiment* dans un centre d'appel de British Gaz à Bangalore ?

— J'ai peut-être inventé quelques détails, concéda-t-il en regardant par-dessus ma tête. (Il est légèrement plus grand que moi.) En réalité, j'étais à Goa quand je t'ai appelée, ajouta-t-il comme si ça prouvait quoi que ce soit.

— Tant mieux pour toi.

— Mais j'ai été à Bangalore.

— As-tu idée à quel point je m'en tamponne le coquillard, de l'endroit où tu as été avec cette imbécile ?

— Oui.

— Parfait. Alors quand es-tu arrivé ici ? »

Il haussa les épaules.

« Il y a quelques jours.

— Tu ferais mieux de retourner dans le Sussex, alors. »

Il hocha docilement la tête.

« Ce que je ne comprends pas en revanche, dit-il, c'est pourquoi tu ne cesses de me dire que je suis mort. Qu'as-tu fait au juste, Elsie ? »

Je songeai à l'explosion de l'avion et, l'espace d'une petite seconde, je ressentis ce qui ressemblait vaguement à du remords. Je me rendis compte que tôt ou tard il allait falloir cracher le morceau. C'est pourquoi je me redressai de toute ma hauteur et demandai :

« Tu ne saurais pas où je pourrais me procurer du chocolat dans le coin, par hasard ? »

Après tout, il s'agissait d'une véritable urgence. J'avais oublié d'en acheter avant de quitter Saint-Pancras et, après cinq heures de voyage, je commençais à avoir des sueurs froides, la tremblote et la vue trouble.

« Il se trouve qu'il y a une *chocolaterie*[1] en ville.

1. En français dans le texte. *(N.d.T.)*

Elle s'appelle Apollinaire. On m'en a dit le plus grand bien.

— Je vais d'abord déposer ma valise à l'hôtel. Tu m'y emmèneras ensuite. »

En vrai gentleman, il s'empara de mon bagage et nous entamâmes ce qu'il appelait une petite marche jusqu'à l'hôtel. Cependant, ils avaient placé le centre-ville du mauvais côté du fleuve par rapport à la gare, et un vent glacial soufflait sur la Loire. La conversation fut réduite au minimum durant la traversée du pont.

« As-tu apporté des journaux anglais ? » finit-il par demander.

L'éternelle question de l'Anglais à l'étranger.

Il se trouve qu'on m'en avait donné un à bord de l'Eurostar, mais je l'avais jeté dans une poubelle à la gare du Nord. Je pus néanmoins le mettre au courant des principales informations qui, selon moi, étaient dignes d'intérêt pour un écrivain de polars.

« Une bijouterie a été cambriolée à Londres. Sacré butin. Et puis il y a eu cette entreprise qui a été rachetée par une autre – la russe, là, tu sais ? –, eh bien la caisse de fonds de retraite est un vrai merdier et les retraités se retrouvent sur la paille. Enfin bon, il ne s'agit pas vraiment d'un délit, si ? Je veux dire, ils ont le droit de faire ça, non ? »

Je m'interrompis. Ethelred eut un vague hochement de tête, signifiant par là soit qu'ils avaient le droit, soit non, soit qu'il s'en foutait comme de l'an quarante.

« Ah oui, poursuivis-je. Il y avait aussi une autre histoire de trafic intéressante. Quelqu'un essaie de faire chanter la célèbre entreprise de soda. Il prétend détenir la recette secrète de leur coca et menace de la publier sur Internet si l'entreprise ne raque pas.

Désolée, j'avais oublié, tu ignores ce qu'est Internet, pas vrai ? »

Ethelred haussa les épaules, montrant ainsi qu'il parlait bien un peu le français et répliqua :

« Les résultats du foot ?

— Mercredi Tottenham a battu Manchester quelque chose… »

N'était-ce pas plutôt du cricket ?

« Où se trouve l'hôtel, exactement ?

— On y est presque. Tu vois ces lumières devant nous ? Juste en face du château. Aucune nouvelle sur le front littéraire ?

— Si, ton dernier roman a été évoqué comme un prétendant sérieux au Booker Prize.

— Vraiment ? »

Il s'illumina.

« Crois-y. »

On aurait quand même pu s'attendre à ce qu'un écrivain perçoive l'ironie, non ?

Je me creusai les méninges en quête d'un sujet quelconque qui aurait pu le divertir.

« Il y avait un article sur la découverte d'un dix couronnes puce. »

C'était une histoire intéressante dans son genre, et non dépourvue de ses propres petites ironies. Elle concernait un micro-bout de papier rose aux dentelures blanches écornées originaire du Danemark. Jusqu'à récemment, il n'existait au monde qu'un seul exemplaire de ce timbre : il avait été vendu au Danemark dans les années 1850, quand dix couronnes auraient suffi à poster un éléphant d'Odense à Arhus aller et retour. Apparemment, ils n'en avaient jamais eu besoin de beaucoup. Étant l'unique spécimen à avoir survécu, ce timbre valait un *chouia* plus que dix couronnes. La mauvaise nouvelle pour son propriétaire, c'était que, à Nykøbing, un collectionneur était tombé sur deux autres spécimens dans son grenier. Ainsi donc, le timbre rose avait cessé de faire partie de ce club exclusif extrêmement prisé des exemplaires uniques. Suite à la simple rumeur de l'existence d'autres timbres de la même couleur et du même prix, sa valeur marchande avait plongé du jour au lendemain – réduite à la somme dérisoire d'un million de dollars ou dans ces eaux-là. On avait laissé entendre que les timbres récemment découverts devaient être des faux. Mais ce n'était que le début de l'histoire, car ces derniers avaient de nouveau disparu de la circulation. Le propriétaire était mort et sa famille, qui avait toujours considéré l'intérêt d'oncle Knud pour la philatélie comme une perte de temps et ne lisait pas les magazines adéquats, avait décidé de vider la maison avant de la vendre. Ce n'est qu'après avoir été contactés à plusieurs reprises par des vendeurs de timbres pleins de sollicitude mais néanmoins très intéressés, que les héritiers avaient vérifié le testament et s'étaient souvenus de deux albums et de plusieurs sacs de timbres divers et variés qu'ils avaient bradés sur un marché aux puces. Malgré ça, ils ne se rappelaient pas s'il y en avait eu deux roses, même s'ils penchaient fort pour l'affirmative. La famille était, comme on dit, dégoûtée.

À l'inverse, il devait y avoir quelque part quelqu'un d'assez content étant donné que les timbres avaient été vendus pour la modique somme de cinq couronnes le sac – à peine de quoi payer l'affranchissement d'un cure-dent en ivoire auquel on ferait traverser Copenhague. On supputait que, si la famille découvrait l'identité de leur propriétaire, elle pourrait essayer de les récupérer devant les tribunaux – même si on ne voyait pas bien de quel procès il pourrait retourner, hormis celui de leur propre stupidité.

Bizarrement, cette histoire-là capta l'attention d'Ethelred dans le sens où il poussa un de ses longs soupirs habituels.

« On ne parle que de ça à l'hôtel. »

Comme nous ne nous trouvions pas à Nykøbing, cela était quelque peu surprenant.

« Il y a un grand marché aux timbres au château, expliqua-t-il d'un air las. Il s'est terminé aujourd'hui, d'ailleurs mais, depuis mon arrivée, la plupart des clients de l'hôtel ne sont que des collectionneurs ou des marchands de timbres. De temps à autre, ils parlent timbres. Au petit déjeuner. Au déjeuner. Au dîner. Dans le salon. Derrière le bar. Dans les couloirs. J'ai peur pour leurs âmes.

— On peut finir en enfer pour avoir parlé timbres ?

— J'espère bien », répondit Ethelred avec ferveur.

Mais en réalité, les timbrophiles ne parlaient pas que de timbres. Je rencontrai à la réception de l'hôtel un charmant philatéliste russe du nom de Grigory Davidov. Il était un petit peu plus rondouillet que ne l'aurait voulu son médecin et pas qu'un peu orgueilleux, mais il avait de solides connaissances en matière de chocolat.

« Apollinaire ! s'exclama-t-il avec déférence après m'avoir entendue discuter avec Ethelred. Quoi que vous fassiez, n'oubliez pas d'acheter quelques truffes à la pêche. Elles sont *divines*. »

Il fit un simulacre de bisou baveux à l'aide de ses gros doigts et de ses grosses lèvres. Je notai dans un coin de ma tête de me calmer un poil sur le chocolat si jamais je venais à redouter d'engraisser à ce point, même si, avec une silhouette comme la mienne, on peut prendre un ou deux kilos sans que ça se voie.

« Des truffes à la pêche ? répétai-je dans une gamme non moins déférente.

— Ils sont tous bons, bien sûr – les fondants, les crèmes à la violette, les truffes au champagne –, mais c'est toujours la truffe à la pêche que je choisis en premier dans une boîte. Le premier chocolat d'une boîte pleine, c'est un moment sacré, ne pensez-vous pas ? »

Je hochai la tête. C'est tellement vrai.

« Évidemment, pour la ligne, ils ne sont pas aussi bons, ajouta Davidov avec un gloussement guttural.

— Vous les portez bien, mentis-je.

— Avec la silhouette que j'ai, je peux prendre un ou deux kilos sans que ça se voie », répondit-il dans un sourire modeste.

Traitez-moi d'imbécile si ça vous chante, mais, pour commencer, je me contentai d'acheter une petite boîte d'assortiment de truffes. Je n'étais pas encore revenue à l'hôtel que j'en avais déjà mangé la moitié. Et effectivement, elles étaient très, très bonnes. De toute façon, je pourrais toujours aller en acheter d'autres le lendemain avant de quitter ma chambre.

Et traitez-moi d'obsédée de la friandise cacaotée si ça vous chante, mais ce n'est que lorsque mon organisme eut recouvré son taux de chocolat habituel que je me souvins n'avoir pas répondu à la question d'Ethelred. Pourquoi ne cessais-je de radoter au sujet de sa mort ? C'est sûr, il allait falloir que je m'explique.

Mais, de mon point de vue, cela pouvait attendre un peu. Sans compter qu'il y a un paquet d'auteurs qui valent plus cher morts que vivants. Tout allait bien se passer.

3

Elsie avait raison, comme toujours. Quitte à avoir une crise de la cinquantaine, autant qu'elle soit conventionnelle, et mon choix de compagne s'était révélé peu judicieux. Le temps d'appeler Elsie à l'aide, j'avais été humilié, délaissé. Évidemment, j'ai l'habitude de l'humiliation, le seul élément inédit avait été d'en faire l'expérience en Inde. Après réflexion, je dois dire que subir une humiliation en Inde fait *grosso modo* le même effet qu'à Oxford, à Londres ou dans le Sussex. Se rendre là-bas dans ce simple but n'en vaut absolument pas la chandelle. Vous pouvez me croire.

Et pourtant, un an auparavant, tout avait si bien commencé.

D'un seul bond, du moins est-ce l'impression que j'avais eue, j'avais été libre. En tant qu'écrivain, je me suis toujours efforcé d'éviter les clichés les plus rebattus, mais c'est bel et bien l'impression que j'avais ressentie alors que, valises en main, je filais en douce du parking courte durée pour me diriger vers le terminal en laissant Elsie dans ma voiture à cuver les effets d'une tasse de chocolat chaud légèrement droguée. J'étais un homme libre, un écrivain libre. Cela faisait un moment qu'Elsie me disait de me remuer.

Je ne faisais que suivre ses instructions, comme bien souvent. Elle n'avait simplement pas envisagé que je pourrais la droguer afin de prendre tranquillement la poudre d'escampette.

Qui plus est, ce qu'elle ignorait, c'est que j'avais prévu mon coup depuis un bon moment. J'avais les billets d'avion dans ma poche. Un portefeuille rempli d'argent liquide qui, avec un peu de chance, me permettrait de voir venir pendant un certain temps. J'avais laissé des instructions précises concernant l'entretien de ma chaudière. J'étais un esprit libre, enfin.

Alors que je regardais par la vaste baie vitrée en me dirigeant vers le hall d'embarquement, j'avais vu que le soleil se levait. Certes, il ne se levait qu'au-dessus de Hounslow, mais il symbolisait d'autres aurores en d'autres lieux, dont je ne pouvais que deviner le nom.

« Bon voyage, monsieur, m'avait dit la jeune femme en me tendant ma carte d'embarquement.

— Tu l'as dit, bouffie », avais-je répondu.

Et pendant un temps, c'est vrai qu'il avait été agréable. Vraiment. Moi et ma « morue » (comme Elsie persiste à l'appeler) nous baladions pieds nus le long d'innombrables plages désertes au sable d'une blancheur aveuglante ; nous admirions le ciel crépusculaire incandescent (et, de temps à autre, le ciel levant incandescent) au-dessus de récifs de corail rose ; tantôt nous nous perdions dans la contemplation de lointaines collines bleues ; tantôt nous trouvions d'étranges temples abandonnés, à moitié dissimulés dans les ombres profondes des bananeraies qui bordent les rizières virides. Une nuit, nous dormions entre les draps de soie crème de l'hôtel le plus coûteux de Singapour, une bouteille de champagne vide posée au pied du lit à baldaquin, et, la suivante, nous nous retrouvions quelque part à Sumatra dans une cabane sur la plage, où les doux rayons du clair de lune tropical glissaient sur notre couche à travers les volets cassés. Une autre fois encore, nous avions dormi sur des coussins rouges fanés, allongés sur le pont d'un boutre que nous avions loué à la journée, et nous avions mangé du poisson à la chair rose que nous avions pêché et fait griller sur du bois flotté blanchi, perchés sur un minuscule îlot rocheux au milieu de l'océan Indien. Nous avions dégusté un excellent steak dans une gargote délabrée du quartier des prostituées de Jakarta tout en échangeant nonchalamment des commentaires sur les filles peinturlurées et leurs clients qui traversaient les lieux. Nous avions voyagé à dos de mule le long d'étroits sentiers et avions passé plusieurs semaines dans un monastère lové au creux d'une vallée secrète dans l'Himalaya, où nous nous réveillions chaque matin en buvant du thé arrosé de beurre rance, surplombés par un filament de nuée blanche qui s'échappait du sommet de l'Annapurna dans le ciel cobalt. L'argent que j'avais apporté avait été suppléé par les gains mal acquis et plus conséquents de ma compagne. Rien n'était organisé. Nous agissions par caprice. Et puis, un beau matin, par caprice sans doute, je m'étais retrouvé seul. Elle était partie et, manifestement, l'argent qui me restait avait choisi de l'accompagner. Pour lui, la vie serait courte, mais heureuse.

J'avais passé la journée à arpenter la plage pieds nus afin de me prouver que je pouvais parfaitement être un esprit libre et seul. Un peu plus tard, je m'étais acheté une paire de chaussettes. Et le soir même, j'avais résolu qu'il valait mieux que je m'assure que tout allait bien du côté de ma chaudière dans le Sussex.

À ce stade-là, je n'avais encore aucune envie de

contacter Elsie, mais je m'étais dit que si j'appelais à mon ancien numéro et que mon téléphone fonctionnait, cela signifierait que les factures étaient payées et que, dans l'ensemble, tout était en ordre. Si la ligne était coupée, alors ce serait qu'Elsie ne m'avait pas pardonné et qu'il était temps de rentrer m'occuper des tuyaux gelés.

J'avais essayé de calculer le décalage horaire entre l'Inde et le West Sussex. Je n'avais aucune envie de réveiller tout l'immeuble par une sonnerie intempestive au beau milieu de la nuit. Hélas, je m'étais trompé dans mes calculs. Hélas, trois fois hélas – et ce sans raison apparente –, c'est Elsie qui avait décroché.

« Résidence d'Ethelred Tressider », avait-elle dit d'un ton que l'on peut sans hésiter qualifier de possessif. Que diable faisait-elle là-bas ?

L'espace d'un instant, j'étais resté perplexe, quand soudain m'était venue une idée de génie.

« Est-ce bien la résidence de M. Ethelred Tressider ? avais-je demandé avec un accent intelligemment assumé.

— C'est bien ce que je voulais dire quand j'ai répondu qu'il s'agissait de la résidence d'Ethelred Tressider, avait répondu une voix fatiguée à l'autre bout du fil. Qui est à l'appareil ?

— Je suis désolé de vous importuner, madame. C'est British Gaz. Je voulais juste vérifier que le thermostat était réglé à la bonne température pour l'hiver.

— Ethelred ? C'est toi, n'est-ce pas ? »

Elle avait manifestement lancé ça à tout hasard, je ne m'en étais pas laissé conter. Je lui avais expliqué qu'il s'agissait d'un contrôle de sécurité gratuit.

« À minuit ? »

Minuit ? J'avais de nouveau jeté un œil à ma montre

avant de refaire mes calculs. Ainsi donc, Worthing *retardait* par rapport à l'Inde ?

« Oh, désolé, *memsahib*, avais-je répliqué en passant subtilement à l'accent indien. Il n'est pas minuit au centre d'appel. S'il vous plaît, pouvez-vous me confirmer que le thermostat de M. Tressider a bien été réglé pour supporter l'hiver ?

— Ethelred, arrête tes conneries. Le thermostat est au poil pour l'appartement d'un mort. Si tu penses ne pas être mort, je le remonterai d'un ou deux degrés. Et maintenant, espèce de crétin, où es-tu au juste ?

— Mort ? » avais-je répété.

Première nouvelle. À quoi jouait-elle donc ? Mon plan était de disparaître pour recommencer ma vie. Mourir n'avait jamais fait partie du programme. Je m'étais demandé si j'avais bien entendu.

« Ethelred, tête de nœud, s'exclama-t-elle soudain de façon inexplicable. Tu te rends bien compte que tout est de ta faute ? » Pendant un moment, j'avais failli oublier qui je n'étais pas, mais je m'étais repris et avais répondu :

« Tout est de la faute de *M. Tressider* ? »

Cependant, j'étais encore en train de me demander quels mots ressemblaient à « mort ».

« Abrégeons, tu veux ? disait Elsie. Où es-tu, Ethelred ? J'ai besoin de le savoir… pour des raisons que je t'exposerai de vive voix.

— Bangalore. »

J'y avais été récemment.

« Tu veux dire Bangalore, Cardiganshire ? »

Aucun doute, j'avais été percé à jour, mais cela ne m'avait pas empêché de continuer à m'enfoncer.

« Moi je pas savoir quoi être Cardiganshire.

— *Nos da*, avait-elle rétorqué d'une voix lourde de sarcasme.

— *Nos da* », avais-je bêtement répondu.

Et la ligne avait rendu l'âme – un peu comme moi, visiblement. Il était évident qu'Elsie avait commis quelque absurdité, mais laquelle exactement ? Si elle avait déclaré ma mort de façon officielle, mon passeport aurait été annulé, donc ce n'était pas de ça qu'il s'agissait. De toute évidence, c'était pire. Mais qu'est-ce qui était pire ? Je le découvrirais sûrement bien assez tôt.

J'avais ouvert la fenêtre de ma chambre et écouté un moment les stridulations assourdissantes des cigales. J'entendais au loin le murmure du ressac sur le sable encore chaud. La moiteur de la nuit indienne me caressait le visage et j'inhalais une odeur où épices et égouts se mêlaient en proportions à peu près égales. J'avais cru que là serait mon avenir, mais cela commençait à ressembler à mon passé. J'avais refermé la fenêtre, allumé l'air conditionné au maximum et, le drap tiré au-dessus de la tête, j'avais essayé de dormir.

Quinze jours plus tard, je m'étais retrouvé dans un hôtel abordable dans la vallée de la Loire et toutes mes cartes de crédit avaient été annulées.

En termes de crise de la cinquantaine, celle-ci s'avérait quelque peu décevante.

4

Nous étions attablés au restaurant de l'hôtel quand Ethelred avait fini le récit de son séjour en Inde et ailleurs. Ça sentait la connerie. Je lui en imputais la plus grande part de responsabilité mais (pour être juste) j'en imputais la plus grande part de responsabilité à Elle aussi.

« Une carte postale, ça aurait été sympa, lui rappelai-je. Cela ne t'a jamais perturbé que je puisse croire que tu étais mort ?

— À propos de ma mort… » commença-t-il.

Tôt ou tard, il allait falloir assumer sur ce front-là. Pourquoi pas maintenant d'ailleurs, mais j'étais persuadée qu'il y aurait un meilleur moment. Oui, parfaitement.

« Et pendant ce temps-là, qui c'est qui s'occupait de ta chaudière ?

— Je t'en suis bien sûr infiniment reconnaissant. Quant à ma mort…

— Reconnaissant ? Encore heureux. Tu me dois une révision complète, d'ailleurs.

— J'imagine que je touche encore des royalties grâce à mes romans. »

Je hochai la tête.

« Tu en vends encore quelques-uns. Il est temps que tu termines une nouvelle aventure de ton inspecteur Fairfax. Ton éditeur se montre assez impatient. »

Ethelred secoua la tête.

« Il propose d'augmenter tes droits d'auteur d'un demi pour cent sur les dix mille premiers livres vendus.

— Je n'écrirai plus de Fairfax. Je me disais que je pourrais essayer quelque chose de nouveau – un polar pur et dur qui se passerait dans un lieu auquel personne n'aurait encore pensé.

— Pas Edimbourg, donc ?

— Pas Edimbourg. J'avais éventuellement pensé à Brighton, avec un protagoniste plus jeune…

— Et un faible pour Mozart, à tous les coups.

— J'avais pensé à Boccherini, peut-être.

— Pas assez connu.

— Il est très connu.

— Pas par tes lecteurs.

— Certains de mes fidèles lecteurs en auront assurément entendu parler.

— Ethelred, *aucun* de tes fidèles lecteurs n'en aura entendu parler. Mozart, c'est plus sûr. Crois-moi. »

Comme il l'avait un peu mauvaise, je lui demandai (comme il se doit) s'il travaillait sur quelque chose en ce moment.

« J'ai achevé un manuscrit juste avant de partir, répondit-il d'un air légèrement penaud.

— Vraiment ? »

Je ne crois pas que mon visage ait trahi une quelconque trace de culpabilité. En général, ce n'est pas le genre.

« Je pensais que tu l'aurais trouvé et que tu l'aurais lu, poursuivit Ethelred.

— Vraiment ? »

(Voir note ci-dessus à propos de la culpabilité.)

« Ce n'est pas grave si tu ne l'as pas fait. Il contenait quelques détails assez personnels dont il fallait que je me purge. Ça me soulage un peu que tu n'aies pas mis la main dessus. Réflexion faite, ce n'est pas un roman que je désire publier.

— Ah non ?

— Non. »

J'étais en train de réfléchir à une repartie quand le serveur vint nous présenter les menus. Ethelred s'attela aussitôt à choisir un hors-d'œuvre et une entrée. J'allai droit aux desserts, parmi lesquels j'en sélectionnai quatre.

Entre-temps, Ethelred était passé à la carte des vins et, sourcils froncés, parcourait la page du doigt. En l'absence de toute conversation adulte, je me contentai de jeter un œil circulaire à nos congénères. Comme Ethelred m'en avait avertie, l'hôtel comptait toujours un certain nombre de philatélistes aux formes et aux tailles diverses, dont peu étaient séduisants. Je fis part de cette remarque à Ethelred. Il émergea à contrecœur de la carte des vins.

« L'hôtel était bien plus rempli hier soir, dit-il. Beaucoup de gens ont dû partir aujourd'hui, évidemment, maintenant que le marché aux timbres est terminé. C'est vraiment la fin de la saison. Le réceptionniste me disait qu'il serait seul à travailler ce soir. Il ne reste plus que douze clients. D'ici demain soir, il sera pour ainsi dire vide. »

J'observai ce qui constituait manifestement les fonds de tiroir d'un marché aux timbres. Même bondée, la salle à manger devait sembler gigantesque. À une extrémité se trouvait une énorme cheminée en pierre d'un style qui aurait probablement été à la mode au

Moyen Âge. De prestigieuses armoiries en dominaient la partie supérieure. Le propriétaire de l'hôtel pouvait-il y prétendre ? Allez savoir. Dans l'âtre, un feu de bûches purement symbolique crachotait piteusement. Des poutres du plafond peintes d'un rouge improbable pendaient plusieurs lustres rustiques. Tout cela appelait un vaste et jovial rassemblement de seigneurs, de gentes dames, de pécores, de troubadours et de chasseurs. Malheureusement, il n'y avait que nous.

Le sympathique (bien que rondouillard) M. Davidov se trouvait à l'autre bout de la salle, seul mais heureux, occupé à engouffrer une gigantesque assiette de cassoulet. Après s'être essuyé la bouche d'un revers de serviette, il agita une main grassouillette dans ma direction. Assis à la table d'à côté, un petit homme fouinesque sirotait le plus minuscule verre de bière servi par le restaurant en lisant ostensiblement un magazine philatélique. Vu ses vêtements, il devait considérer Oxfam[1] comme une marque de haute couture. Bien lavé, son pantalon beige aurait pu retrouver une certaine respectabilité, en revanche, seule une machine à remonter le temps aurait pu remettre au goût du jour son haut couleur chocolat. Sur un plan positif, en supposant que ce matin-là il s'était coupé les cheveux lui-même dans la pénombre avec des ciseaux à ongles, il ne s'était pas trop mal débrouillé. En observant la trajectoire du salut de M. Davidov, la fouine avait orienté son attention sur moi. Il me jaugea brièvement avant de retourner, non sans un petit ricanement, à ses études philatéliques. Une table plus loin se trouvait un grand et jeune collectionneur, d'ailleurs assez beau,

1. Oxfam est une association caritative internationale qui gère, entre autres actions, des magasins solidaires. *(N.d.T.)*

aux cheveux noirs ondulés, sur lequel, forcément, mon regard s'attarda légèrement plus longtemps. Il ressemblait un peu à une star de cinéma – ou, pour être précise, un peu au genre de star de cinéma qui joue le copain sympa et loyal du héros cinglé, qui (puisqu'il est évident que c'est le héros cinglé qui va finir avec Cameron Diaz) pourrait être libre pour *vous*. C'était le genre gentil garçon que vous pourriez présenter à votre mère, même si vous auriez sûrement envie d'essayer d'autres trucs avec lui avant. Je lui adressai un clin d'œil afin de lui signifier que j'avais mordu, mais manifestement il ne le vit pas et ne regarda pas une seule fois dans ma direction le restant de la soirée. Il y avait aussi un duo de flagrants philatélistes à la calvitie naissante vêtus de vestes en tweed que même Ethelred aurait données au Secours populaire. C'était là une assemblée presque exclusivement masculine et dans l'ensemble relativement quinquagénaire. Les seuls à visiblement ne pas être des collectionneurs étaient les membres d'une famille allemande attablés non loin de nous : mère, père, fils, fille, en majorité blonds, tous à bavarder allègrement. Je fis un compte rapide et parvins à onze et non pas douze, Ethelred et moi compris : quelqu'un devait donc s'être trompé dans ses calculs.

Je reportai mon attention sur le jeune ténébreux. Il ne regardait toujours pas du bon côté, mais je défis néanmoins un bouton de mon chemisier, au cas où.

« Il y a un chenonceau sur la carte, commenta Ethelred en levant enfin les yeux. Au fait, ton bouton s'est défait. Le chenonceau est un vin assez rare, mais, contrairement aux timbres, il n'est pas cher pour autant. »

À cette blague il poussa un petit gloussement. Je

haussai les épaules. Du vin, c'est du vin, et puis c'est Ethelred (même s'il n'était pas encore au courant) qui payait le dîner. Pour moi, c'était du pareil au même. Il y avait au menu un fondant au chocolat. Cette soirée ne serait donc pas complètement vaine.

Aurais-je eu besoin d'une confirmation quant à mon choix de dessert, je l'aurais obtenue à mi-parcours de mon plat principal. M. Davidov se dandina jusqu'à notre table. Sa tenue élégante mais décontractée se composait d'une veste en cuir, d'une chemise grise toute simple, d'un jean Armani de taille conséquente impeccablement repassé et d'une IWC Grande Complication – une montre à côté de laquelle une bonne vieille Rolex fait un peu minable. Il semblait vouloir souligner son appartenance aux nouveaux riches russes, de la même manière, ou presque, que la veste en lin informe d'Ethelred soulignait son appartenance à la petite noblesse anglaise déchue – dans les deux cas, le plan était foireux. Davidov eut un sourire courtois.

« Je reviens à l'instant des cuisines, où j'ai été complimenter le chef pour son fondant au chocolat. Vraiment excellent.

— Une visite personnelle ? s'étonna Ethelred. Ce gâteau était-il donc trop bon pour que vous vous contentiez d'envoyer vos compliments par l'intermédiaire du serveur ? »

Ces mots relativement anodins avaient cependant un caractère incisif, suggérant que Davidov se montrait quelque peu prétentieux. Si tel était le cas, cette suggestion glissa sur le Russe comme de l'eau sur le pelage d'un (gros) labrador.

Il tripota le cuir doux de sa veste avec un sourire.

« Je me suis rendu compte que les cuisiniers

appréciaient particulièrement les visites personnelles, roucoula-t-il. Hier soir, je les ai aussi félicités pour leur soufflé.

— Vraiment ? C'est très gentil à vous », répondit Ethelred.

Là encore, ces mots étaient on ne peut plus banals, mais leur inflexion hostile n'aurait échappé à quiconque doté d'un minimum de sensibilité. Peut-être était-ce simplement que notre nourriture refroidissait pendant que nous bavardions. D'un geste grandiloquent, mon compagnon prit une pincée de sel qu'il lança vaguement dans la direction de son assiette. Il rata en grande partie sa cible.

« Voilà qui porte malheur, déclara Davidov en lorgnant la nappe. De renverser du sel, je veux dire.

— Êtes-vous superstitieux ? demanda Ethelred.

— Tous les Russes le sont.

— Moi non. Et il reste encore plein de sel dans la salière. »

Davidov se fendit d'un large sourire, m'adressa un clin d'œil et murmura :

« Le fondant au chocolat, *madame*[1]. »

Il salua obséquieusement Ethelred et passa son chemin.

« Tu ne l'aimes pas beaucoup, je me trompe ? demandai-je.

— Je ne nourris aucune opinion dans un sens ou dans l'autre », rétorqua-t-il sèchement.

Je laissai tomber. Moi qui avais une opinion, je doutais que le chef voie d'un bon œil je ne sais quel

1. En français dans le texte, comme ce sera le cas à chaque occurrence de « madame », « monsieur » ou « mademoiselle » écrit en italique. *(N.d.T.)*

client de l'hôtel débarquer à l'heure la plus industrieuse de la soirée. Mais comme j'avais déjà l'esprit occupé par un gâteau au chocolat d'une richesse indécente, ces pensées ne me turlupinèrent pas longtemps.

À peine avions-nous bu notre café qu'Ethelred décréta qu'il n'allait pas faire de vieux os, me laissant face au choix d'errer dans les rues glaciales en quête d'une officine de chocolat d'urgence ouverte vingt-quatre heures sur vingt-quatre ou de me diriger vers le bar. La vue d'un joli garçon, que j'aurais pu, en temps voulu, présenter à ma mère et qui se dirigeait plein bar, me convainquit que j'avais besoin d'un petit digestif. Puisque Ethelred avait loupé sa chance de passer une soirée en ma compagnie, je me sentais libre d'orienter ailleurs mes attentions.

Je suivis le joli garçon à distance respectueuse, me commandai un Perrier puis me dirigeai nonchalamment vers la seule table occupée.

« Y aurait-il de la place pour une menue personne ? » demandai-je.

Il me regarda sans comprendre avant de répondre :

« Oh, vous voulez dire vous. »

Je lui confirmai que c'était bien ce que je voulais dire. Il jeta un œil aux cinq tables vides du bar et haussa les épaules. Je m'installai à ses côtés et lissai lentement ma jupe en m'asseyant.

« Elsie Thirkettle », annonçai-je, une fois achevés mes agencements de tissu.

Je tendis la main.

« Jonathan Gold », répondit-il, comme s'il avait l'esprit ailleurs.

Ma main était restée en suspens. Il ne semblait guère enclin à la serrer ni à faire quoi que ce soit d'autre avec. Je la remisai pour plus tard.

« Charmante soirée, attaquai-je.

— Ah oui ? »

Peut-être pas, en fait. Nous étions en plein hiver, après tout. Je me rendis compte qu'il regardait à présent par-dessus mon épaule et me retournai pour voir ce qui me faisait concurrence. Ce n'était que l'individu fouinesque, la main toujours bizarrement crispée sur sa minuscule bière. Il choisit une chaise à l'une des tables inoccupées.

« Un ami ? demandai-je sur le ton de la conversation.

— Je l'ai déjà vu avant. »

Étant donné qu'ils logeaient dans le même hôtel, cela semblait fort probable. J'énonçai cette remarque.

« Non : avant de venir ici », répliqua Gold, vaguement irrité.

Sur ce, il plongea dans un silence méditatif. Voilà qui n'était pas bon.

Je résolus qu'il était temps de lui montrer que nous avions des intérêts communs. Je m'évertuai donc à me remémorer les détails de l'affaire du timbre danois.

« Vous devez être sacrément émoustillé par cette histoire de dix couronnes puce.

— C'est quoi, ça ? »

Il jeta de nouveau un œil par-dessus mon épaule mais, cette fois-ci, je ne me retournai pas. Il fallait que je captive son attention.

« Un timbre. »

Quand j'en avais parlé à Ethelred un peu plus tôt, cette histoire était encore relativement fraîche dans ma mémoire, mais quelques heures s'étant depuis écoulées, mon cerveau s'était débarrassé de tous les détails dont il n'aurait pas besoin à long terme.

« Un timbre rose.

— Vous les collectionnez, c'est ça ? s'enquit-il.

— Ils me fascinent. » Cela me semblait être la chose à dire pour accrocher un philatéliste digne de ce nom.

Il haussa les épaules.

« Vous ne collectionnez pas ce genre de choses, peut-être ? »

J'étais bien consciente que les vrais *aficionados* du timbre ne collaient pas à tour de bras tout ce qui leur passait sous la main.

« Quelle couleur avez-vous dit ? demanda Gold.

— Puce.

— Ça m'a l'air répugnant.

— Vous êtes bien là pour le marché aux timbres, non ?

— Oui, seulement ce n'est pas le genre de choses que je collectionne. »

Il semblait un peu distant, mais bientôt je le mènerais par le bout du nez.

« Et qu'est-ce donc que vous collectionnez ? » minaudai-je, le menton dans les mains et les cils en mode alternatif.

Je m'attendais à ce qu'il me donne le nom d'un pays, d'une époque ou encore (une telle chose était-elle possible ?) d'une couleur. J'espérais qu'il me dise : « En fait, je collectionne les poupées dans ton genre, quand la chance est avec moi. » Mais il se contenta de répondre :

« Ne tournons pas autour du pot. Vous êtes une amie de Davidov, c'est ça ?

— Pas exactement », répliquai-je, même si de toute évidence il existe une affinité entre tous les amoureux du chocolat. Dans un sens très pragmatique, Grigory Davidov et moi étions cacaopotes.

« Disons plutôt que nous partageons les mêmes idées sur le monde.

— Vous approuvez cet homme ?

— Il me semble avoir raison sur les grands sujets », dis-je dans un sourire.

Qui resta sans réponse.

« Comment pouvez-vous être du côté de cet oligarque adipeux ? »

Ça, c'est le problème, de nos jours. Un petit carré de chocolat, quelques centimètres en trop autour de la taille et vous devenez automatiquement une espèce de criminel de la bouffe. C'est triste. Même si au plus profond de moi subsistait le projet d'amener le jeune Gold à m'arracher mes vêtements avec les dents, je me redressai de toute ma hauteur et rétorquai :

« OK, je ne fais peut-être pas dans le politiquement correct mais je crois honnêtement que M. Davidov a un goût excellent… »

Voilà qui n'était pas franchement conciliant, je vous l'accorde, mais loin de moi l'idée qu'il allait se lever en déclarant :

« Vous me donnez envie de vomir. »

J'aurais bien lancé une repartie spirituelle, mais je n'avais pas eu le temps de comprendre la situation qu'il était déjà parti. Et même après son départ, je ne trouvais rien de spirituel à dire. En termes de rendez-vous érotique, ce devait être le septième ou le huitième pire que j'avais jamais eu.

Pourtant, un rendez-vous encore plus moche se présenta à moi dans les minutes qui suivirent.

« Puis-je me joindre à vous ? »

Le maniaque du timbre au visage fouinesque avait discrètement franchi l'espace qui séparait nos deux tables. De près, son pantalon semblait un peu plus sale que de loin mais, autrement, l'homme se révélait assez conforme à ce à quoi je m'attendais.

« S'il le faut », répondis-je, un peu de mauvaise grâce, certes, mais je n'ai pas l'habitude que de jeunes hommes séduisants me disent que je suis dotée de propriétés émétiques et j'essayais de réfléchir à ce que j'aurais été censée répondre.

« Je vois que vous avez déjà un verre », remarqua-t-il en faisant un signe de tête en direction de mon Perrier.

Inutile qu'il m'en paie un, donc. Ma foi, lui au moins savait comment donner du bon temps aux filles.

« Ouaip », répondis-je distraitement.

Je me demandais encore comment je m'étais débrouillée pour épouvanter le seul homme décent de l'hôtel (à l'exception des écrivains de polars).

« Vous avez discuté avec M. Davidov et avec M. Gold, observa-t-il.

— Brièvement.

— Tous les deux ?

— En plein dans le mille. »

Lui non plus n'avait pas des masses de conversation.

Il me lança un regard scrutateur en décalage complet avec ma réplique.

« Vous collectionnez ou vous vendez ? demanda-t-il.

— Ni l'un ni l'autre. Je suis agent. »

Il fronça les sourcils, comme s'il tâchait de me caser dans le monde de la philatélie. Échec.

« Et vous travaillez pour… ? »

Après l'avoir regardé de la tête aux pieds, je résolus de ne pas lui demander de m'arracher mes vêtements avec les dents, du moins pas ce soir-là.

« J'accompagne M. Tressider.

— Et quelle relation entretenez-vous avec lui ?

— Strictement professionnelle », répondis-je, peut-être un tantinet bégueule.

Il hocha la tête.

« Alors quel rôle jouez-vous, au juste ? »

Je m'interrogeai quant à la nécessité de lui expliquer en détail en quoi consistait le boulot d'un agent littéraire.

« De mon point de vue, ma mission est de maintenir M. Tressider dans le droit chemin. Et en ce moment précis, de m'assurer qu'il rentre sans encombre à Londres et ensuite chez lui. »

Il resta interloqué, puis la lumière sembla se faire.

« Alors il se pourrait bien que nous ayons davantage en commun que ce que je pensais. Peut-être pourrions-nous poursuivre cette discussion dans ma chambre, où nous ne risquons pas d'être dérangés ?

— Dans vos rêves.

— Si vous changez d'avis, dit-il avec un sourire diabolique, je serai chambre vingt-sept.

— Tant mieux pour vous. Moi non. »

Sur ce, il partit à son tour vaquer à ses sombres petites affaires dans la chambre vingt-sept.

Voilà qui signait manifestement la fin des réjouissances de la soirée. J'étais sûre d'avoir eu au moins une conversation basée sur un quiproquo, en revanche, j'ignorais si c'était le fait d'avoir effarouché Jonathan Gold qui m'inquiétait le plus ou celui d'avoir reçu une franche et chaleureuse invitation à rejoindre la fouine pour une partie de chambre en l'air (chacun amène son verre). Résultat : il ne me restait plus qu'à réintégrer mon lit solitaire, ce qui n'était pas aussi inhabituel que ce que vous pourriez croire.

Dans les soixante secondes qui suivirent, il se produisit seulement deux incidents minimes très étranges.

D'abord, en passant devant l'accueil, je vis le réceptionniste en discussion houleuse avec le chef. Ma connaissance du français me permit d'en saisir les grandes lignes, voilà ce qu'ils disaient :

LE RÉCEPTIONNISTE : Ben, tu devrais les mettre sous clé, ces (*mot incompris*) de trucs.

LE CHEF : Et comment tu veux qu'on ferme la cuisine à clé alors qu'on en a besoin pour préparer la bouffe (*plusieurs mots incompris*) ? Ça doit être un des clients.

LE RÉCEPTIONNISTE : Tu crois peut-être qu'un de nos clients se découpe un pamplemousse avec ?

LE CHEF : Attention, y a cette (*mots compris, mais sûrement mal entendus ?*) d'Anglaise. Ferme-la deux secondes.

« *Bonsoir madame*, lancèrent-ils à l'unisson avec des sourires qui ne semblaient pas tout à fait sincères.

— *Bonsoir messieurs*. »

Je poursuivis ma route très, très lentement, mais tout ce que j'entendis pour ma peine fut :

LE CHEF : Viens en cuisine si tu ne me crois pas.

LE RÉCEPTIONNISTE : Mais enfin, je ne peux pas quitter le bureau.

LE CHEF : Qui pourrait bien avoir besoin de toi à une heure pareille ?

LE RÉCEPTIONNISTE : C'est une perte de temps, mais d'accord. Je ne peux pas m'absenter plus de cinq minutes.

Pas grand-chose à se mettre sous la dent, vous ne me contredirez sans doute pas sur ce point.

Le second étrange incident – si on garde à l'esprit mes conversations précédentes – fut que je tombai sur le gros M. Davidov et le gentil M. Gold qui échangeaient des murmures animés. Lorsque je les surpris, ils se turent brusquement et me retournèrent un sourire du genre pincé.

« Bonne nuit, chère madame », s'exclama Davidov avec une révérence aussi profonde que le lui permettait son tour de taille.

Le très gentil M. Gold se contenta de me jauger d'un air sévère, puis finit par lâcher :

« Oui, bonne nuit, miss Thirkettle. »

Leur conversation ne semblait pas me concerner le moins du monde, et pourtant je n'essayai pas de l'écouter. Si je m'étais cachée dans un coin, j'aurais peut-être appris un tas de choses et empêché de multiples meurtres. Mais là encore, peut-être pas. Croyez-en mon expérience, on peut perdre un temps fou à écouter par hasard aux portes de parfaits inconnus. Sans compter qu'un des chocolats d'Apollinaire m'attendait dans ma chambre.

Aurais-je su ce qui allait se passer, je me serais assise sur mon lit chronomètre en main pour noter l'heure de chaque bruit entendu. Mais les choses étant ce qu'elles sont, le lendemain matin, tout ce que j'allais pouvoir dire à la police, c'était que j'avais entendu quelqu'un entrer dans la chambre voisine – voire une autre non loin de la mienne – peu après être allée me coucher. Quelques minutes – voire quelques heures –

plus tard, j'avais entendu cette même porte s'ouvrir et se refermer. Au même moment, ou peut-être beaucoup plus tard d'ailleurs, j'avais cru entendre des bruits de pas très rapides puis un bruit de robinet qui coule longuement. Ensuite, un type brun tout en muscles m'avait arraché mes vêtements avec les dents en me donnant des truffes à la pêche à la becquée. Non, ça, j'avais dû le rêver, car peu après cet épisode je m'étais réveillée au bruit du camion poubelle qui chargeait bruyamment les déchets de l'hôtel. Le fait est que j'ai d'ordinaire le sommeil assez lourd, il ne sert donc pas à grand-chose de me demander ce qui s'est passé dans le courant de la nuit, comme eut tôt fait de le constater la police. Toutefois, ces souvenirs fragmentaires me donnèrent du grain à moudre à mesure du déroulement de l'affaire.

Je savais qu'Ethelred serait levé de bonne heure et installé au restaurant une demi-heure avant le début du service du petit déjeuner, ainsi lui et moi nous retrouvâmes seuls lorsque les croissants et le café firent leur apparition. Cependant, d'autres gens s'affairaient. Quand j'étais passée devant l'accueil, M. Davidov s'y trouvait déjà. Lui aussi donnait du fil à retordre au réceptionniste.

« Vous avez dû, disait-il, me donner la mauvaise enveloppe.

— Il n'y en avait qu'une seule dans le coffre-fort », avait rétorqué l'employé pour, pressentais-je, la énième fois ce matin-là.

Son visage reflétait agacement et lassitude.

« Mais puisque je vous dis que cette enveloppe était vide quand je l'ai ouverte.

— Alors, elle devait l'être aussi quand vous me l'avez remise.

— Pourquoi vous aurais-je remis une enveloppe vide ?

— Comment diable pourrais-je le savoir ?

— Mais pourquoi déposeriez-vous une enveloppe vide dans un coffre-fort ?

— Nous déposons dans les coffres tout ce qu'on nous donne à déposer dedans. Nous ne vérifions pas les contenus. Si un client nous remettait une enveloppe vide, nous la mettrions dans le coffre, si tel était son souhait. C'est là le service que nous fournissons.

— Vous devez bien vous souvenir que l'enveloppe que je vous avais donnée renfermait manifestement quelque chose.

— Croyez-vous que je me souvienne des moindres détails des moindres objets qu'on me confie ? »

Ils s'étaient mutuellement fusillés du regard.

« Montrez-moi ce coffre-fort, avait soudain exigé Davidov.

— Je ne peux pas vous le montrer.

— Montrez-le-moi.

— Je ne peux pas vous le montrer. »

On aurait dit qu'ils répétaient je ne sais quel duo comique et qu'ils retardaient l'arrivée de la chute.

« J'exige d'être autorisé à fouiller ce coffre-fort, avait tempêté Davidov en martelant le comptoir.

— *Monsieur*, que cherchez-vous *au juste* ?

— Ça ne vous regarde pas.

— Alors je ne puis vous assister.

— J'insiste pour que vous m'assistiez.

— Vous ne pouvez insister pour que je vous assiste.

— J'insiste que je le puis.

— Vous ne pouvez insister que vous le puissiez.

— Vous ne pouvez me dire ce pour quoi je puis insister ou non.

— Vous ne pouvez me dire ce que je puis vous dire.

— Si, je puis vous dire ce que vous pouvez me dire. »

À cet instant, ils s'étaient tous deux arrêtés pensivement et s'étaient dévisagés un moment en silence. Davidov avait tenté une autre tactique.

« Le contenu de mon enveloppe est d'une très grande valeur. Si vous refusez de m'aider, alors je vais devoir en référer au directeur.

— Voilà qui n'est pas du tout régulier, monsieur Davidov. Toutefois, je dois moi-même en référer au directeur. S'il le permet, je pourrai vous autoriser à jeter un œil dans le coffre-fort après le petit déjeuner. Mais il n'y a jamais eu qu'un seul paquet blanc. Et vous l'avez entre les mains.

— Alors vous avez autorisé quelqu'un d'autre à accéder au coffre. Quelqu'un a dérobé mon enveloppe et l'a remplacée par celle-ci.

— Hormis le directeur et moi, personne ne possède la combinaison. Je puis vous le certifier.

— Je reviendrai après le petit déjeuner. Je dois quitter l'hôtel à neuf heures. D'ici là, j'insiste pour que vous ayez retrouvé mon enveloppe. »

Je lui avais adressé un signe de la main au passage, mais, dans sa détresse, il ne m'avait même pas vue. Il devait beaucoup tenir à son enveloppe blanche.

Quand je mentionnai cette algarade à Ethelred, il se contenta de hocher la tête et de mâchouiller son croissant. Mais lorsque l'incident Davidov-réceptionniste me rappela que j'avais surpris un peu plus tôt un tête-à-tête intime entre Davidov et Gold, Ethelred se montra légèrement plus intéressé.

« Impossible, rétorqua-t-il. Tout à fait impossible.

— Pourquoi ? »

Je brûlais de le savoir, vu que je me trouvais sur les lieux et pas lui.

« Tu oublies que je loge ici depuis plus longtemps que toi. Davidov est ce qu'on appelle un oligarque.

— C'est-à-dire ?

— Littéralement, c'est le membre d'une petite élite qui dirigeait l'État dans la Grèce antique.

— Merci, Ethelred, mais je voulais dire dans la vraie vie. D'où vient sa richesse, au juste ?

— Davidov, comme tu le saurais si tu lisais un journal ou deux, est un puissant homme d'affaires russe aux relations politiques douteuses mais infiniment précieuses. Il est basé à Moscou, si tant est qu'il vive à un endroit précis, mais il passe beaucoup de temps sur ses yachts. Personne ne sait vraiment comment il a atteint le premier milliard, mais aujourd'hui il est à la tête d'une compagnie pétrolière, de plusieurs mines, d'une usine de retraitement des déchets nucléaires, d'une usine chimique en Inde et de diverses entreprises mineures en Grande-Bretagne. Il voudrait acheter une équipe de football anglaise mais nombreux sont ceux qui veulent l'en empêcher à cause de Yacoubabad.

— C'est le batteur de Manchester United ?

— Non, c'est la ville indienne qui a été contaminée par l'une des usines de Davidov – soi-disant. »

Ah oui, celle-là. Même moi je me souvenais du reportage sur cette fuite chimique et du journaliste qui prévenait d'un ton grave : « Attention, les images que vous allez voir peuvent être traumatisantes. » J'avais regardé, contente de ne pas être à la place du cameraman.

« C'était pas beau, commentai-je. Et combien de… ?

— Environ sept cents morts. Bien sûr, il y a eu une enquête et un brin de stupéfaction qu'elle n'ait pas été suivie par l'arrestation de Davidov et son extradition en Inde.

— Comment sais-tu tout ça ?

— L'an dernier, c'était dans tous les journaux, soupira Ethelred. Ne lis-tu rien d'autre que le *Bookseller* ?

— Si, je lis les critiques littéraires et le magazine *Hello !*. Franchement, quand on passe les meilleures années de sa vie active à lire des conneries, s'il y a bien une chose qu'on n'a pas envie de faire pendant son temps libre, c'est de lire d'autres conneries. »

Ethelred ne répondit rien.

« Donc, Davidov a besoin d'urgence de se racheter une conduite, c'est ça ?

— S'il veut effectuer des emplettes au sein du championnat, il va falloir qu'il fasse davantage que de soigner ses relations publiques. Il lui faudra aussi écarter les rumeurs de liens avec le crime organisé et de meurtre d'un proche partenaire commercial que l'on a retrouvé à la dérive dans la Baltique. Bien sûr, je ne doute pas qu'il existe des gens qui vont sciemment faire un bain de minuit sous la glace en janvier.

— Donc, tu es en train de me dire que Davidov est vertigineusement riche et désagréable.

— C'est ainsi que certaines personnes le décriraient, même s'il serait dangereux de le faire à sa portée.

— Ce qui m'interpelle, c'est ce que peut bien foutre un oligarque dans un hôtel aussi miteux. Ne devrait-il pas loger quelque part où on peut prendre des bains de champagne ? Ne devrait-il pas être protégé par une demi-douzaine de larbins armés de kalachnikovs ?

— C'est l'hôtel officiel du marché aux timbres. Or il s'intéresse vraiment à la philatélie. Et d'après ce qu'il m'a dit, il n'a pas oublié ses origines modestes. »

Un peu comme mon paternel, alors, qui n'avait pas oublié ses origines modestes même une fois en possession des deux étals de légumes du marché. Bien sûr, il n'avait pas contaminé une ville entière, mais ça n'avait sûrement pas été faute d'essayer.

« Et Gold ? demandai-je.

— Jonathan Gold, à l'inverse, est un militant écologiste qui a un mépris profond pour les entreprises qui considèrent le tiers-monde comme une décharge de déchets toxiques. Difficile de l'imaginer s'entretenir de quoi que ce soit en tête-à-tête intime avec Davidov. En tout cas, je suis absolument certain qu'ils se vouent une haine mutuelle. La veille au soir de ton arrivée, je les ai surpris en train de se disputer dans le salon. J'ai cru qu'ils allaient s'entretuer.

— Mais seulement au sens figuré. »

Un serveur s'était approché subrepticement. Il se pencha et murmura :

« Je suis chargé d'informer tous les clients que la police va devoir leur parler. »

Ma foi, je savais de quoi il retournait.

« Vous pouvez leur dire, répliquai-je, que je n'ai jamais touché l'enveloppe blanche de M. Davidov. »

Il eut l'air perplexe.

« Je ne sais rien à ce sujet. Le fait est que l'un de nos clients est… mort. Brusquement, sans prévenir. Il vous sera parfaitement impossible de quitter l'hôtel avant que chacun d'entre vous ait été interrogé.

— Nous avons un train à prendre, protestai-je.

— La plupart des clients ont hâte de partir. Certains très hâte, d'ailleurs. Je pense qu'il y aura de nombreuses plaintes, mais je ne peux rien faire. Les policiers ont… des soupçons. »

Je regardai Ethelred. Il me regarda. La seule chose à laquelle je pensais qu'il ne pensait pas (simple supposition), c'était que j'avais désormais une chance de rectifier mon malheureux malentendu avec Jonathan Gold et de lui fixer un rendez-vous pour ce soir si nous étions encore tous coincés là.

« Qui est mort ? » demanda Ethelred, ne manifestant apparemment qu'un intérêt poli.

Le serveur marqua une pause avant de répondre :

« Monsieur Gold.

— Et comment ? » m'enquis-je.

Il fit la moue.

« Le malheureux a été poignardé. À mort. »

Voilà donc la journée qui m'attendait. J'étais coincée indéfiniment dans un hôtel au papier peint décollé et le seul type potable du coin était celui qu'on avait choisi de zigouiller. Typique, vous ne trouvez pas ?

5

Je situe toujours mes romans en Angleterre, de préférence dans le Sussex.

Le sentiment de familiarité avec un endroit – de préférence un lieu que vous avez fait vôtre d'un point de vue littéraire – est l'une des clés pour écrire un bon roman policier moderne. Une connaissance pointue de la procédure policière en est une autre. C'est pourquoi je me suis efforcé de me tenir informé des changements de pratique, et ce jusque dans les menus détails du classement officiel des dossiers. J'ai rarement été arrêté en Angleterre, mais si cela devait m'arriver à l'avenir, je ne serais guère surpris de rien.

En revanche, j'ignore et me contrefiche de la manière dont la police française ou italienne conduit une enquête pour meurtre, et, à mon âge, je n'ai nullement l'intention de le découvrir. Ainsi, rien dans mon expérience d'écrivain de polars ne m'avait préparé à l'interrogatoire auquel je fus soumis ce matin-là, dans un petit bureau attenant à l'entrée principale de l'hôtel.

Les questions, de routine, se révélèrent cependant fort simples. Bien que mon français fût probablement meilleur que l'anglais du brigadier de police, je décidai de lui laisser la charge du boulot linguistique. Chaque fois qu'il y a le moindre risque de complication, il est toujours fortement conseillé de s'en tenir à sa langue maternelle.

Ainsi donc confirmai-je (en anglais) que j'étais arrivé quelques jours auparavant d'Inde en passant par Paris. J'avais voyagé un certain temps, expliquai-je, afin d'effectuer des recherches pour mon prochain livre, mais je m'apprêtais à retourner à Londres. Je confirmai que je connaissais bien cette partie de la France, même si je n'avais jamais logé dans cet hôtel auparavant, préférant d'ordinaire un autre établissement en centre-ville. J'avais eu la chance d'obtenir une chambre dans un hôtel bondé de philatélistes.

« La chance ? releva le brigadier.

— Dans le sens où sinon j'aurais pu me retrouver à dormir sous un pont. Dans ce sens uniquement.

— Vous n'aimez pas les timbres ?

— Jusqu'à récemment, je vous aurais répondu qu'ils me laissaient indifférent. Mais j'en ai assez discuté pour le restant de ma vie lors des trois ou quatre jours qui viennent de s'écouler.

— Donc, peut-être que vous n'aimez pas les collectionneurs de timbres ? »

Il trouvait ça intéressant.

« Pas au point d'en tuer un. »

Je souris. Pas lui.

« Peut-être que quelqu'un a été moins tolérant que vous, remarqua-t-il.

— Vous pensez que M. Gold a été assassiné uniquement parce qu'il était philatéliste ? Voilà qui me semble un peu rude. »

Le policier haussa les épaules.

« Nous le pensons aussi. En effet, nous pensons qu'il n'était pas philatéliste. Est-ce vrai ?

— Comment pourrais-je le savoir ? Et d'ailleurs, comment le savez-vous ? »

Il me fit le coup du regard de flic. Il n'avait pas vraiment besoin de me répondre. Il le fit quand même.

« Nous avons fouillé sa chambre, expliqua-t-il. Il n'y avait aucun timbre. Un peu étrange, non ? Voyager aussi loin pour ne rien acheter ? »

Cela me parut être une question pertinente, mais je n'avais pas la moindre idée de la réponse. Il devait bien arriver de temps à autre aux philatélistes de se rendre à des marchés aux timbres sans rien acheter.

« Peut-être que, comme moi, il s'était retrouvé là par hasard ? suggérai-je.

— Mais vous, vous êtes là pour – comment vous avez dit ? – faire des recherches pour votre *roman*[1].

— Mon livre. En effet.

— Monsieur Gold, lui, avait dit au réceptionniste qu'il était là pour la foire philatélique. Des témoins l'y ont vu.

— Peut-être vendait-il quelque chose ?

— Oui, vendre quelque chose, peut-être, pourtant il ne s'était pas inscrit comme vendeur de timbres. D'ailleurs, nous savons qu'il était pharmacien de profession. Et qu'il s'intéressait quelque peu à l'environnement. Bien sûr, rien de tout ça n'est incompatible avec le fait d'être un collectionneur de timbres. Mais nous pensons que ce marché n'était pas la véritable raison de sa venue en France. A-t-il dit quelque chose qui aurait pu révéler ce qu'il faisait d'autre ? »

C'était à mon tour de hausser les épaules, ce que je fis.

« Nous avions bavardé une ou deux fois. Nous

1. En français dans le texte *(N.d.T.)*

avions parlé des sujets habituels dont les Anglais parlent quand ils rencontrent des compatriotes à l'étranger. En apprenant que j'habitais à proximité de Worthing, il m'avait demandé si je connaissais un de ses amis qui habitait lui aussi à proximité de Worthing. Bizarrement, ce n'était pas le cas. De son côté, il n'avait pas non plus croisé ma grand-tante qui habitait autrefois à Finchley. Je lui avais demandé s'il était au courant des résultats du cricket. Ce n'était pas le cas. Sur ce, nous nous étions souhaité une agréable journée.

— C'est la seule conversation que vous avez eue avec lui ?

— Non, j'en ai eu d'autres, mais pas aussi intéressantes que celle-là.

— C'est de l'ironie anglaise ?

— Oui, c'est de l'ironie anglaise.

— Je vois. Merci. »

L'espace d'un instant, je crus que l'interrogatoire touchait à sa fin quand il ajouta :

« Que savez-vous des relations entre Jonathan Gold et Grigory Davidov – ces derniers jours, je veux dire ? »

Depuis le petit déjeuner, je n'avais cessé de me demander comment je répondrais à cette inévitable question. Je n'aimais pas Davidov, je n'avais aucune opinion dans un sens ou dans l'autre sur Jonathan Gold, et je n'avais surpris qu'un fragment de leur conversation. De toute façon, cela n'avait sûrement aucun intérêt.

« J'ai entendu M. Gold se disputer avec M. Davidov.

— À quel sujet, s'il vous plaît ?

— Je n'en suis pas sûr.

— Mais vous êtes bien sûr qu'il s'agissait d'une

dispute ? Ils avaient donc dû élever la voix ? Ou peut-être que l'un semblait près de frapper l'autre ?

— Quelque chose comme ça.

— C'est que ça pourrait être important », insista le brigadier.

Il avait cessé de prendre des notes quelque temps auparavant, mais il tendait à présent la main vers son stylo.

« De quoi vous souvenez-vous précisément, monsieur Tressider ? »

Les yeux fermés, j'essayais de me repasser la scène. J'étais tombé sur eux dans le salon : un réduit confiné peint d'un brun lustré partout où c'était possible et agrémenté d'un certain nombre de fauteuils rouges pelucheux inconfortables et de trois ou quatre jeux d'échecs incomplets. Il semblait conçu pour dissuader les clients de s'y attarder et les rediriger vers les endroits de l'hôtel où l'on pouvait dépenser de l'argent. C'était un lieu improbable pour quoi que ce soit hormis une conversation qui ne devait pas arriver aux oreilles des autres clients. Je ne me rappelle plus pourquoi j'y avais jeté un œil, mais la première chose que j'avais remarquée c'était Gold qui, le poing levé, semblait prêt à asséner un crochet sur le nez de Davidov. Bizarrement, Davidov riait, mais son sourire s'était dissipé progressivement. Comme s'il venait de se rendre compte qu'une discussion qui avait plutôt bien commencé était sur le point de tourner au vinaigre.

« C'est pas ça qui va la faire revenir, avait ricané le Russe sans toutefois lâcher des yeux le poing de Gold.

— Vous ne comprenez vraiment pas ce que je pourrais vous faire subir, n'est-ce pas ? » avait répondu Gold.

Ce qu'il entendait par là n'était pas clair, mais il

pouvait fort bien s'agir d'un argument valable. Davidov était massif, pourtant, dans un combat régulier, j'aurais mis mon billet sur Gold. Toutefois, je doutais que le Russe se fût jamais engagé de son plein gré dans un combat régulier. Sur ces entrefaites, ma présence avait été remarquée et Davidov s'était fendu d'une profonde révérence, laissant Gold secouer bizarrement le poing dans le vide. J'étais planté là sur le seuil, le Russe me dévisageait.

« Vous savez que ça porte malheur de rester planté là comme ça, avait-il dit dans ce qui ressemblait à une tentative d'humour. Il ne faut jamais discuter en restant sur le seuil.

— C'est une superstition russe ? avais-je demandé.

— Oui.

— Et c'est à vous ou à moi que ça porte malheur ?

— C'est ce que nous découvrirons en temps voulu. Cependant, les gens qui me portent la poisse ont tendance à avoir la poisse aussi. »

Il s'exprimait d'un ton jovial ; Gold, lui, restait les bras ballants, poings serrés, le regard dans le vague.

N'ayant eu nullement envie de converser avec Davidov depuis le seuil ni autrement, je m'étais simplement enquis de la présence éventuelle de journaux anglais dans l'hôtel. Le Russe m'avait aussitôt répondu par la négative. Je m'étais retiré et les avais laissés poursuivre la mystérieuse conversation qu'ils souhaitaient poursuivre. Mais oui, maintenant que j'y repensais, tel était bien l'échange de mots que j'avais surpris.

« Vous savez peut-être, dit le brigadier, que M. Davidov avait perdu ce qu'il clamait être un paquet d'une grande valeur juste avant qu'on découvre le cadavre de Gold. Auraient-ils pu se disputer à ce sujet, par exemple ?

— Non. Je l'ignorais. Quel genre de paquet ?

— D'après le réceptionniste, il se plaignait de la disparition d'une enveloppe blanche. Il semblait très contrarié. »

Cela me rappelait quelque chose. Quelqu'un m'en avait-il parlé ? Si tel était le cas, cela m'avait semblé moins important sur le moment qu'à présent.

« A-t-il dit ce qu'elle contenait ? » demandai-je.

Ma question fut ostensiblement ignorée.

« Peut-être, monsieur, que vous pourriez vous en tenir au récit de cette dispute entre M. Davidov et M. Gold ? Vous dites que M. Gold avait le poing levé ?

— Ai-je dit une chose pareille ? Je ne suis pas sûr de ce détail.

— Donc, aucune menace de violence ?

— Je n'en suis pas sûr.

— Mais ils se disputaient bien ?

— Réflexion faite, le terme de dispute est peut-être quelque peu exagéré.

— Je croyais que vous aviez dit... »

Le brigadier jeta un coup d'œil à son calepin, mais comme il n'avait pas pris de notes à ce moment-là, il n'en fut pas plus avancé.

« Alors, vous rappelez-vous quoi que ce soit au sujet de leur conversation ? » demanda-t-il, le stylo toujours en attente.

Je donnais tous les signes de la réflexion. Je me demandais s'il accepterait d'échanger des informations sur l'enveloppe blanche contre des informations sur la dispute, mais j'en doutais fort.

« Je ne peux pas vous dire grand-chose d'autre », répondis-je.

À son tour, le brigadier réfléchit, puis referma son calepin avec un bruit sourd. Il revissa le capuchon de son stylo, qu'il remisa dans sa poche. Pas besoin de mots pour signifier à quel point j'avais été décevant.

« Merci, monsieur Tressider. Vous avez été d'une grande aide.

— Je vous en prie. »

6

Une dépression généralisée s'était abattue sur l'hôtel. Les moindres recoins étaient occupés par des gens qui auraient voulu être ailleurs. Quels que fussent les attraits que Chaubord ou l'hôtel avaient pu présenter auparavant à nos yeux, ils s'étaient évaporés dès l'instant où nous avions appris que nous ne pourrions pas partir. Même Ethelred finit par remarquer l'inquiétante odeur de moisi qui régnait – et que j'avais pour ma part reniflée depuis Douvres. Dans le salon, la famille allemande tâchait, sans grand succès, de se divertir en reconstituant l'un des puzzles incomplets. À l'accueil, un type blond vêtu d'un costume bleu froissé étudiait une carte en mâchouillant son bic. Je ne l'avais pas vu au dîner le soir précédent, mais je l'avais découvert après le petit déjeuner : il avait voulu partir et avait protesté haut et fort dans un français aux accents de Birmingham lorsqu'on lui avait signifié qu'il devrait rester. Ce matin-là, de tous les tristes bonnets de nuit de l'hôtel, il était, d'un pompon, le plus triste.

J'avais besoin d'un peu d'air, le seul endroit où aller était le jardinet de l'hôtel.

J'y trouvai Ethelred, déjà sur la terrasse, occupé à boire un café. Il semblait un peu plus présomptueux que ce qu'il aurait dû mais, à part ça, tout était en ordre. Peut-être était-il soulagé que son interrogatoire fût terminé.

« Comment ça s'est passé ? » demandai-je.

Sa tasse étant en train d'effectuer le trajet jusqu'à ses lèvres, il me sourit au-dessus du liquide noir mousseux.

« Ça ne peut pas s'être passé aussi bien que ça. Ce n'est pas comme si tu avais jamais été suspect. Au mieux, on sera tous les deux libres de partir avant le déjeuner.

— Je me disais qu'on pourrait rester une nuit de plus.

— D'accord, mais pourquoi ici ?

— Pourquoi pas ?

— Alors, raison numéro un, dis-je, m'apprêtant à enfoncer des portes ouvertes, comme on est souvent amené à le faire avec les écrivains, c'est un bouge. Et il y a de fortes chances que ce soit un bouge vide d'ici ce soir s'ils nous laissent partir. Raison numéro deux… en fait, la une suffit largement, Ethelred. C'est un bouge. »

Si j'avais prévu un rendez-vous galant avec Jonathan Gold, j'aurais peut-être pondu je ne sais quelle excuse bidon pour rester. Avec qui Ethelred prévoyait-il un rendez-vous galant ?

Il fit semblant de réfléchir à mes arguments.

« Je ne vois pas l'intérêt de s'embêter à faire et défaire nos valises. C'est bien ici.

— Bien ? C'est l'un des pires hôtels où je sois allée.

— De toute façon, j'ai dans l'idée d'en faire le décor de mon prochain roman, ajouta-t-il spécieusement.

— Alors sors ton Moleskine et commence à gribouiller. Et magne-toi le train. On part à la première occasion.

— Il me faut au moins, répliqua-t-il, disant peut-être enfin la vérité, m'entretenir brièvement avec Grigory Davidov avant notre départ.

— Je croyais que tu ne pouvais pas l'encadrer ? Tu me l'as décrit riche et désagréable.

— J'ai dit que c'était ainsi que certaines personnes le décriraient.

— Donc, ses amis le décrivent juste comme quelqu'un d'à moitié plein aux as et désagréable.

— Possible. C'est loin d'être le plus riche des oligarques. Et quand bien même, j'ai une question importante à lui poser.

— Laquelle ?

— Oh, c'est juste un truc qu'il m'a dit sur lequel je voudrais revenir.

— Ben t'as intérêt à te magner le train là-dessus aussi avant que la police l'arrête. Ce doit être le suspect numéro un.

— Pourquoi ?

— Parce que visiblement lui et Jonathan Gold ne s'aimaient pas, patate. Ce ne peut être que lui le meurtrier, tu ne crois pas ?

— Il est beaucoup plus probable que le coupable soit quelqu'un d'extérieur à l'hôtel, ce cirque de nous garder tous ici est parfaitement inutile.

— Si Davidov n'est pas le meurtrier, du moins lui et Gold manigançaient de toute évidence quelque chose.

— Peut-être.

— Donc, et si M. Davidov savait qui était le meurtrier ?

— Cela me semble hautement improbable.

— Dans tes romans, le fait que quelqu'un connaisse

l'identité du meurtrier signifierait qu'il coure lui-même un grand danger. Ce serait le prochain à bouffer les pissenlits par la racine.

— Bien au contraire. Cela ne fait pas partie des clichés que je véhicule », répliqua-t-il avec mépris.

Notre conversation fut interrompue par le brigadier français qui s'était glissé sur la terrasse sans qu'aucun de nous ne le remarque. Il m'adressa une révérence.

« Bonjour, *madame.*

— On peut partir ? demandai-je.

— Malheureusement, vous allez devoir rester encore un peu, s'excusa-t-il. Je regrette de vous informer qu'il y a eu un deuxième décès. »

Il s'interrompit, attendant l'inévitable question.

« Un deuxième décès ? » demanda Ethelred.

Il fallait bien que quelqu'un le fasse, sinon on y aurait passé la journée.

« M. Davidov est… décédé.

— Vous voulez dire assassiné ? demandai-je.

— Crise cardiaque, rectifia le brigadier, cependant, il n'avait pas l'air convaincu.

— Ça c'est la poisse, commenta Ethelred, mais si tel est le cas, il ne devrait y avoir aucune raison de nous retenir ici.

— Tant que nous ne sommes pas certains de la cause de la mort, nous la considérons suspecte.

— Autrement dit, il a été assassiné parce qu'il en savait trop », dis-je.

Les agents littéraires ont un sixième sens pour ce genre de choses.

7

Si j'avais fait remarquer que l'atmosphère était mutique ce matin-là, c'était uniquement parce que je n'avais pas idée d'à quel point les choses allaient mal tourner d'ici l'heure du déjeuner. Peut-être était-ce parce que, dehors, le soleil brillait et que nous ne pouvions sortir que dans le jardinet plutôt triste à l'arrière de l'hôtel. Peut-être était-ce parce que deux d'entre nous avaient été assassinés (crise cardiaque ? Mes fesses) et qu'il y avait des chances que le meurtrier se trouve encore parmi nous. Quelle qu'en fût la cause, il régnait dans la salle de restaurant une dépression collective presque palpable.

À notre petite table, Ethelred, sourcils froncés, enchaînait les monosyllabes. Il semblait prendre la mort de Grigory Davidov comme un affront personnel. À la table voisine, les deux gosses allemands se plaignaient (en allemand) qu'ils s'ennuyaient. Je m'efforçai de comprendre des fractions de leurs propos mais, n'ayant jamais étudié l'allemand ne serait-ce qu'au niveau du collège, je ne compris pas un traître mot. D'un autre côté, quiconque s'étant déjà retrouvé à proximité de gamins – ce que je m'efforce d'éviter – aurait immédiatement reconnu le ton geignard de l'enfant blasé. Le type blond au costume froissé, à la chemise rayée et dépourvu de cravate, avait déplié sa carte devant lui, comme si ça pouvait accélérer son départ (bizarrement, ce ne fut pas le cas). Les deux philatélistes en tweed étaient muets et renfrognés.

La fouine n'était pas là, probablement tapie dans sa tanière.

« Les policiers vont de nouveau vouloir nous interroger, dis-je.

— Surtout toi, répliqua Ethelred.

— Moi ? Depuis quand suis-je donc suspectée ?

— Je n'ai pas dit que tu l'étais, seulement nul ne peut nier que ta chambre est mitoyenne avec celle de Davidov.

— Ah bon ? »

Je n'avais pas vraiment fait attention à qui était où, même si je connaissais le numéro de chambre de la fouine. La mienne se trouvait au bout d'un couloir et, donc, en y réfléchissant bien, n'était attenante qu'à celle de Davidov et à aucune autre. Il y avait, me rappelai-je soudain, une porte communicante dans un mur de ma chambre afin de pouvoir passer rapidement de l'une à l'autre. J'eus la chair de poule, mais un instant seulement car cette porte avait, après tout, été solidement verrouillée : j'avais vérifié. En revanche, cela pouvait expliquer pourquoi j'avais entendu divers bruits aussi clairement : cette porte était (légèrement) moins insonorisée qu'un mur d'hôtel. Aucun doute, la nuit précédente, Davidov – ou quelqu'un dans sa chambre – avait eu un comportement agité.

J'étudiais de nouveau la salle à manger tout en ruminant les faits. Elle était remplie d'un tas de gens banals aux soucis banals liés à des correspondances ratées et à des rejetons grincheux.

Je fis un deuxième plongeon dans la fondue au chocolat d'Ethelred (il n'était pas en état de l'apprécier) puis soulevai une question qui me tracassait depuis un moment.

« Si c'est l'un des clients de l'hôtel qui a trucidé Davidov et Gold, lequel est-ce parmi nous ? »

Ethelred jeta un regard aussi circulaire que vide à la pièce.

« Exactement, triomphai-je. Il n'y a personne ici qui semble vaguement capable d'un meurtre, alors deux, n'en parlons pas.

— Mais il pourrait s'agir, comme je le disais, de quelqu'un d'extérieur à l'hôtel.

— Pour le premier meurtre, oui. Mais quand Grigory Davidov est mort, l'hôtel était bouclé. Personne – ni clients ni employés n'était libre d'aller et venir.

— Un membre du personnel, alors. Le chef avait tout le loisir d'accéder aux couteaux. »

L'idée que le cuisinier ait pu tous nous prendre en grippe n'était guère réjouissante. Je plongeai tout de même encore une fois dans la fondue au chocolat d'Ethelred : il y a des risques qui valent la peine d'être pris.

« Le chef ? Tu crois ça ? demandai-je en me léchant les doigts.

— Pas vraiment. À première vue, il n'est guère probable que l'hôtel renferme deux clients qui aient suffisamment irrité les membres du personnel pour qu'ils les tuent tous les deux. Un, d'accord, mais pas deux. Dans le cas de Jonathan Gold, la plupart des employés sont hors de cause de toute façon. Comme je crois l'avoir déjà mentionné, il n'y en avait presque aucun de service hier soir. Le réceptionniste est le seul à avoir été présent tout le temps mais, apparemment, il travaille ici depuis de nombreuses années et n'a pas la réputation d'avoir des tendances meurtrières. Le directeur de l'hôtel habite sur place, mais il se trouve qu'il était allé rendre visite à des amis à Tours, sa voiture est tombée en panne et sa femme et lui se sont vu contraints de passer la nuit là-bas. Tous les autres membres du personnel – y compris le cuisinier – habitent je ne sais où en ville et étaient absents au moment critique. À l'inverse, lorsque Davidov est mort, presque tout le monde était là. Toutefois, ce qui est bizarre avec ce deuxième meurtre, c'est qu'il a été commis dans un hôtel qui grouillait de policiers. Pas terrible, comme timing, à moins que cet assassinat ait été absolument nécessaire et le coupable désespéré. Nous voilà donc face à une énigme. D'un autre côté, je ne suis qu'un écrivain de polars. Tu serais mieux avisée de demander leur avis aux flics.

— Mais si tu dis que les deux meurtres sont liés, alors tu dis aussi que le coupable ne peut être que l'un des clients. Or, pourquoi quelqu'un irait-il trucider deux types sans aucun lien entre eux et aussi différents que Davidov et Gold ?

— Évidemment, nous ne sommes pas encore tout à fait sûrs que la mort de Davidov soit criminelle, répondit Ethelred le pragmatique. D'après la police, il pourrait s'agir d'une crise cardiaque.

— Bien sûr, ils ne vont pas dire le contraire. Il faut qu'on découvre ce que Gold et Davidov avaient en commun.

— Tu l'as dit toi-même : pas grand-chose.

— M. Davidov avait perdu sa précieuse enveloppe. Celle qui était dans le coffre-fort. Ce doit bien être un indice, non ?

— Ah oui, l'enveloppe. La police m'en a parlé.

— Non, c'est moi qui t'en ai parlé. J'avais vu Davidov en train de se disputer avec le réceptionniste. Je te l'ai d'ailleurs raconté au petit déjeuner mais, comme d'habitude, tu n'écoutais pas. Grigory Davidov avait laissé une enveloppe dans le coffre-fort de l'hôtel. Ce matin, quand il l'a ouverte, elle était vide. Il prétendait que son contenu avait été volé. Le réceptionniste rétorquait qu'elle avait dû être vide depuis le début. »

Cette information rendit Ethelred très pensif.

« Donc tu as vu Davidov ? Et tu as vu l'enveloppe ? Elle était grande ?

— A4 ? Non, peut-être plutôt A5. Plus grosse qu'une lettre ordinaire en tout cas, possiblement à bulles. Je ne l'ai pas vue de près. Davidov était sur le point de la rendre au réceptionniste. Lequel n'en voulait pas. Le plus marrant, c'était que…

— Donc, cette chose précieuse devait être assez petite ? m'interrompit Ethelred.

— Pas énorme, quoi. Je m'étais dit que ça devait être des timbres, vu que c'était le marché aux timbres et tout. Qu'est-ce qu'il peut y avoir d'autre de petit et de grande valeur ? Des pierres précieuses ? Des gros biftons ? De minuscules œuvres d'art ? Une lettre de chantage ? L'argent, c'est le plus plausible : de l'argent pour acheter quelque chose que quelqu'un avait ici… ou… »

Ma liste arriva piteusement à sa triste et décevante fin.

Ethelred resta coi.

« Peut-être, poursuivis-je, frappée par une idée rassurante, Davidov et Gold essayaient-ils chacun de leur côté de mettre la main sur le même truc et qu'une tierce personne essayait de les en empêcher, même si cela impliquait de refroidir Davidov sous les yeux de la moitié des forces de police françaises. Ce serait chouette, dans la mesure où nous autres, au moins, n'aurions rien à craindre, pas vrai ? »

Je regardai Ethelred. Bizarrement, il était devenu tout blanc.

8

J'aime concevoir des plans détaillés pour mes romans.

Une fois, j'ai rencontré un écrivain de polars qui prétendait élaborer des plans plus longs que ses livres eux-mêmes. Cela m'avait paru excessif, mais parfaitement vraisemblable. Tout est dans les menus détails. Bien que le lecteur ne doive rien voir d'autre que des rebondissements inattendus, en tant qu'écrivain vous avez besoin d'une carte limpide qui vous indique le chemin à travers le labyrinthe, sans oublier les détours que ni les lecteurs ni vous n'irez jamais explorer.

Prenez Ginger McVitie, par exemple, un de mes personnages de méchant préférés. En tant que lecteur, vous comprenez qu'il a fait des séjours dans la moitié des prisons du pays, et c'est tout ce que vous avez besoin de savoir. Mais en tant qu'écrivain, il faut que je sache exactement où, quand et pourquoi, sinon je risque de lâcher dans mon prochain roman le « fait » qu'il se trouvait à Pentonville en 1992, et là je ne sais quel *aficionado* du polar particulièrement observateur va me signifier dans une lettre que Ginger s'y trouvait clairement au même moment que Bruiser Beecham, alors pourquoi ne se sont-ils pas reconnus pendant le cambriolage de la NatWest à Buckford en 1994 ? J'ai parfois des pages et des pages de notes biographiques, y compris concernant les personnages les plus mineurs. Peut-être les histoires d'épouvante s'écrivent-elles les doigts dans le nez, mais on ne peut pas concocter un polar à la légère.

C'est pourquoi il m'est difficile de travailler avec des gens qui ne planifient presque rien, comme c'était le cas alors. Évidemment, quand j'étais arrivé en France j'avais une vague idée de ce qu'on attendait de moi, mais mes instructions étaient (comment dire ?) lacunaires. Cela m'aurait rendu service de savoir qui je devais rencontrer et ce que je devais récupérer. Des petits détails de ce genre. Avec du recul, Davidov et Gold semblaient tous les deux des candidats plausibles pour être mon « contact », mais aucun ne m'avait abordé et tous deux avaient désormais, c'était malcommode, passé l'arme à gauche. Si mon contact avait été l'un d'eux, je n'avais plus qu'à rentrer chez moi dès qu'on serait relâchés.

Je ne m'étais, comme j'en avais informé la police, entretenu que brièvement avec Gold, bien qu'à plusieurs reprises. Avec du recul, peut-être aurais-je dû dès le départ nourrir quelque soupçon quant à ses références philatéliques. Dans un hôtel où les timbres semblaient constituer le seul et unique sujet de conversation, il était le seul parmi les quelques rares clients à ne jamais y faire allusion.

Davidov, à l'inverse, semblait être un authentique amateur, qui ne demandait pas mieux que de me faire l'article de sa collection aussi vaste qu'onéreuse. « J'ai dédié une pièce entière aux timbres dans ma datcha, m'avait-il expliqué. C'est ma façon d'échapper aux pressions occasionnées par la direction de tant d'entreprises fructueuses. Je possède de nombreux spécimens qui remontent à l'époque des tsars. L'époque communiste ne m'intéresse pas. Mais la philatélie est un passe-temps particulièrement égalitaire, non ? Collectionner les vieilles voitures – ce que je fais aussi, soit dit en passant – requiert de l'argent. Acheter des yachts coûte de l'argent. Mais n'importe qui peut commencer une collection de timbres avec quelques pennies, et n'importe qui avec un tant soit peu de connaissances commencera vite à faire des affaires. J'en ai moi-même fait beaucoup. Beaucoup. »

Ensuite, il y avait le fouinesque M. Herbert Proctor.

« Appelez-moi Herbie, m'avait-il enjoint lors de notre première rencontre en tendant une paume moite dans ma direction. Comment dois-je vous appeler ?

— Appelez-moi M. Tressider », avais-je répliqué.

Je ne peux pas vous expliquer pourquoi je ne l'aimais pas. J'ignore complètement si c'était réciproque. Probablement. Mais bien qu'il eût l'air d'être de ceux qui ont la capacité de nourrir du ressentiment, il semblait également manquer du courage nécessaire pour agir en conséquence. Peu importe la fréquence de mes rebuffades, il refaisait surface, nullement échaudé, avec son sourire mi-patelin, mi-ironique. Malgré le don qu'il avait d'apparaître brusquement sur la chaise voisine de la mienne, il ne donnait aucun signe que lui et moi étions censés travailler ensemble. J'espérais qu'il en restât ainsi.

Au départ, je l'avais classé comme un énième philatéliste. Ce qui l'avait trahi, c'était qu'il parlait en boucle des mêmes timbres, comme s'il avait lu deux ou trois articles avant de venir en France et qu'il comptait sur ceux-là, et ceux-là uniquement, pour l'aider à traverser les quelques jours à venir. Ce qui ne me posait aucun problème dans la mesure où rien ne ressemble plus à un timbre qu'un autre timbre et où j'aurais fait exactement la même chose pour couvrir mes arrières. Il s'agissait d'ailleurs de l'une des personnes les plus intéressantes de ce marché aux timbres. Il se trouvait juste que je ne l'aimais pas. Mais alors pas du tout.

La gentille famille ne correspondait nullement à l'idée que je me faisais de mon contact, cependant (comme je commençais à le comprendre) cela ne signifiait pas qu'ils n'étaient pas les gens que j'étais censé rencontrer. Je bavardais un peu avec eux en anglais et dans leur propre langue, mais surtout en anglais. Lui était diplomate et ils profitaient de sa toute nouvelle affectation dans ce pays pour prendre de courtes vacances. Ils étaient, autant que je pouvais en juger, exactement qui et ce qu'ils prétendaient être.

L'homme blond se nommait Brown. Il était en France pour affaires – lesquelles n'avaient absolument aucun rapport avec les timbres. Alors qu'il retournait en Angleterre en voiture, il avait fait étape à l'hôtel. Je ne lui avais parlé que très brièvement avant l'arrivée d'Elsie. À présent, il regrettait sûrement de ne pas avoir poussé jusqu'à Caen la veille au soir. Il semblait avoir atterri là complètement par hasard.

Or, le truc, c'est que mon contact, homme ou femme, était censé se faire connaître durant le marché aux timbres. Allez savoir pourquoi, ce n'était pas moi qui devais l'approcher, même si je devinais de qui il s'agissait. Toutefois, personne ne m'avait abordé et personne ne semblait prêt à le faire.

Ce qui ne m'avait jamais traversé l'esprit, avant qu'Elsie ne le suggère gentiment, c'est que cette affaire pouvait comporter des risques. Désormais, il me semblait qu'elle en comportait un bon paquet. Et je ne savais même pas pour qui je les prenais.

On pouvait donc dire que tout cela était un beau merdier, même avant qu'Elsie n'eût la prévenance d'annuler mes cartes de crédit.

Rien ne m'horripile tant que les gens qui ne vous livrent qu'une partie de l'histoire. Pas vous ?

9

Sans chocolat, il n'y a pas grand-chose à faire dans une chambre. J'avais de nouveau été interrogée par la police, ce qui m'avait un tant soit peu divertie. Mais désormais, assise sur mon lit d'hôtel, je me tournais littéralement les pouces. J'hésitais à aller faire un brin de causette au flic en faction dans le couloir.

Ce n'était pas ma porte qu'il gardait, évidemment, mais celle de la chambre de (feu et à tous les coups assassiné) M. Davidov afin d'empêcher quiconque d'entrer et de tripatouiller les preuves.

En lorgnant à nouveau la porte de communication, je me demandais à quel point j'aurais été nerveuse si j'avais su que Davidov se trouvait de l'autre côté. Moins, peut-être, que s'il s'était agi de Herbie Proctor.

Je me dirigeai nonchalamment vers ladite porte, tournai la poignée et, à tout hasard, poussai. Non, elle était définitivement fermée à clé. Puis, de façon tout aussi hasardeuse, je glissai la clé de ma chambre dans la serrure et (ô surprise !) le verrou tourna souplement, la porte s'ouvrit en grand et révéla… une autre porte. Bon, tant pis. Chaque chambre était séparément dotée de sa propre porte de communication, laquelle s'ouvrait à l'aide de la même clé que la porte qui donnait sur le couloir. Il fallait donc celle des deux chambres pour opérer la liaison, quand des chambres reliées étaient requises.

Alors que je refermais le battant, je remarquai que mon geste avait légèrement fait bouger la seconde porte, visiblement mal fermée. Non seulement elle n'était pas verrouillée, mais elle n'était même pas poussée complètement. Peut-être Davidov avait-il voulu savoir où elle menait, ou peut-être la police l'avait-elle ouverte dans une démarche spéculative quand ils avaient fouillé la chambre. Qu'importe, en laissant gentiment la seconde porte ouverte, ils venaient de me fournir un moyen d'égayer un après-midi qui s'annonçait morose. C'est avec une curiosité non moins que dévorante que je poussai du bout des doigts la porte de Davidov. Elle s'ouvrit, silencieuse, accueillante, et je franchis le seuil.

Je n'ai pas souvent l'occasion de voir les lieux d'un crime, et ma première réaction fut qu'ils n'étaient, finalement, pas si intéressants que ça. Je me retrouvais dans une chambre d'hôtel très semblable à la mienne. À un crochet sur la porte d'entrée (toujours gardée de l'autre côté par un policier qui ne se doutait de rien) était pendu un peignoir d'hôtel standard en tissu-éponge blanc de mauvaise qualité. Le lit double était défait et un pyjama XXL traînait par terre d'une façon qui aurait attiré les foudres de plus d'une mère. Une valise gigantesque et sûrement très chère était placée contre le mur. Elle était verrouillée, mais je savais que la plupart des gens ne changeaient jamais la combinaison originelle. Je plaçai donc les trois molettes sur 000 : souplement, discrètement, elle dévoila son contenu. Il y avait des chemises, plusieurs boîtes de ce qui semblait être des médicaments sous ordonnance, plusieurs caleçons d'une taille impressionnante, une cravate, deux livres de poche russes lustrés encore jamais ouverts : aucun indice. Je rabattis le couvercle et repositionnai le barillet.

Sur la coiffeuse, je trouvai un objet digne de mon attention. Une boîte de chocolats extrafins délestée d'une seule friandise. Des saveurs à vous mettre l'eau à la bouche mais, bizarrement, pas de truffes à la pêche. Étrange mais, à part ça, la sélection me semblait sensée. Je m'imaginais Davidov en train de se rendre chez Apollinaire pour acheter sa toute dernière boîte de chocolats. Je me l'imaginais en train de les choisir, ces chocolats dont, hélas, il ne jouirait jamais. Je me l'imaginais les rapporter chez lui en prévoyant peut-être (comme il se doit) l'ordre dans lequel il allait les manger. Je n'en suis pas certaine, mais il est possible que, à ce moment-là, une petite larme ait roulé sur ma joue. Je doutais fort que la police s'embêterait à les compter, et je savais que le fantôme de mon ancien cacaopote poserait sur moi un œil bienveillant. Il ne voudrait certainement pas les laisser perdre.

Ensuite, ce dont je me souviens distinctement, c'est que j'étais comme en apesanteur, la bouche remplie de chocolat au lait et de fourrages crémeux qui fondaient lentement.

Mon corps recouvrit son taux vital de cacao et je repris mes fouilles avec une énergie et une détermination nouvelles. Je fis les poches de la veste de Davidov accrochée dans la penderie. Elles contenaient un portefeuille rempli de cartes de crédit et une somme assez conséquente de liquide. S'il ne voyait pas d'inconvénient à garder autant de fric à la portée de tous, était-il vraiment plausible qu'il y ait eu du blé dans l'enveloppe du coffre-fort ? L'argent étant dépourvu d'un cœur fondant moelleux, il ne courait aucun risque, avec moi en tout cas. Je remisai le portefeuille et refermai la porte de la penderie.

Il fallait bien reconnaître que mes recherches n'étaient pas très fructueuses, et je fus contrainte de m'encourager avec une nouvelle dose de chocolat afin de pouvoir poursuivre. Le peignoir fut presque la dernière chose que j'essayai. Ce que j'y découvris n'avait l'air de rien, mais c'était très étrange. Dans la poche gauche se trouvaient trois choses. Deux pièces d'une livre et la note d'un restaurant kasher du nord de Londres. Ma foi, il pouvait bien exister des oligarques juifs. Je regardai la date sur la note : elle avait été émise seulement quelques jours plus tôt – autrement dit, juste avant de venir en France, Davidov se trouvait à Londres. Où il avait payé en liquide du saumon fumé suivi de *mehren tzimmes* et de *kneidel*.

Dans le couloir, un bruit me rappela que, à un moment donné, la police voudrait peut-être fouiller la chambre à son tour. Et que, ce faisant, ils désireraient sûrement un peu d'intimité. Je repassai donc la porte sur la pointe des pieds en serrant contre moi une boîte et ses deux derniers chocolats. Je refermai la porte de Davidov, puis, tout doucement, refermai la mienne et la verrouillai.

C'est à ce moment-là que je me rendis compte que je serrais également la note et les pièces. J'aurais pu les rapporter, mais à travers les portes communicantes (l'une fermée à clé, l'autre non) me parvenait le bruit caractéristique d'activités policières menées en français. Le retour de la note ou des chocolats devrait attendre. Il s'agissait là d'indices qui pourraient s'avérer utiles. D'un autre côté, je n'avais aucune envie de me faire arrêter comme une vulgaire complice alors que j'accomplissais mon devoir de citoyenne. Je mangeai les deux derniers rescapés tout en m'interrogeant sur la marche à suivre.

Je retournai plusieurs fois les pièces de monnaie comme si elles pouvaient m'apprendre quelque chose, il n'en fut rien. C'étaient juste de banales pièces d'une livre qui arboraient la tête de la reine et, je le réalisai à l'instant, mes empreintes digitales légèrement poisseuses. La note semblait couvrir les frais d'un repas pour une personne, service non compris. Davidov avait accompagné ses plats d'un Pepsi Light. Il n'avait pas pris de dessert mais avait commandé un expresso. Ma trouvaille me laissait toujours perplexe, mais j'étais persuadée qu'elle était capitale.

Tout de même, c'est pénible de ne connaître qu'une moitié de l'histoire.

Je trouvai Ethelred de nouveau sur la terrasse du jardin, occupé à scruter la pauvre vue tout en buvant un café.

Il écouta attentivement mon compte rendu, qui éluda toute référence à des crèmes à l'orange ou à des pralines enrobées de chocolat amer.

« Il n'y avait aucune trace de l'enveloppe disparue, j'imagine ?

— Aucune. Mais celle-ci, Davidov se l'était fait voler, non ?

— C'est ce qu'il disait. J'avais espéré qu'il ne s'agissait là que d'une ruse.

— Espéré ? »

Il haussa les épaules.

« Enfin, je m'étais demandé si ce n'était pas une ruse… mais manifestement non. »

Son attention s'était portée sur l'addition.

« Je suppose que tu as prévu de confier ceci à la police en temps voulu ?

— Je me disais que je pourrais aller la remettre discrètement ce soir.

— Ce serait sage.

— C'est bizarre que Davidov ait mis ces trucs-là dans son peignoir. »

Ethelred secoua la tête.

« N'oublie pas que, en général, les hommes n'ont pas de sac à main. Il y a tout un tas de trucs qui finissent dans nos poches. On les vide avant d'accrocher notre pantalon dans la penderie. Après, il faut bien transférer le contenu quelque part. Une table de chevet fait l'affaire, toutefois, les poches d'un peignoir sont souvent bien pratiques aussi.

— Mais pourquoi Davidov se rendrait-il à Londres pour dénicher un obscur restaurant kasher et y prendre un repas somme toute assez ordinaire ? Et puis de toute façon c'est quoi… »

Je regardai à nouveau la note.

« … des *mehren tzimmes* avec des *kneidel* ?

— Du gâteau de carotte avec des boulettes », répondit-il du tac au tac.

Il y a des trucs bizarres comme ça qu'il sait. C'est bien pratique pour les quiz au pub.

« Ce qui est sûrement très bon, poursuivit-il, mais, en tant qu'indice, ça ne vaut pas tripette.

— Peut-être Davidov connaissait-il déjà Gold ? Peut-être qu'il s'était rendu à Londres et qu'il l'avait amené dans ce restaurant ?

— Où un seul d'entre eux décide de manger ? Curieux, mais peut-être à peine moins qu'un oligarque qui débarque de Moscou pour se payer un petit dîner en solitaire dans le quartier de Finchley.

— Ils ont peut-être payé séparément.

— Peut-être. »

Un sous-fifre fit une apparition suffisamment longue pour que je lui commande un chocolat chaud. Pendant que j'attendais ma tasse, Ethelred et moi observions en silence le jardin d'hiver en friche. Déjà qu'en été il ne devait pas avoir fière allure, alors là, avec l'herbe haute et la piscine symbolique cachée sous sa bâche en nylon bleu délavé, il semblait triste et revanchard. Les rares dernières roses avaient manifestement scellé un pacte suicidaire avec les géraniums. Seuls de pitoyables lauriers, les branches pendantes, se satisfaisaient fort bien de leur entourage.

Le jardin devait être devenu ce qu'il était suite à une série d'aménagements hasardeux et dépourvus de toute cohérence de la part des directeurs successifs. L'un avait été de toute évidence un fana de béton. Un autre avait apparemment tenté d'adoucir cet aspect à l'aide d'une rangée de guirlandes électriques le long du mur du fond – des décorations de Noël criardes, mais pas du dernier cri. Le nouveau pavillon d'été constituait une pâle tentative vers le pittoresque. Quant à la piscine, c'était un stratagème aussi grossier qu'inapproprié, destiné à obtenir une étoile supplémentaire de la part des autorités touristiques : je ne me serais pas laissé tenter, même au zénith de l'été.

Un grand mur de briques séparait ce petit paradis terrestre de celui d'un autre hôtel d'un côté et d'une ruelle de l'autre. Un portail en bois offrait, à des périodes plus heureuses, une sortie sur celle-ci et, au-delà, vers toutes les chocolateries. Sur le troisième côté, derrière l'hôtel, des noues humides, envahies de mauvaises herbes molles, se déployaient jusque vers la Loire brumeuse.

Je fus frappée par le fait que, si le portail était fermé à clé, le mur, lui, était franchissable, ce dont je fis part en passant à Ethelred.

« Le jardin est surveillé, je te le dis au cas où tu envisagerais de prendre la poudre d'escampette », rétorqua-t-il.

Il désigna le pavillon d'été symbolique, où était assis un flic transi et renfrogné qui se frictionnait les mains. Je n'avais pas envisagé de prendre la poudre d'escampette, cependant, une telle tentative avait clairement été anticipée.

« Ils vont nous parquer encore combien de temps ? marmonnai-je.

— Peut-être plus très longtemps. Apparemment, ils en sont à la moitié de leur deuxième round d'interrogatoires.

— Encore faut-il qu'il n'y ait pas un autre abruti qui se fasse trucider, fis-je remarquer.

— Il y a peu de chances. Oh, au fait, j'ai un nouvel élément d'information pour toi : ça vient de sortir. À présent, la police sait comment M. Davidov est mort.

— Comment ?

— Ce n'était pas très subtil. Quelqu'un avait mis du cyanure dans ses chocolats. »

10

J'ai toujours trouvé le poison immensément commode.

Je ne suis pas le seul écrivain à apprécier ses mérites. Agatha Christie était la championne du cyanure. Dans plusieurs de ses livres, son premier empoisonnement l'amuse tellement qu'elle nous en offre un deuxième avant la fin. Personnellement, j'empoisonne rarement plus d'un personnage à la fois, en revanche, je ne me prive pas de le faire chaque fois que l'occasion se présente.

Le poison a de nombreux avantages pour le meurtrier. Contrairement à un coup de feu, il ne fait pas de bruit. Contrairement à ce qui arrive avec un couteau ou une hache, le tueur ne se macule pas d'une quantité embarrassante de sang. L'assassin délicat n'a pas besoin de porter les mains sur la chair de sa victime, ce qui est plus ou moins indispensable dans le cas d'une strangulation. Le poison ne requiert aucune force physique et moins de courage que presque n'importe quelle autre arme. Avec un poison qui agit lentement, le meurtrier peut être loin avant même que la victime ne commence à se douter qu'il y a un souci.

C'est souvent pratique. Bien sûr, toute une série de lois inconsidérées a rendu les poisons de plus en plus difficiles à se procurer, mais étant donné que la mort-aux-rats et l'antigel sont suffisamment mortels pour peu qu'ils soient bien dosés, ce seul fait ne devrait pas décourager l'empoisonneur en herbe.

Nombre des meilleurs crimes non fictionnels sont des empoisonnements. George Orwell soulignait que, sur les huit affaires les plus célèbres de l'époque, qu'il décrit comme « notre grand âge du crime » (1850-1925), pas moins de six étaient des empoisonnements. Plus récemment, l'un de nos assassins les plus prolifiques s'est servi de diamorphine pour tuer environ deux cent cinquante victimes – cependant, en toute franchise, jamais on ne pourrait se permettre un nombre de morts aussi élevé dans une fiction.

Je dois bien avouer que, en ce qui me concerne, j'ai un faible pour le cyanure. Excepté une légère odeur d'amande amère, on ne le détecte pas facilement dans la nourriture ou la boisson. Une dose de 50 milligrammes provoquera la mort par anoxie en l'espace de cinq minutes. Une fois que vous l'avez ingéré, il n'y a plus guère de retour possible. C'est le poison pour lequel vous optez quand votre suicide n'est pas juste un appel à l'aide.

L'arsenic met plus de temps à agir, mais il reste un meurtrier en bonne et due forme grâce à la défaillance multiviscérale qu'il provoque. L'As2O3 et l'As2O5 sont tous deux incolores, inodores et facilement solubles dans l'eau. Deux des meurtriers de l'âge d'or d'Orwell (Seddon et Cotton) l'employèrent à bon escient. Dans *Poison violent*, Dorothy Sayers en assaisonne une omelette. C'est là un classique fiable pour l'auteur débordé.

L'aconit compte parmi les plus anciens et a parfois été surnommé le roi des poisons. C'est une poudre blanche qui se dissout dans l'alcool, ce qui marche fort bien sauf pour les victimes qui ont fait vœu d'abstinence. Aussitôt après la déglutition, le consommateur ressent un engourdissement et des picotements dans la bouche, suivis par une sensation de brûlure dans la gorge. Celle-ci s'étend aux mains, aux pieds, puis à tout le corps. La mort survient en général suite à une déficience du système respiratoire, et ce à n'importe quel moment entre huit minutes et quatre heures après l'ingestion. 1,3 milligramme suffit à tuer une personne réelle ou fictive.

Je réserve la strychnine à ceux que j'abomine vraiment. Ce n'est pas un poison sympathique. Peu après l'avoir avalé, la victime a l'impression qu'elle va étouffer, et c'est d'ailleurs le cas. Au bout d'un certain temps. D'abord, les muscles faciaux commencent à se contracter et le visage se déforme en un rictus hideux qu'on appelle le *risus sardonicus.* Puis d'autres muscles se contractent à leur tour, provoquant de violentes contorsions spasmodiques de tout le corps. Entre chaque paroxysme, il y a une brève et cruelle rémission au cours de laquelle la victime exténuée peut croire quelques secondes que le pire est passé. Mais non. Le visage livide et la mâchoire serrée, elle meurt étouffée au bout de deux ou trois heures.

Il est parfois judicieux d'opter pour un poison moins connu. Dans *La Maison biscornue,* Agatha Christie utilise un médicament ophtalmique à base d'ésérine, et dans *Une poignée de seigle,* de la taxine. Le Dr Crippen a de son côté choisi d'administrer de la hyoscine à sa femme (malheureusement ça n'a pas marché, alors il a quand même dû lui tirer dessus, dommage). Ça paie de laisser planer le doute.

Les empoisonnements ne sont pas toujours volontaires. L'affaire des bonbons empoisonnés de Bradford en 1858 constitue l'un des exemples les plus célèbres. William Hardaker (connu sous le sobriquet de Humbug[1] Billy) avait réussi à empoisonner deux cents de ses clients avec des bonbons goût menthe et arsenic. Son fournisseur de friandises à la menthe était un certain Joseph Neal. Neal n'avait voulu frelater ses bonbons, expliqua-t-il plus tard, qu'avec du plâtre à mouler – moins cher que le sucre et assez inoffensif. Cependant, il avait délégué cet achat à son locataire, James Archer, qui n'avait qu'une vague idée de ce qu'il devait quérir. Le pharmacien qui fournissait Neal d'ordinaire étant malade, il avait à son tour laissé à son assistant le soin de localiser le « toc », comme on disait, et de l'emballer. Si seulement il avait expliqué clairement que ce « toc » se trouvait à côté de l'arsenic dans la réserve, alors peut-être l'assistant se serait-il rendu compte qu'il lui fallait se montrer prudent. En lieu et place, James Archer était revenu fièrement chez lui en serrant douze livres d'arsenic – susceptibles de tuer à peu près deux cents personnes. À ce poison, Neal avait ajouté quarante livres de sucre, quatre livres de gomme à mâcher et une touche d'essence de menthe poivrée afin de produire la prochaine fournée de bonbons. Remarquant une légère différence à la livraison, Billy négocia astucieusement une remise. Au final, on peut s'étonner que seuls vingt de ses clients passèrent de vie à trépas.

---

1. Un *humbug*, en anglais, désigne un bonbon dur de forme ovale, en général rayé et le plus souvent à la menthe. *(N.d.T.)*

En ce qui me concerne, si c'était moi qu'on assassinait, j'opterais pour une très forte dose de diamorphine. Il est intéressant de noter que Harold Shipman, après une brillante carrière d'empoisonneur, a choisi de se pendre dans la prison de Wakefield. Mais, comme on dit, des goûts et des couleurs, on ne discute pas.

Elsie n'est pas quelqu'un qui a été conçu pour la vitesse, pourtant, alors qu'une seconde auparavant elle était assise à mes côtés sur la terrasse, la voilà qui vomissait désormais violemment dans les buissons. Ce fut une agent littéraire pâle et repentante qui reprit sa place sur la chaise voisine. Je me retenais de rire tandis qu'elle me confessait comment elle avait éliminé une preuve maîtresse.

« Si tu avais attendu assez longtemps pour m'interroger, j'aurais pu être en mesure de te rassurer, dis-je. Grigory Davidov a dû mourir presque instantanément après n'avoir consommé apparemment qu'un seul chocolat. Toi, tu t'en es enfilé onze il y a une demi-heure. Qu'est-ce que tu en déduis ?

— Que les autres étaient des chocolats tout ce qu'il y a de plus normal ? Sans cyanure ?

— Voilà une hypothèse raisonnable. Si l'une de ces truffes avait contenu ne serait-ce qu'une fraction du poison qui se trouvait dans celle qu'a mangée Davidov, à l'heure qu'il est tu serais effectivement très malade – voire morte – plutôt que simplement nauséeuse.

— Mais Davidov n'en avait mangé qu'une dans la boîte. Sacrée coïncidence qu'il ait choisi la seule empoisonnée, non ?

— À mon avis, elle a dû être empoisonnée par

quelqu'un qui le connaissait bien, quelqu'un qui savait exactement quel chocolat il choisirait en premier. »

Elsie fronça les sourcils.

« Il ne restait plus de truffe à la pêche dans la boîte, dit-elle avec un sentiment manifeste d'injustice.

— Alors c'était donc une truffe à la pêche empoisonnée. Une truffe à la pêche mortelle, ciblée en toute connaissance de cause par quelqu'un qui pouvait se procurer du poison.

— Ouais, ben t'aurais pu me le dire avant, grommela-t-elle.

— Je ne le savais pas avant, et je ne pouvais certainement pas deviner que tu allais te mettre à engloutir des preuves maîtresses sitôt après le déjeuner.

— Je devrais coller un procès à la police française : laisser traîner comme ça des chocolats nocifs.

— Soyons justes, eux non plus, jusqu'à il y a quelques minutes, ne savaient pas que Davidov avait été empoisonné, et encore moins que le poison se trouvait dans une truffe. Sans compter qu'ils avaient verrouillé la porte et posté un garde vingt-quatre heures sur vingt-quatre afin d'empêcher quiconque de faire ce que tu as fait. Mais je suis d'accord pour dire que, à tous autres égards, ils se sont montrés fort négligents. Cependant, voudrais-tu savoir ce que j'ai découvert d'autre ? »

Elsie le voulait, mais ne consentit à l'admettre que par le biais d'une légère détente des sourcils.

« J'ai réussi à en apprendre un peu plus au sujet du meurtre de Jonathan Gold. Il se trouve que le brigadier est un grand passionné de romans policiers et qu'il a lu un ou deux de mes livres traduits chez Sonatine Éditions. Au bout d'un moment, il est devenu très bavard et a souhaité apporter sa contribution à mes recherches pour la prochaine affaire Fairfax.

— Je croyais que tu ne voulais plus en écrire, des Fairfax ?

— Non, mais lui ne le sait pas. Il m'a appris quelque chose d'intéressant. Il semblerait que Gold ait laissé son agresseur entrer : il n'y avait aucun signe de porte ou de fenêtre fracturée. Il était suffisamment tard pour qu'il se soit déjà déshabillé, même si tu m'as fait comprendre qu'il avait choisi de se coucher tôt de toute façon.

Oui, répondit-elle en évitant mon regard. Il devait être extrêmement fatigué.

— En tout cas, il était en pyjama. Apparemment, son peignoir maculé de sang a été jeté sur lui : il l'avait peut-être à la main quand il est tombé, ou peut-être se l'était-il drapé négligemment autour des épaules. Toujours est-il qu'il n'y avait pas de trou correspondant au coup de poignard sur le tissu. La théorie de la police, c'est qu'il était au lit et qu'il s'est levé pour aller ouvrir la porte. Il a ramassé son peignoir au passage, mais n'a jamais eu le temps de l'enfiler. Il n'y avait aucun signe de lutte rien de cassé, pas de meubles renversés –, ce qui suggère là encore que quiconque est entré dans sa chambre a pu le faire sans éveiller ni soupçons ni crainte. Jonathan Gold a dû être pris complètement au dépourvu. Il nous faut donc supposer qu'il s'agissait de quelqu'un qu'il connaissait et que tout s'est passé très vite. Il se trouve que les deux chambres qui jouxtent la sienne étaient vides. Manifestement, personne n'a rien entendu. Il n'y a eu qu'une seule blessure à l'arme blanche, provoquée par un couteau à lame large très aiguisée abattu avec poigne. Aucune trace de l'arme du crime, mais l'assassin a dû disposer de plusieurs heures pour s'en débarrasser avant que le corps ne soit retrouvé.

— Les éboueurs m'ont réveillée, dit pensivement Elsie. Si le couteau a été jeté avec les déchets de la cuisine, à l'heure qu'il est, il doit être enfoui six pieds sous terre.

— Sinon le fleuve est très proche. Nul doute que la police ait pensé à ces deux possibilités.

— Je… »

Elsie s'arrêta net. Nous n'étions plus seuls sur la terrasse. Herbert Proctor (« appelez-moi Herbie ») nous avait rejoints.

Il m'a rarement été donné de voir quelqu'un se déplacer aussi furtivement. Ses pieds pointure quarante devaient être enchâssés dans des chaussures aux semelles les plus souples du monde. Sa taille n'était pas non plus de celles qui attirent l'attention. Son mètre soixante-huit (ou dix) passait inaperçu au bar de l'hôtel comme n'importe où ailleurs. Il semblait choisir ses vêtements à l'aune de leur manque de style identifiable ou de caractère : ce jour-là, c'était un pantalon en moleskine couleur caillou, une chemise crème et une polaire verte à fermeture Éclair légèrement délavée. Je me demandais combien de temps il était resté là avant qu'on le remarque.

« Ils le font payer combien, le café en terrasse ? demanda-t-il. Je refuse de casquer un supplément pour boire en me caillant.

— C'est gratuit, répondis-je, comme le déjeuner. Tant que nous sommes obligés de rester ici, la direction nous offre le couvert.

— Le déjeuner était *gratuit* ? » grommela Proctor.

Effectivement, je ne l'avais pas vu dans la salle de restaurant.

« Eh ben on aurait pu me prévenir, quand même. Le dîner aussi, c'est gratuit ?

— J'imagine que oui. Si on est tous encore là.

— Alors je mangerai double ration ce soir », décréta-t-il avec une volonté tout ce qu'il y a d'inflexible.

Il se laissa choir, sans y être convié, sur une chaise à notre table.

« Alors, jeunes gens, de quoi bavardiez-vous ?

— De la mort de deux des clients de l'hôtel, répondis-je. Comme tout le monde ici, sûrement.

— Et qu'est-ce que la police a à dire sur le sujet ?

— Ils n'ont révélé que très peu de choses, répondis-je prudemment. Du moins à moi.

— Ils devraient tous nous laisser partir, reprit Proctor. De toute évidence, le coupable ne se trouve pas parmi les clients.

— Pourquoi en êtes-vous si sûr ? demandai-je.

— Et si c'est le cas, il est encore plus absurde de nous cloîtrer ici et de laisser à l'assassin l'opportunité de nous éliminer les uns après les autres. Mais il est beaucoup plus probable qu'il s'agisse de quelqu'un de l'extérieur. Ou d'un membre du personnel.

— Savez-vous quelque chose que nous ignorerions ? » demandai-je.

Il sourit et se tapota le nez.

« Vous seriez étonné de tout ce que découvre Herbie Proctor. De toute façon, je doute qu'aucun de ces collectionneurs de timbres soit capable de meurtre. Quels types pitoyables ! »

Il haussa un sourcil, nous invitant à partager sa piètre estime des clients de l'hôtel.

« Quels types pitoyables ? Vous voulez parler de vos camarades philatélistes ? » m'enquis-je.

Il resta interloqué puis répondit : « Ah ouais, c'est vrai.

— Peut-être jugez-vous la collection de timbres comme un triste passe-temps ?

— Non, pas du tout, rétorqua-t-il, une lueur dans le regard. Au moins, nous les philatélistes, on sort, on rencontre des gens, c'est pas comme un écrivain de polars, qui passe son temps à griffonner dans son coin. »

Il me décocha un large sourire.

« Vlan ! Vous ne pensiez pas que je savais que vous étiez auteur, hein ? Les gens me sous-estiment toujours, à leurs dépens. Laissez-moi vous dire un truc, y a pas grand-chose qui échappe à l'attention de Herbie. Je vous ai rencontré il y a seulement un jour ou deux, et pourtant je parie que je pourrais vous dire un tas de trucs à votre sujet. D'ailleurs, je compte plus ou moins parmi vos fans : j'aime bien les romans de Buckford, même si je persiste à penser que votre inspecteur Fairfax est un peu dur avec les détectives privés.

— Fairfax est convaincu que le crime est l'affaire de la police et de personne d'autre. Moi aussi, d'ailleurs. Et vous êtes un peu à côté de la plaque en ce qui concerne les écrivains de polars : nous sommes en réalité des êtres très sociables. »

Proctor resta de marbre. Il semblait avoir une assez piètre opinion de l'humanité en général et n'était prêt ni à se laisser surprendre, ni à laisser le bénéfice du doute aux écrivains de polars sur ma simple parole.

« Vous n'avez donc pas songé à écrire un roman sur un privé, Ethelred ?

— Non.

— Il n'y a pas que la police qui soit capable de récolter des indices, Ethelred.

— Si, monsieur Proctor, j'ai bien peur que si. C'est précisément la façon dont fonctionnent les choses dans la vraie vie. Les détectives privés peuvent se révéler utiles dans les affaires de divorce ou d'espionnage industriel, mais ils n'ont pas grand-chose à enseigner à la police en matière de meurtre. »

Proctor me dévisageait, clairement piqué.

« Vous croyez ça ? Eh bien peut-être que j'en sais déjà un petit peu plus que la police au sujet des meurtres de Gold et de Davidov.

— Alors que savez-vous ? » demanda Elsie.

Le regard de Proctor se porta sur elle avant de revenir sur moi. Il sourit et se tapota à nouveau l'aile du nez.

« Ça, les enfants, ce serait révélateur. Ce serait vraiment révélateur. Bon, où est-ce que je peux me procurer ce délicieux café gratuit ? »

Je jetai un œil en direction de la porte, où j'avais cru remarquer quelqu'un un instant auparavant. Mais s'il y avait jamais eu un serveur, il avait désormais disparu.

« Allez voir à l'accueil, répondis-je. Ils vous le diront.

— C'est pas bête, renifla-t-il. À plus. »

Sur ce, il se glissa sans un bruit par la porte de la terrasse ; il avait disparu.

« Eh ben, commenta Elsie. Il pourrait flairer un écrivain à dix lieues à la ronde.

— Ce n'était pas franchement compliqué, rétorquai-je. Il lui suffisait de surprendre quelques mots échangés entre nous au dîner ou pendant le petit déjeuner. Et pour peu qu'il ait été voir mon nom dans le registre de l'hôtel, une recherche sur Google lui aura fourni toutes les informations dont il avait besoin : il y a toutes sortes de sites qui auraient pu lui révéler sous quels pseudonymes j'écris. Une recherche de cinq minutes aura suffi. »

Elsie avait haussé un sourcil à ma mention de « Google ». L'une de ses blagues récurrentes les plus pitoyables, c'est que j'en suis encore à me débattre avec la technologie du XIXe siècle, alors celle du XXIe, n'en parlons pas.

« Mais quand même, il devait s'intéresser suffisamment à toi pour effectuer cette recherche, dit-elle, pensive. Qu'est-ce qu'il fait, à part jouer les collectionneurs de timbres ? Essayait-il de nous dire qu'il était détective privé ?

— Je ne lui ai pas demandé. Et je n'en ai pas l'intention.

— Tu crois vraiment qu'il sait quelque chose que nous ignorons ? Si oui, je me demande à qui d'autre il a été le raconter et si c'était prudent.

— Tu as une imagination florissante. »

Ce fut environ une heure plus tard que le brigadier vint me trouver dans le salon.

« J'ai bien peur que vous deviez tous rester au moins jusqu'à demain matin, annonça-t-il. Il semblerait qu'il y ait encore eu une tentative de meurtre.

— Encore ?

— On a appelé un médecin pour M. Proctor. Lui aussi a été empoisonné. »

11

C'est un groupe de clients pensifs qui se réunit à l'heure du thé dans la salle de restaurant seigneuriale vibrante d'échos. Même si l'hôtel s'était mis en quatre pour nous servir des sandwichs alléchants et des pâtisseries à se pâmer, rares étaient ceux parmi nous à avoir de l'appétit. C'était peut-être la météo, ou peut-être le fait que deux clients venaient d'être empoisonnés, l'un fatalement. Les gens picoraient en digérant chaque bouchée, aux aguets. Personne ne se précipitait pour être le premier à goûter aux beaux gâteaux. Nous regardions tous attentivement ce que les autres becquetaient, puis nous les observions avec un intérêt pas du tout poli.

Après m'être coupé une humble deuxième part de forêt-noire et l'avoir malmenée dans tous les sens afin qu'elle tienne à peu près dans mon assiette, je rejoignis Ethelred à notre table.

La famille allemande, s'estimant repue, quitta les lieux, le père adressa au passage un signe de tête à Ethelred.

« J'aurais cru que les Allemands raffoleraient plus

de la forêt-noire, dis-je. C'est l'une de leurs plus belles inventions, après tout. »

Ethelred me regardait sans comprendre.

« La famille allemande, répétai-je.

— Ils ne sont pas allemands. Ils sont danois. Le père travaille à l'ambassade du Danemark à Paris.

— Danois ?

— J'ai discuté avec le père. Ils viennent de Nykøbing.

— Nykøbing ? Ça me dit quelque chose. C'est pas là qu'on a retrouvé ces fameux timbres rares ?

— Possible.

— Si, si, c'est ça, insistai-je, la bouche pleine de miettes de chocolat. C'était dans un marché aux puces à Nykøbing. C'est gros comme bled ?

— Très petit. »

(Vous vous souvenez de ce que je disais au sujet des quiz au pub ?)

« Pourquoi ? demanda-t-il.

— Ben, c'est une sacrée coïncidence, non ?

— Le journal pullulait d'anecdotes. Certaines concernaient des timbres, d'autres non. Il fallait bien que ces gens viennent de quelque part. N'y en avait-il pas aussi une au sujet d'un vol de pierres précieuses à Londres ? Le fait que tu habites à Hampstead fait-il de toi une suspecte pour autant ?

— Londres est un peu plus grande que Nykøbing.

— De toute façon, je ne suis pas sûr que tu parles du bon endroit.

— Si, je suis sûre que c'était Nykøbing : je me rappelle le petit trait rigolo en travers du o.

— Possible, mais n'oublie pas que…

— Et s'ils avaient ces machins puce et qu'ils prévoyaient de les revendre ici avant que leur propriété ne soit remise en cause devant les tribunaux ? Ou alors : et s'ils étaient les propriétaires originels et qu'ils avaient découvert…

— Oui mais n'oublie pas… m'interrompit Ethelred.

— Mais, dis-je, le réinterrompant, tu dois bien reconnaître que c'est plausible.

— Même si ce que tu disais était vrai – or il y a peu de chances pour des raisons que j'ai essayé de t'expliquer et avec lesquelles je ne vais pas t'ennuyer maintenant –, même si ce que tu disais était vrai, donc, cela n'expliquerait pas deux meurtres et une tentative d'empoisonnement.

— Mais ces timbres avaient beaucoup de valeur.

— Moins maintenant qu'il y en a trois », répliqua Ethelred, montrant ainsi qu'il m'avait un peu écoutée quand je lui en avais parlé la première fois.

« Ils ont quand même une petite valeur », persistai-je.

Je m'évertuais à annuler la suppression de certaines cases de ma mémoire. N'avait-on pas mentionné quelque part le chiffre d'un million de dollars chacun ? Je soumis ce point à Ethelred.

« Soit », répliqua-t-il d'un ton las.

Il avait l'air d'un homme qui avait assez parlé timbres pour le restant de ses jours.

« Et s'ils s'apprêtaient à les vendre à Davidov ? dis-je. C'était bien le genre de type à acheter des timbres douteux dont la propriété était remise en question. Il aimait les trucs tsaristes. Il a pas dirigé le Danemark, le tsar, à une époque ?

— C'était la Finlande.

— Ah oui ? OK, donc, et si c'étaient ces timbres qu'il y avait eu dans cette enveloppe ?

— Alors qui l'a assassiné ? Pas la gentille famille danoise.

— Le propriétaire originel, peut-être.

— Qui devait sûrement être danois aussi et qui n'est de toute évidence pas là. »

Je voyais bien la logique de cet argument. Mais enfin, un marché aux timbres comme ça, avec des tas de collectionneurs qui grouillent partout, c'est pile l'endroit où on essayerait de refourguer un timbre de grande valeur dont la propriété est discutée, non ? En plus, ce devait être l'un des premiers marchés aux timbres à avoir eu lieu après que les deux spécimens avaient changé de mains.

« Non, poursuivit Ethelred. Celui ou celle qui possède désormais ces timbres pourrait certainement faire valoir son bon droit, même s'il sait qu'on les lui a vendus involontairement. Il n'essaierait pas de les refourguer à bas prix sous le manteau. Il aurait plus à gagner à se rendre devant les tribunaux si besoin, puis de vendre les timbres aux enchères. Ça fait longtemps qu'il n'est pas apparu quelque chose d'aussi important sur le marché : on ignore quel prix deux timbres pareils atteindraient.

— Combien en gros ? »

Ethelred soupira.

« La dernière fois, le Treskilling jaune suédois de 1855 s'est vendu à un peu moins de trois millions de francs suisses. C'est le genre de prix que vaut un spécimen unique. Le British Guiana de un cent noir sur fond magenta coûtait un million de dollars – mais c'était en 1980. Bizarrement, aucun de ces deux timbres ne peut se glorifier d'être en bon état. Il existe d'ailleurs une anecdote qui pourrait s'avérer vaguement pertinente au vu de cette affaire. Un second British Guiana de un cent magenta avait fait surface dans les années 1920. On raconte qu'Arthur

Hind, le propriétaire du premier, l'avait acheté et s'en était ensuite servi pour allumer son cigare. Il préservait ainsi la valeur de son investissement. Les exemplaires uniques, il n'y a que ça de vrai. Des timbres comme les Hawaiian Missionaries de deux cents – dont il existe plus d'une douzaine – n'atteignent pas plus d'une fraction de ce genre de prix. Le seul et unique dix couronnes puce danois était potentiellement, tant qu'il était le seul spécimen connu, le plus précieux du lot. Dix couronnes, c'était cher pour un timbre. Il était certainement destiné à acquitter les droits de timbre plutôt qu'à l'affranchissement – raison pour laquelle il n'apparaît pas toujours dans les listes habituelles des timbres postaux précieux. Mais même s'il en existe désormais trois, celui ou celle qui possède les deux originaires de Nykøbing reste sur un bon coup.

— Ethelred, je t'avais juste demandé combien ils vaudraient *en gros*.

— Voilà ce que tu as besoin de savoir : il est possible que quelqu'un ait toutes sortes de raisons de vouloir mettre la main sur ces timbres danois. Mais je doute que quiconque essaierait de s'en débarrasser ici. Et je doute que quiconque serait prêt à tuer pour les avoir.

— Alors y avait quoi dans l'enveloppe de Davidov ? »

Ethelred ouvrit la bouche, puis la referma et m'observa.

« Comment diable pourrais-je le savoir ? » finit-il par répondre.

Dehors, sur la terrasse, il faisait presque nuit, mais je voulais contempler une dernière fois le paysage avant que la lumière ne s'évanouisse. Je notai la ligne du mur, la position du policier (qui battait des bras pour se réchauffer), l'emplacement du mobilier de jardin empilé. Je mesurai mentalement la distance qui séparait le jardinet des toilettes à l'accueil. Oui, ça allait tourner, pour une fois de manière très littérale, aussi bien qu'un bruit de chiottes. Tout reposait sur l'ouverture du magasin jusqu'à dix-huit heures.

J'étais sur le point de rebrousser chemin vers une zone plus tempérée lorsque M. Brown apparut sur la terrasse et se mit à son tour à examiner le mur. Je ne lui avais pas encore vraiment parlé, cela me semblait donc être la bonne occasion de lui extorquer quelques pépites d'informations, si tant est qu'il en avait en stock. Partant, j'entamai avec lui un brin de conversation intellectuelle.

« On se pèle le cul, fut ma stratégie de lancement.

— Pardon ? Oui, je n'avais pas réalisé qu'il pouvait faire aussi froid dans la vallée de la Loire en décembre. »

Apparemment, je n'en tirerais rien d'autre pour l'instant. Il se rongea un ongle ou deux, observa le mur, puis le policier, puis le mur.

« Même si vous arriviez à vous faire la malle, dis-je, ils vous arrêteraient à Caen. Nous sommes tous suspects.

— Je sais. »

Nous étions donc sur la même longueur d'onde, même s'il n'envisageait pas de se tirer vêtu d'une jupe Versace et de talons hauts, ni de s'arrêter en chemin acheter des truffes au chocolat.

« Vous n'aviez pas prévu de rester très longtemps ? m'enquis-je.

— Je n'avais pas prévu de rester tout court. J'arrivais de Bordeaux en voiture. Comme j'étais un peu fatigué, je m'étais dit que j'allais me reposer à Chaubord et que je repartirais tôt ce matin. Il fallait vraiment que je sois en Angleterre à peu près à l'heure qu'il est maintenant. Si je suis encore davantage retardé, je cours au désastre. Je n'arrête pas d'étudier la carte, histoire de voir si je peux raccourcir le trajet d'une demi-heure mais, au final, je vais rater la conférence à laquelle j'étais censé assister demain.

— Ah, d'accord. »

Puis, après coup, j'ajoutai :

« Quel genre de conférence ?

— Pharmaceutique.

— Les médicaments dangereux, vous voulez dire ?

— La plupart des médicaments sont dangereux si on les utilise mal. Cependant, nous nous plaisons à penser qu'ils ont tous un effet bénéfique quand ils sont prescrits à bon escient. »

Je l'examinai. Malgré son embonpoint, il semblait suffisamment costaud pour asséner un coup de poignard efficace. Il avait potentiellement accès à une large palette de poisons. Il aurait très bien pu en avoir sur lui. Il aurait été intéressant de savoir ce qu'il avait en réserve. L'heure était venue de lancer une ou deux questions pièges, songeai-je.

« J'ai un léger mal de crâne : vous n'auriez rien pour y remédier par hasard ? »

Il s'esclaffa.

« Désolé : j'ai bien peur de ne pas transporter d'échantillon durant mes voyages d'affaires. Je suis sûr qu'à l'accueil on pourra vous trouver du paracétamol.

— Quelque chose d'un peu plus fort que le paracétamol, peut-être ? Si vous voyez ce que je veux dire ? »

Il me toisa d'un air bizarre.

« Non. Aucun remède d'aucune sorte. Les policiers ont fouillé mes valises et c'est tout juste s'ils ne m'ont pas désossé la voiture. Si j'avais des substances illégales sur moi, je peux vous assurer que ça ferait belle lurette que je serais en état d'arrestation. Donc, non : je n'ai pas de médicaments à vendre ou autre. Il va vous falloir attendre que nous sortions d'ici pour… ce que vous cherchez. »

Parfait. Il me prend pour une camée.

« Connaissiez-vous l'une des deux victimes ? demandai-je.

— Comment diable aurais-je pu les connaître ? Le jeune type a été tué quelques heures seulement après mon arrivée et ce M. Denisov-là, ou je sais plus comment, est mort ce matin. Je n'ai pas franchement eu l'occasion de leur parler.

— Pas d'intérêt pour les timbres ?

— Curieusement, si. Je les collectionne depuis l'âge de 5 ans. Mais le marché était pour ainsi dire terminé quand je suis arrivé. »

Je le branchai alors sur le dix couronnes puce, mais il me regarda sans comprendre.

« Je n'ai pas trop eu le temps de lire les journaux. »

La soirée s'annonçait d'une platitude soporifique.

C'est alors que, en regardant par-dessus l'épaule de Brown, je vis le fantôme de Herbie Proctor franchir la porte.

12

Pour se faire assassiner, les hommes et les femmes choisissent des méthodes très différentes. Mes romans n'ont certes pas la prétention de refléter avec précision les statistiques du ministère de l'Intérieur concernant les crimes en Angleterre et au pays de Galles, mais quiconque s'embarque dans une farandole de meurtres fictionnels devrait posséder au moins quelques notions de probabilités relatives.

D'abord, les hommes ont beaucoup plus de chances de se faire occire que les femmes. Il faut à celui qui prétend au réalisme *grosso modo* deux fois plus de victimes masculines que féminines.

Ensuite, les femmes ont tendance à se faire tuer par leur compagnon ou ex-compagnon. Un système judiciaire qui condamnerait automatiquement le mari aurait raison dans plus d'un tiers des affaires. La grande majorité des femmes assassinées le sont par quelqu'un qui les connaît bien : si ce n'est le mari, alors le fils ou la fille dévoués. Elles sont souvent étranglées.

Les hommes en revanche sortent davantage et ont par conséquent plus de chances – et ce de façon exponentielle – d'être tués par un inconnu. Leur foyer constitue un havre relativement sûr. Pour une raison qui m'échappe, les épouses assassinent beaucoup moins leurs maris que les maris n'assassinent leurs épouses. Moins de dix pour cent des hommes assassinés sont envoyés *ad patres* par une conjointe en furie, cependant, bizarrement, « harcelé à mort » ne semble pas constituer une catégorie du ministère de l'Intérieur.

Les hommes ont beaucoup plus de chances d'être emportés par l'extrémité pointue de quelque instrument tranchant : les agressions à l'arme blanche, quelle qu'elle soit, représentent environ un tiers des meurtres de la gent masculine. Précédant toutefois de peu la mort engendrée par coups de poing ou de botte.

Au Royaume-Uni, il est relativement rare qu'hommes ou femmes se fassent tirer dessus, contrairement aux États-Unis, où c'est monnaie courante, soixante-dix pour cent des meurtres étant commis à l'aide d'armes à feu, en accord avec le deuxième amendement. Le droit de posséder et de porter des armes évite que les gens s'embarrassent avec des techniques moins efficaces.

L'empoisonnement, qui, comme je l'ai dit, est l'une de mes méthodes de prédilection, représente une fraction étonnamment peu élevée des meurtres réels : quatre ou cinq pour cent seulement, hormis lors des années fastes comme 2002-2003, où les victimes de Harold Shipman ont un *chouia* infléchi les chiffres.

Les meurtres par noyade, qu'on s'imaginerait figurer relativement haut, constituent en général moins de un pour cent. Cependant, si vous voulez rejoindre un cercle réellement fermé, alors je vous conseille de vous faire faire exploser. Les assassinats par explosion restent encore assez rares.

L'âge des victimes suit une courbe sinueuse, avec un pic entre 16 et 30 ans. Elle retombe pour les trentenaires et sombre encore davantage passé 50 ans. Bizarrement, le second pic ne correspond pas aux vieillards agressés par des ados casse-cou appâtés par les pensions de retraite. L'année la plus dangereuse de votre vie, où vous risquez le plus de passer violemment l'arme à gauche, c'est votre première. Si vous êtes suffisamment vieux pour pouvoir lire ces mots, alors j'ai une bonne nouvelle : la période la plus périlleuse est déjà derrière vous.

Je ne suis pas sûr que le ministère de l'Intérieur produise des statistiques sur le meurtre fictionnel. Si tel était le cas, il est fort probable qu'un autre schéma se dessinerait. La façon de loin la plus banale de mourir dans un roman d'Agatha Christie, par exemple, c'est d'être empoisonné, en commençant par *La Mystérieuse Affaire de Styles* en 1920, pour finir avec *Poirot quitte la scène* en 1975. Les assassins de la romancière semblent aussi avoir une certaine facilité à mettre la main sur des armes à feu. Un certain nombre de gens se voient brusquement poussés d'un lieu haut perché (ce n'est pas une catégorie du ministère de l'Intérieur). Il n'y a guère personne qui se fasse tabasser dans une ruelle sombre pour avoir regardé quelqu'un de travers. Personne ne se fait poignarder pour avoir osé suggérer qu'untel aurait peut-être l'amabilité de ramasser le papier de bonbon qu'il vient de faire tomber. Les gens sont tués de façon délibérée pour des raisons aussi valables que concrètes. C'est ça que l'on entend par « l'âge d'or du crime ».

Je doute que les écrivains de polars contemporains soient beaucoup plus fidèles à la réalité. Leurs victimes meurent astucieusement et dans un bain de sang, mais en général il y a encore trop d'organisation, trop de *volonté*. La plupart des véritables meurtres sont vains, accidentels et regrettés presque aussitôt commis. On raconte qu'Agatha Christie écrivait le premier jet de ses romans jusqu'à l'avant-dernier chapitre, où elle se demandait qui était le meurtrier le moins probable avant de revenir en arrière et de réécrire le livre de façon à ce qu'il ou elle soit le coupable. Voilà une jolie anecdote littéraire, mais, franchement, m'est avis que cette dame se moquait du monde. Cependant, elle avait raison sur un point. Parmi les assassins, on trouve les gens les plus inattendus. Jamais on n'en repérerait un dans la rue. Ni dans un hôtel.

13

« On dirait, dit la triste dépouille de Herbert Proctor, que vous avez vu un fantôme. »

Il s'affala sur une chaise vide entre Brown et moi. Comme il y atterrit avec un bruit sourd plutôt qu'avec une brise spectrale, nous en déduisîmes qu'il était moins mort que ce que son apparence première n'avait laissé présager.

« J'imagine qu'y a pas moyen de se taper un café gratuit ? ajouta-t-il, balayant toute trace sépulcrale.

— Vous savez que vous avez une mine de déterré ? » commentai-je.

Le visage blême et les yeux creux, il aurait décroché le rôle du cadavre dans n'importe quelle série policière. Vraiment n'importe laquelle.

« Une mine de déterré ? Les sensations aussi. Putains de médecins.

— Que s'est-il passé ? »

L'air un tantinet penaud, il répondit :

« J'ai eu une douleur horrible au ventre – franchement, vraiment horrible. Alors j'ai dit au réceptionniste : “Hé, toi, Pierre, je crois bien qu'ils m'ont empoisonné aussi ; tu ferais mieux de me faire sortir d'ici *fissa* pour m'emmener à l'hôpital. Histoire qu'on me mette sous surveillance médicale."

— Et c'est ce qui a été fait ?

— Oui. En ambulance, tous gyrophares dehors. Ils ont posté un garde armé pendant tout mon séjour. À croire que je simulais le mal de bide pour me faire la malle.

— Et c'était pas le cas ?

— M'ont pas franchement laissé l'occasion.

— Quand bien même, ça n'a pas l'air si grave.

— C'est ça, ouais, ils m'ont juste fait un lavage d'estomac.

— C'était pas agréable ?

— Essayez voir un jour, on en reparlera après.

— Non merci.

— D'abord pas de déjeuner, bordel, et ensuite on me pompe le peu que j'avais dans le bide. »

Je lui dis qu'il restait peut-être encore de quoi se sustenter à l'œil dans le salon (même si à l'heure qu'il était c'était fort improbable), sur quoi il se laissa couler de sa chaise sans cesser de marmonner des imprécations contre la profession médicale française.

« Qu'est-ce que vous en pensez ? demanda Brown.

— En matière de plan d'évasion, celui de Herbie était pourri. Il a bien mérité son lavage d'estomac. En ce qui me concerne, ce sera le mur ou rien.

— Vous n'y arriverez jamais.

— Observez et prenez-en de la graine. »

Le soleil hivernal s'était déjà couché sur Chaubord. À présent, seuls quelques rares rayons de lumière provenant des fenêtres de l'hôtel illuminaient le joli béton. Il faisait juste noir comme il fallait. Je me dirigeai vers le bar et m'en retournai avec la chope de Jenlain blonde qui formait une part essentielle de mon plan.

Il se trouva que quand je finis par faire ma sortie, Brown, depuis longtemps gagné par le froid et l'ennui, avait déjà évacué le salon. Il m'avait en fait fallu apporter trois bières mousseuses à titre entièrement gracieux au policier en faction, avant qu'il ne manifestât une certaine gêne et ne fît un saut rapide aux toilettes derrière la réception. D'après mes calculs, ça me laissait environ une minute et demie. Je me saisis prestement de l'une des chaises de jardin en plastique blanc empilées et la calai brutalement contre le mur. Ce marchepied me permit de me hisser au sommet en un bref mais grisant instant. Être perchée là-haut n'était pas franchement confortable, et le saut me semblait plus conséquent que ce que j'avais imaginé. Mais ma cause était noble, et mon atterrissage fut meilleur que ce que j'escomptais si on tient compte du fait que je ne portais pas les chaussures adéquates et que ma jupe avait rétréci un poil au pressing. Je regardai ma montre : j'avais juste le temps d'aller chez Apollinaire avant la fermeture.

La vendeuse se montra très compréhensive, elle ouvrit quelques minutes supplémentaires, le temps que je sélectionne de quoi remplir leur plus grosse boîte. C'est toujours un plaisir d'observer un véritable artiste à l'œuvre. Devant sa sobre robe noire et son austère tablier immaculé, ses mains gantées de latex s'agitaient lestement, choisissant, transférant et jaugeant toujours au millimètre près l'emplacement de chaque précieux article. Une fois le dernier recoin occupé, elle referma soigneusement la boîte, la scotcha à l'aide d'une petite étiquette rouge et la ceignit d'un ruban doré. En échange, je ne lui donnai que du vulgaire argent.

Au moment de quitter la boutique, je me rendis compte que mon plan s'arrêtait là. Si j'avais toujours eu conscience qu'il me faudrait *revenir* à l'hôtel, je n'avais guère songé à ce qui suivrait l'achat des chocolats, voire la dégustation des deux ou trois premiers, en me disant que tout se résoudrait naturellement. Cependant, alors que j'approchais le mur du jardin, je pris conscience que réintégrer les lieux allait se révéler beaucoup plus intéressant que de les évacuer. Pour commencer, je n'avais de ce côté-ci ni marchepied ni moyen de savoir quand l'attention du policier serait détournée. La meilleure tactique consistait possiblement à emprunter la rue principale et à me glisser par la porte éclairée au néon comme si j'avais parfaitement le droit d'aller et venir librement. Je suis assez douée pour m'imposer au culot quand tout le reste échoue. C'est un don chez moi.

Tandis que je soupesais mes options, je remarquai quelque chose fort digne d'attirer mon attention. M. Brown et moi n'étions pas les seuls à fomenter des plans d'évasion. Une petite silhouette sombre grimpait par-dessus le mur avec légèrement plus d'agilité que je n'en avais moi-même fait preuve. Elle s'arrêta un instant avant de sauter, atterrissant dans l'ombre avec une souplesse féline. Elle se redressa de toute sa petite hauteur, se révélant être un individu fouinesque à la mine familière. Herbie, malgré son ventre très vide, essayait pour la deuxième fois de mettre les voiles. À l'évidence, il avait urgemment besoin de se trouver ailleurs.

Il rasa le mur à toute vitesse puis, parvenu sous l'éclairage de la grande rue, adopta une allure plus nonchalante et se dirigea vers la gare. Évidemment, je le suivis. Au début, il parut vérifier de temps à autre qu'il n'était pas filé, mais, une fois à bonne distance de l'hôtel, confiant, il ne regarda derrière lui qu'à l'entrée de la gare.

Je m'attendais à ce qu'il fonce droit au *guichet*[1] s'acheter un *billet simple*[2] pour un endroit aussi loin que possible de Chaubord, mais il se contenta de le longer et de poursuivre sa route vers la consigne. C'était là un étrange plan d'évasion. Je tâchai de voir de plus près ce qu'il mijotait, mais malheureusement la SNCF n'avait guère disposé d'abris extérieurs derrière lesquels un observateur aurait pu se tenir sans être vu. Herbie se retrouva hors de mon champ de vision pendant quelques minutes, mais comme j'étais devant la seule issue possible, au moins il ne pourrait pas retourner en ville à mon insu.

Toutefois, ma filature jusqu'à l'hôtel se heurtait à une autre difficulté de réalisation. Je me trouvais alors (par rapport au centre-ville) devant Herbert et non derrière. Il allait donc bien falloir à un moment donné qu'il passe devant pour nous ramener dans la bonne configuration du suiveur et du suivi. Je parvins à opérer une marche arrière et à nous dissimuler, moi et mes chocolats, dans un abribus sans éclairage le temps qu'il entame le trajet du retour, et remarquai qu'il tenait dans une main ce qui ressemblait à une petite clé de consigne argentée. Il semblait plutôt content de lui, mais (sans la coopération de la SNCF en laquelle je ne plaçais aucun espoir) je ne savais pas exactement pourquoi.

Sur le chemin du retour, bien qu'il se montrât encore moins prudent qu'à l'aller, je gardai malgré tout mes

1. En français dans le texte. *(N.d.T.)*
2. *Idem.*

distances et mis à profit le moindre bout de mur, d'arbre, d'ombre et ainsi de suite. Lorsqu'il tourna à l'angle de l'hôtel afin de réintégrer le jardin par voie ascensionnelle, il serrait manifestement toujours sa clé. Le temps que je sorte de ma cachette derrière un panneau publicitaire, je le perdis de vue une soixantaine de secondes dans la rue transversale. Il est probable qu'à ce stade-là je me sois trop fiée à mes qualités de limier, car en tournant vite à mon tour au coin de la rue, m'attendant ce faisant à voir ses pieds disparaître par-dessus l'enceinte, je le percutai de plein fouet. Il se tenait à quelques pas du mur, possiblement occupé à résoudre le problème que j'avais moi-même identifié, à savoir : comment rentrer sans se faire arrêter pour être sorti.

« Eh bien, eh bien, dit-il en déglutissant bruyamment. On fait une petite balade nocturne ?

— Comme vous, quoi. Juste un petit voyage à la chocolaterie.

— Pas juste à la chocolaterie. Vous croyez que je ne savais pas que vous me suiviez ? demanda-t-il d'un ton condescendant.

— Vous ne vous êtes pas retourné. Pas une seule fois sur le chemin du retour de la gare.

— C'était inutile, répliqua-t-il en se tapotant le nez. Surtout quand vous vous empressez de m'en donner la confirmation.

— Alors j'espère que votre sortie a été profitable.

— Relativement. »

J'essayai de discerner quelle sorte de clé exactement il tenait dans la main, mais elle avait disparu.

« Vous semblez perplexe, Elsie. Vous avez perdu quelque chose ? »

Et là, ce fut la révélation : s'il désirait vraiment dissimuler quelque chose, le mieux à faire était d'avaler la clé et de n'avoir ainsi aucune preuve à charge sur lui quand il repasserait le mur.

« Non, répondis-je. Je n'ai rien perdu. Mais je me demandais si ce n'était pas votre cas ?

— Du tout. »

Sa pomme d'Adam tressauta lorsqu'il déglutit rapidement une nouvelle fois.

« Sûr ?

— Sûr.

— Alors le seul hic, dis-je, me concentrant sur le souci immédiat, c'est comment on rentre. Le mur est assez haut et il y a un policier fort mal placé de l'autre côté. L'un d'entre nous ou nous deux allons nous faire choper. »

Herbie me toisa des pieds à la tête et déclara :

« J'ai une idée. Je vais jeter un œil par-dessus le mur – je suis un peu plus grand que vous, vous voyez ? Ensuite, dès que la voie sera libre, je vous ferai la courte échelle. Quand vous serez dans le jardin et que le policier regardera ailleurs, vous pourrez me faire passer une chaise et je grimperai à mon tour. »

Attendre que le policier ne me vît pas errer dans la semi-obscurité à réagencer le mobilier de jardin me frappa comme une faiblesse du scénario, et je n'étais pas non plus convaincue que Herbie fût aussi grand qu'il le croyait. Mais le bon plan, c'était que ça me permettait de rentrer. Que ça ne nous permît pas à tous les deux de rentrer n'était pas mon problème, et si Herbie ne se rendait pas compte que c'était moi qui tirais le meilleur parti de cet arrangement, alors *tant pis*[1].

1. En français dans le texte. *(N.d.T.)*

Après avoir sauté à plusieurs reprises pour regarder par-dessus le mur, Herbie m'annonça en aparté qu'on tenait notre occasion. Vite, je posai un pied sur sa main et il me hissa adroitement. Je sautai dans les ténèbres, non sans serrer fermement ma précieuse boîte. La bonne nouvelle, c'est que l'atterrissage fut plus doux que prévu.

Le policier que je découvris sous ma personne, en revanche, le visage désormais enfoncé dans le parterre de fleurs certes doux mais glacial, n'était pas ce qu'on pourrait décrire comme des plus heureux.

J'imagine que j'aurais pu inventer tout un tas de raisons parfaitement valables pour justifier ce saut du haut du mur du jardin sur un gardien de la paix par une belle soirée d'hiver mais, à l'époque, aucune de celles qui me venaient à l'esprit ne semblait ne serait-ce que vaguement convaincante. Je décochai un sourire mielleux mais, contrairement à ce que j'espérais, le policier ne paraissait guère enclin à prendre cet incident comme une farce d'écolière.

« Ignominieuse », voilà donc le seul terme qui puisse qualifier la manière dont je fus conduite à l'intérieur par ledit policier, et dont je fus forcée à décrire à son supérieur et à lui mon sprint nocturne à la chocolaterie. Ils m'écoutèrent avec un mépris à peine déguisé, et j'eus droit à un savon public dans le hall de l'hôtel ainsi qu'à l'interdiction formelle de recommencer quoi que ce soit de ce genre (ce dont, étonnamment, je n'avais nullement l'intention pour l'instant).

« Bon, ben, au moins, j'ai mes chocolats », plaisantai-je en m'apprêtant à m'éclipser.

M'étant fortuitement séparée d'eux dans le parterre de fleurs, je jetai un œil alentour afin de repérer où ils avaient été mis sous bonne garde – légèrement cabossés après leur collision avec un membre de la police, mais toujours aussi délicieux.

« J'ai le regret de vous annoncer, déclara l'inspecteur, que personne n'est autorisé à apporter quoi que ce soit dans l'hôtel ni à l'en sortir. Ils sont confisqués.

— Confisqués ?

— Oui.

— Tous ?

— Naturellement.

— Mais la truffe à la pêche…

— Restons-en là, *mademoiselle*. Vous avez déjà de la chance de ne pas être accusée d'un crime grave.

— Mais… »

Je m'efforçai de ne pas geindre, c'était difficile. Être incarcérée dans un hôtel au papier peint décollé, je pouvais le supporter. Une collision douloureuse avec un policier en faction, je pouvais le supporter. Je pouvais supporter à peu près n'importe quelle humiliation publique. Mais pas de chocolat ? Le Code Napoléon ne pouvait quand même pas prescrire une chose aussi dure et contre nature ?

C'est à ce moment-là que Herbie débarqua tranquillement du jardin. Il avait visiblement profité de ma fâcheuse situation pour grimper à son tour comme une fleur pendant que tous les yeux étaient braqués sur moi – ce qui pouvait fort bien avoir été son plan depuis le début. Je réalisai brusquement qu'un homme capable de se réceptionner aussi agilement qu'un chat n'avait probablement pas besoin d'attendre qu'on lui passe une chaise de jardin en plastique. J'avais été manipulée. Malgré tout, j'aurais peut-être laissé passer cette trahison s'il ne m'avait pas adressé un clin d'œil complice au passage. C'était là un clin d'œil fort malavisé qui indiquait qu'il se prenait pour un type sacrément intelligent. C'était un clin d'œil qui supposait d'une certaine façon que nous étions toujours du même bord. C'était un clin d'œil on ne peut plus malvenu à l'adresse d'une malheureuse agent littéraire abandonnée de ses chocolats, un clin d'œil qui allait lui coûter plus cher que ce qu'il aurait jamais imaginé.

« Une dernière chose, inspecteur, dis-je à haute et intelligible voix. Cet homme-là se trouvait dehors avec moi. »

Herbie se figea. Il me lança un regard implorant, mais c'était trop tard. Pauvre biquet, il était beaucoup trop tard pour ça.

« En effet, vous venez juste de rentrer du jardin, monsieur Proctor. Qu'y faisiez-vous, au juste ? demanda l'inspecteur, le sourcil interrogateur.

— Je prenais le frais sur une chaise, suggéra Herbie avec plus d'optimisme que nécessaire.

— *C'est vrai*[1] *?* »

Ces mots s'adressaient au policier de garde.

« *Je ne l'ai point vu*[2] », répliqua ce dernier.

Ayant récemment été écrabouillé par une agent littéraire aussi menue que leste, il avait pris en grippe l'humanité. Il n'était guère enclin à accorder aux gens le bénéfice du doute, à moins d'une absolue nécessité.

« Mon collègue ne semble pas se rappeler vous y avoir vu. Alors qu'est-ce que vous trafiquiez, monsieur Proctor ?

— Vous avez tout à fait raison, inspecteur. Je suis effectivement sorti un petit moment de l'hôtel, répondit Herbie en jouant avec la fermeture Éclair de sa polaire. J'avais envie d'une balade nocturne, alors je… j'ai

1. En français dans le texte. *(N.d.T.)*
2. *Idem.*

escaladé le mur. Je me suis contenté d'un aller-retour au pont histoire de m'ouvrir l'appétit. Cette brave dame pourra sans nul doute confirmer mes dires. »

Il me refit le coup du regard suppliant, mais les truffes à la pêche différées rendent le cœur malade (Proverbes XIII, 12). Dans cette vie, il y a des choses qu'on ne peut pardonner.

« Il est allé à la consigne de la gare, dis-je. Je l'ai suivi. Il y a déposé quelque chose d'une manière que je ne peux qualifier que de furtive. Vous trouverez la clé sur lui. »

Herbie, qui me regardait pétrifié d'horreur, sourit soudain comme si je lui avais donné la carte « Vous êtes libéré de prison ».

« Elle est timbrée, dit-il. Il est possible que je me sois dirigé vers la gare, mais le reste, c'est n'importe quoi. Je n'ai aucune clé. Fouillez-moi si ça vous chante.

— *Erratum*, intervins-je. La clé n'est pas sur lui, elle est *en* lui. Il l'a avalée. »

Le sourire de Herbie s'élargit encore davantage, découvrant des dents jaunes peu aguichantes.

« Vous ne la trouverez pas dans mon corps non plus.

— Cependant, j'ai bien peur que nous devions essayer », répliqua l'inspecteur.

Il se tourna de nouveau vers son collègue.

« Si vous pouviez avoir la gentillesse d'aller chercher le médecin. Il se pourrait bien que nous ayons encore une fois besoin de laver l'estomac de ce monsieur. »

Je n'oublierai jamais l'expression de Herbie Proctor quand il fut emmené. Je n'ai aucune idée de la tête qu'il avait quand, environ une minute plus tard, le gong retentit pour annoncer notre délicieux dîner (totalement gratuit).

14

Ça avait été une drôle de journée.

Après le thé, je m'étais retiré dans le petit salon marron afin de réfléchir à cette affaire, laissant Elsie se diriger de son côté (comme je l'appris plus tard) vers le jardin.

Mes réflexions n'étaient pas encourageantes. Que j'avais été abandonné par une certaine personne, désormais je n'en doutais plus. Restait à déterminer si l'intention avait toujours été de m'envoyer voir là-bas si elle y était, ou si un plan plausible avait été abandonné en cours de route sans qu'on juge bon de m'en informer. Durant les dernières vingt-quatre heures, il était devenu manifeste qu'il ne me restait plus qu'à retourner dans le Sussex (ou à Goa) et d'y attendre d'éventuelles instructions. Je n'étais pas particulièrement optimiste quant à la venue de ces dernières.

L'un des deux derniers philatélistes pur beurre était venu s'égarer à pas de loup dans le salon, où il avait pris le fauteuil le plus éloigné du mien. Nous avions été présentés un peu plus tôt, et je savais qu'il s'appelait Taylor et son compagnon Jones – mais c'était à peu près tout. Pendant un temps, j'avais songé à eux comme à Taylor-et-Jones : inséparables et largement indiscernables. Tous deux avaient la cinquantaine. Tous deux portaient des vestes en tweed. Tous deux avaient perdu plus de cheveux qu'ils n'avaient réussi à en garder. Ce n'est que très lentement qu'ils avaient émergé en tant qu'individus, à l'instar des jumeaux qu'on finit par ne plus confondre à mesure qu'on apprend à mieux les connaître et qu'on identifie qui a la petite cicatrice, qui les joues légèrement plus rebondies. Taylor, je m'en rendais compte à présent, était plus jeune d'une bonne dizaine d'années et le peu de cheveux qui lui restait étaient plus noir que gris. Bien qu'il dût fréquenter les mêmes enseignes vestimentaires que Jones, il avait l'œil plus vif, la veste plus neuve, le pantalon mieux repassé, et sa cravate affichait l'ambition d'être davantage qu'un bout crasseux de laine tricotée déniché dans une friperie. Le temps venu, l'âge et la malchance pourraient fort bien le transformer en Jones, mais, pour l'instant, il était toujours Taylor.

Je lui avais adressé un hochement de tête auquel il avait répondu de même. Il s'était assis devant une pile de magazines français et anglais antédiluviens. Il les avait feuilletés rapidement, les rejetant l'un après l'autre, puis avait lancé un regard résigné dans ma direction. Bien que nous fussions deux inconnus, nous allions devoir nous parler.

« Rien à votre goût ? avais-je demandé, faisant le premier pas.

— Rien sur quoi j'arrive à me concentrer », avait répondu Taylor.

Il avait fait courir sa main dans ses mèches brunes éparses puis, au-delà, sur la vierge étendue rose. Il essayait, dix ans trop tard, de lisser sa chevelure sur le dessus de son crâne.

« Comme la plupart des gens ici, j'aurais dû être de retour au travail à l'heure qu'il est, avait-il ajouté.

— Moi on peut dire que j'ai de la chance, dans le sens où je peux travailler n'importe où. »

Il avait haussé un sourcil.

« Je suis écrivain, avais-je expliqué.

— Aurais-je pu entendre parler de vous ?

— Cela m'étonnerait fort. »

Je lui avais énuméré les trois pseudonymes sous lesquels j'écrivais. Comme il arrive souvent en pareil cas, son sourire encourageant s'était lentement fané en une indifférence impassible.

« Et quel genre de choses écrivez-vous ? avait-il demandé sans toutefois faire montre d'un grand intérêt.

— Surtout des romans policiers, avais-je répondu d'un air contrit. Ce n'est peut-être pas votre tasse de thé ?

— Si, j'aime beaucoup les polars. J'en lis énormément : Rankin, Grafton, Leonard, Dexter. C'est *vous* dont je n'ai jamais entendu parler. »

J'avais hoché la tête. Au moins, c'était franc.

À ce stade-là, je m'attendais à ce qu'il changeât de sujet, mais il m'avait soudain regardé avec un regain d'intérêt.

« Donc, vous devez tout savoir en matière de poisons et ainsi de suite ? »

C'était vrai. Comme je l'ai dit, je sais tout en matière de poisons, du moins en théorie. Il est facile d'acquérir une connaissance superficielle de la plupart des choses.

« Un peu, avais-je répondu. Mes lecteurs s'attendent à ce que je sache ce genre de choses.

— Et comment les utiliser ? »

J'avais l'impression d'être soumis à un interrogatoire, sans trop savoir pourquoi.

« C'est tout l'intérêt du poison – du moins dans les romans policiers. On l'utilise.

— Donc vous connaissez les bonnes doses et tout ? »

Aucun doute, c'était bien un interrogatoire. J'espérais de tout cœur que Taylor ne se voyait pas dans le rôle du détective amateur.

« Je n'assassine pas les gens dans la vraie vie, avais-je répondu, clarifiant précisément mes activités. C'est souvent tentant, mais dans mes livres les méchants se font toujours arrêter et dûment punir. Les crimes parfaits sont rares.

— Et Jack l'Éventreur alors ?

— Il y a des exceptions, évidemment. »

Il y avait eu une pause, durant laquelle je me devais bien sûr de lui demander quelle était son activité à lui. C'était parfaitement inévitable. Pour tout dire, je l'avais catalogué comme chimiste.

« Vous ne le devineriez peut-être pas en me voyant, mais je suis chimiste, avait-il dit sur le ton de la confidence. Je travaille dans l'industrie des boissons non alcoolisées. »

Ma foi, voilà qui nous donnait (y compris les clients décédés) un chimiste, un pharmacien et un visiteur médical. Il n'y avait donc pas que l'écrivain de polars qui était susceptible de s'y connaître en poisons.

Taylor m'avait expliqué pour qui il travaillait. J'avais reconnu que ce nom me disait vaguement quelque chose.

« Oui, on est passés aux infos ces derniers temps, avait-il dit, l'air découragé. Quelqu'un menaçait de révéler la formule de notre boisson la plus vendue.

Bien sûr, n'importe quel idiot équipé d'une panoplie de petit chimiste pourrait acheter une bouteille et l'analyser. Ce n'est pas franchement top secret. Mais ça fait des années qu'on fait tout un pataquès autour de notre formule gardée sous clé, alors on n'aurait pas l'air fins si elle venait à être révélée au grand jour. On n'aurait pas non plus l'air fins si les gens venaient à savoir que les ingrédients secrets sont du jus de citron, des graines d'anis, du sirop de caramel et une ou deux autres choses qu'on trouve en supermarché.

— Alors que vont faire vos patrons ?

— Oh, moi je ne suis qu'un modeste chimiste, je doute qu'ils me consulteront. Sachant qu'il y a en jeu des ventes de plusieurs centaines de millions de livres par an, ils pourraient très bien décider d'acheter son silence. Mais quand des trucs comme ça sont dévoilés, c'est cuit, pas vrai ? À part assassiner discrètement cette personne, on ne peut sûrement pas faire grand-chose. »

Il s'était interrompu, conscient que, au vu des circonstances, des menaces de meurtre relevaient probablement du mauvais goût.

« Désolé. Je ne voulais pas dire que mon entreprise… ou moi…

— Bien sûr.

— Comme vous l'avez dit, les méchants se font toujours arrêter…

— Dans mes livres en tout cas. »

Dehors, l'obscurité commençait tout juste à tomber lorsqu'il était parti et que (presque aussitôt) M. Proctor avait fait une brève apparition. J'avais entendu dire que son « empoisonnement » avait été quelque peu exagéré – mais il semblait malade, ce qui n'avait rien d'étonnant après le traitement qu'il avait subi.

« Il est où, le thé ? avait-il demandé.

— Tout a été débarrassé il y a dix minutes. »

Il avait paru extrêmement déçu.

« Je suis sûr que vous pouvez faire appel au *room service*.

— Et il faudrait raquer pour ça ?

— Possible. Mais je doute que ça atteigne des sommes exorbitantes. »

Il avait réfléchi un instant.

« Je vais peut-être me procurer du chocolat.

— Je ne crois pas qu'il y en ait à l'hôtel.

— Dans les magasins, si.

— Mais vous ne pouvez pas sortir, vous savez. »

Il avait souri.

« Herbie Proctor a ses méthodes. »

C'est plus tard seulement que j'avais appris que ces méthodes impliqueraient d'escalader un mur et d'être poursuivi un beau soir d'hiver par une petite agent littéraire rondouillarde. Ces événements appartenaient encore au futur et ne me seraient relatés qu'au dîner, par l'agent en question.

« Bonne chance, avais-je lancé sans vraiment réaliser la dose dont il allait avoir besoin.

— La chance n'a rien à voir là-dedans, avait-il répliqué en gloussant. Tout est affaire de connaissances et d'habileté. Vous verrez. »

En chemin vers ma chambre, j'avais remarqué Elsie qui apportait précautionneusement une chope de bière dans le jardin. Trop concentrée à ne pas renverser une seule goutte, elle ne m'avait pas vu. Oui, décidément, c'était une drôle de journée.

Ce n'est qu'en traversant le hall d'entrée quelque temps plus tard, et en voyant une Elsie légèrement boueuse et débraillée poussée sans ménagement par un policier tout rouge, que j'avais découvert que, ce soir-là, tout le monde s'était payé une bonne tranche de rigolade.

Si seulement un message m'avait attendu à l'accueil pour me dire ce que diable j'étais censé fabriquer à Chaubord, j'aurais pu me détendre et profiter d'une nouvelle charmante soirée dans la vallée de la Loire. Mais il n'y avait rien. Rien du tout.

15

Savoir que Herbie Proctor se faisait laver l'estomac pour la deuxième fois de la journée semblait curieusement dérider tout le monde. On nous avait également laissé entendre que, la première phase de l'enquête étant presque terminée, nous pourrions partir le lendemain dans la matinée. Durant le dîner, les conversations allèrent bon train. Parmi le petit groupe qui restait, l'ambiance était plutôt festive.

Seul Ethelred semblait toujours assez morose.

« Allez, dis-je. D'ici demain on aura sûrement fichu le camp.

— Et à quoi tu sais ça ?

— La police a interrogé tout le monde.

— Mais arrêté personne. S'il y a la moindre chance que le meurtrier se trouve parmi nous, alors je ne vois pas comment ils pourraient laisser partir quiconque. Les clients quitteraient tous le pays en l'espace de quelques heures, à l'exception peut-être des Pedersen, qui doivent cependant pouvoir brandir l'immunité diplomatique.

— Combien de temps peut-on être détenu sans preuve, en France ?

— Je n'en ai aucune idée. Plusieurs jours ? Plusieurs semaines ? Pense à ce qui est arrivé au comte de Monte-Cristo.

— Dans ce cas, le plus tôt ils arrêteront quelqu'un, mieux ce sera. »

On toussa derrière moi. C'était le gentil policier sur lequel j'avais sauté un peu plus tôt.

« Mademoiselle Thirkettle, dit-il – de façon plutôt obséquieuse, songeai-je, pour quelqu'un avec qui j'avais été si proche –, j'ai le regret de vous informer que nous avons encore d'autres questions à vous poser.

— Je m'apprêtais à commander mon dessert.

— J'ai bien peur que ça ne puisse pas attendre.

— Vous allez devoir m'arrêter pour m'éloigner des profiteroles, plaisantai-je.

— C'était bien mon intention. Il serait à mon avis préférable que vous me suiviez sans plus d'histoire. »

La police avait réquisitionné un des bureaux du fond, une pièce en désordre que les innombrables tasses de café à moitié vides et les assiettes sales qui s'y étaient accumulées rendaient encore plus bordélique. On m'indiqua le fauteuil le moins bien rembourré des deux. L'inspecteur se prit le confortable. Il semblait plus sympathique que le policier, possiblement parce que je ne lui avais pas atterri dessus dernièrement, ni obligé son visage à s'enfoncer dans un parterre de fleurs gelé.

« Mademoiselle Thirkettle, dit-il, je pense que vous ne nous avez pas dit toute la vérité. »

Il s'interrompit, me laissant perplexe quant auquel de mes récents mensonges il faisait allusion. Étant donné qu'il n'avait sûrement pas la moindre idée de ce à quoi pouvait correspondre une taille 10 en France[1], il y avait peu de chance qu'il me reprenne là-dessus. Peut-être était-ce d'avoir dit que je n'étais jamais allée dans la chambre de Grigory Davidov ? Humm, on verrait bien. En attendant, je tentai le même sourire mielleux que j'avais décoché dans le parterre de fleurs.

« Pourriez-vous m'expliquer, par exemple, pourquoi nous avons trouvé vos empreintes digitales dans la chambre de M. Davidov ? » demanda l'inspecteur.

La réponse à cette question était évidemment que je m'étais dit qu'ils avaient dû procéder au relevé d'empreintes bien avant que je mette les pieds dans la chambre, sinon je me serais peut-être montrée un poil plus prudente. Comme ils avaient relevé les empreintes de tous les clients de l'hôtel un peu plus tôt, il n'avait pas dû leur falloir beaucoup de temps pour déterminer qui avait mangé quels chocolats.

« Je voulais juste jeter un œil. »

Cette phrase n'avait pas semblé plus convaincante quand je l'avais prononcée que là, couchée sur le papier. Au mieux, je passais pour une vulgaire voyeuse. Au pire, j'étais la duchesse du poison de Chaubord-sur-Loire. De toute évidence, l'une de ces deux éventualités était légèrement préférable à l'autre.

« Jeter un œil ? » répéta-t-il en crachant ces mots les uns après les autres.

Il était clair que, de son point de vue, les empoisonneurs se situaient un cran au-dessus des voyeurs.

« La porte s'est ouverte un peu malgré moi, expliquai-je, m'efforçant cette fois-ci de n'avoir l'air ni cinglée ni criminelle. C'est-à-dire après avoir mis la clé dans la serrure. Du coup, j'ai fait un petit tour en

1. La taille 10 correspond à un 38. *(N.d.T.)*

quête de chocolats et je me suis retrouvée en train de fouiller les poches de son peignoir… je ne m'explique pas très bien, hein ?

— Nous sommes bien sûr au courant que vous avez emporté sa boîte de truffes au chocolat puisque nous l'avons retrouvée dans votre chambre. Pourquoi l'avez-vous prise ?

— Vous n'avez pas le droit de fouiller ma chambre comme ça.

— Si, nous en avons parfaitement le droit. »

C'était de bonne guerre.

« Eh ben à votre avis, qu'est-ce qu'on peut bien faire avec une boîte de chocolats ? »

Si je puis me permettre de m'arrêter un instant pour vous donner un conseil, n'employez jamais l'ironie avec les contractuels anglais, les douaniers américains ni les policiers français. Pour une raison qui m'échappe, il n'y en a pas un qui pige. Pas un.

L'inspecteur ne sourit pas.

« Et vous les avez tous mangés ?

— Jusqu'au dernier. C'est un crime ?

— Il ne vous est pas venu à l'esprit que ce pourrait être dangereux ?

— Pas sur le moment. Ça m'est venu à l'esprit peu avant que je vomisse dans les buissons, mais pas quand je les mangeais. Hélas.

— Au moins, mademoiselle Thirkettle, vous nous avez épargné de vérifier si les autres étaient aussi empoisonnés. Nous pourrions peut-être considérer ça comme un service rendu à l'État français.

— Vais-je recevoir la Légion d'honneur ?

— Non. »

(Voir commentaire ci-dessus au sujet de l'ironie.)

« Avez-vous manipulé la boîte ? demanda-t-il.

— Oui. Évidemment.

— Beaucoup ?

— Il y avait beaucoup de chocolats.

— Cela pourrait expliquer pourquoi les seules empreintes que nous parvenions à identifier étaient les vôtres. »

Il me regarda. Je le regardai. Il me regarda.

« C'est tout ? m'enquis-je, pleine d'espoir.

— Non, ce n'est pas tout. Êtes-vous allée dans la chambre de M. Davidov à un autre moment ?

— Mais enfin, mais pour quoi faire ?

— Quelqu'un m'a glissé que ça aurait pu être le cas.

— Herbie Proctor, vous voulez dire ? »

Et la lumière fut.

« Évidemment, nous aurions recherché vos empreintes dans la chambre de toute façon », dit-il.

Oui, la lumière fut, une sale lumière grisâtre et glauque.

« Quel gros connard ! Quel mytho ! commentai-je sobrement.

— Bien au contraire, notre indicateur a eu le nez creux, comme on dit chez nous.

— C'est juste parce que j'ai mouchardé au sujet de la clé… commençai-je.

— Mouchardé ? C'est-à-dire ?…

— Que je vous ai dit qu'il avait la clé.

— Ah oui. Vous supposez, bien sûr, que notre indicateur était M. Proctor. À ce propos, il n'avait pas avalé de clé.

— Ah non ?

— Non. Nous avons fait une radio de son estomac à l'hôpital. Aucun objet métallique d'aucune sorte.

— Ma foi, toutes ces raisons font de lui un personnage bien suspect. Pourquoi n'essayeriez-vous pas encore un lavage d'estomac, rien qu'une dernière fois ? »

L'inspecteur sourit.

« Je ne crois pas.

— Quel dommage. Mais je vous assure qu'il avait une clé.

— Lui dit que non.

— Ce qu'il faut faire, c'est fouiller tous les casiers de consigne pour voir le truc qu'il y a planqué.

— Et qui est ?

— Je ne sais pas.

— Alors – je suis curieux de connaître la réponse – comment saurons-nous que nous l'avons trouvé ?

— Ce sera un objet suspect.

— Avait-il quoi que ce soit dans les mains sur le chemin de la gare ? »

Je repensai à la réception féline de son saut. Un sac ne serait pas passé inaperçu.

« Non, répondis-je, mais…

— Donc ce n'est là qu'une supposition ?

— Oui, répondis-je, mais…

— Mademoiselle Thirkettle, dit-il en se penchant en avant, les yeux plissés, vous semblez déterminée à jeter les soupçons sur votre personne par tous les moyens possibles. À l'avenir, par pitié, restez en dehors des enquêtes de police. Et par pitié, n'essayez pas d'escalader le mur du jardin, encore moins avec cette jupe. Par pitié, ne portez pas d'accusations contre les autres clients à moins d'avoir quelque chose qui ressemble vaguement à une preuve. Par pitié, ne mangez ni ne tripatouillez les preuves en aucune manière. Et surtout, par pitié, ne sautez sur aucun de mes policiers. Ils n'aiment pas ça, ça les met mal à l'aise. Compris ? »

Je me demandais si j'aurais dû lui dire à quel point

il était sexy quand il plissait les yeux comme ça, mais je me contentai de répondre sagement :

« Mais bien sûr, monsieur l'*Inspector*.

— D'ailleurs, faites-vous toute petite jusqu'à ce qu'on vous autorise à partir.

— Suis-je en état d'arrestation ?

— Vous avez beaucoup de chance de ne pas l'être.

— Suis-je libre de retourner dans la salle de restaurant ?

— Allez donc où ça vous chante, sauf dans la chambre de feu M. Davidov. »

Je fonçai au bout du couloir, mais je croisai Ethelred et les autres au moment où ils sortaient de table.

« Tu as raté de succulentes profiteroles, dit Ethelred.

— Il en reste ?

— Non. Ils viennent juste d'arrêter le service.

— J'ai eu du rab ! » jubila un des gamins danois.

Une seule chose le sauva d'un infanticide parfaitement justifié. Herbie Proctor se trouvait juste derrière moi. Il avait un petit air de campagne de pub contre la faim, mais en moins méritant.

« Il reste à bouffer ? » implora-t-il.

Je souris. Parfois, c'est des petits riens comme ça qui vous illuminent votre journée.

16

Tuer quelqu'un à coups de poignard est plus facile qu'on ne croit. Dans *Le Crime de l'Orient-Express*, Agatha Christie complique un peu les choses en infligeant à la victime des blessures qui ne sont par endroits que de simples égratignures, l'agresseur ne pouvant pas mieux faire. En réalité, asséner un coup de poignard ne demande pas énormément de force. Bizarrement, une fois que la lame a pénétré la peau, il n'y a plus guère d'effort à fournir pour occasionner une blessure profonde.

Les plaies elles-mêmes, en revanche, peuvent varier considérablement. La forme de l'arme influe sur celle de l'entaille, et on dit souvent qu'une blessure engendrée par une lame à double tranchant est très différente d'une blessure causée par une lame simple. Cependant, il arrive que le côté émoussé d'un couteau déchire la peau d'une façon très semblable à ce que ferait une lame aiguisée, alors prenez garde à ne pas croire tout ce que vous lisez. Ce qui joue également beaucoup, c'est la position des balafres par rapport aux lignes de Langer. Si elles sont parallèles, elles ont en général l'aspect de fentes, alors que perpendiculaires, elles sont béantes.

La taille de la blessure augmente selon que le couteau est remué de droite à gauche dans la plaie ou vrillé. Dans le parler des rues du sud de Londres, on appelle cette dernière méthode un *juke*, un lardage, en somme.

L'une des particularités des blessures à l'arme blanche, c'est qu'il leur arrive d'être plus longues que l'arme qui les a occasionnées. Cela est dû à la compression de la peau et du derme au moment du coup. À l'inverse, la largeur d'une balafre est en général moindre que celle de la lame car la peau se contracte autour de la plaie. C'est pourquoi un examen superficiel se révèle parfois trompeur.

Si la victime est dans l'impossibilité de communiquer, on peut obtenir plusieurs indices grâce à l'aspect des lésions de défense : on rencontre en général des éraflures sur les mains et les avant-bras quand il y a eu tentative de parade, voire d'interception de la lame.

Les coups de poignard sont d'ordinaire assénés par de jeunes hommes à d'autres jeunes hommes, mais il arrive aux femmes de se servir d'un couteau dans un moment d'emportement. Ainsi, une certaine Margaret Williams poignarda son mari à deux reprises et la chance lui sourit lors de la seconde tentative : la lame pénétra le cœur. Il paraîtrait que les derniers mots de son époux furent : « Tu crois que tu me fais peur avec ton petit couteau ? »

Les agressions à l'arme blanche sont plus rares dans les polars que dans la vraie vie. Peut-être les écrivains les jugent-ils inélégantes, bien qu'Agatha Christie s'en serve dans plusieurs grands classiques : pas seulement dans *Le Crime de l'Orient-Express*, mais aussi dans *Mort sur le Nil* et (c'est peut-être là sa plus belle œuvre) *Le Meurtre de Roger Ackroyd.*

En ma qualité d'écrivain de romans policiers historiques, je passe invariablement mes personnages au fil de toutes sortes de lames. Cependant, il est intéressant de constater qu'au cours du siècle passé, contrairement à ce qu'on pourrait croire, on n'a pas inventé pléthore de nouvelles méthodes criminelles : armes à feu, électrocution, bombes, collision automobile. Les instruments tranchants ou contondants, la strangulation, le poison, la noyade et la suffocation sont eux intemporels. Le meurtre, de par sa familiarité, a un côté très rassurant.

17

On m'avait interdit de me mêler de l'enquête de police, mais ça ne m'empêchait sûrement pas (si ?) de papoter gentiment avec le personnel de l'hôtel. Et surtout pas avec les réceptionnistes, qui risquent fort de s'ennuyer durant les longues heures qui suivent le dîner… et qui désirent peut-être revivre, en compagnie d'une agent littéraire sympathique et compatissante (par exemple), les événements de la soirée où ils étaient de service et où une agression mortelle au couteau s'était produite.

Par conséquent, je quittai nonchalamment le bar, les doigts serrés sur mon Perrier, et me dirigeai vers l'accueil. Le réceptionniste était penché sur un journal. Il remplissait une grille de chiffres en mâchouillant d'un air pensif un moignon de crayon. Il portait une veste noire bon marché, une chemise blanche et une fine cravate noire, le tout avec aussi peu de grâce que moi à une époque dans mon uniforme d'écolière. Un petit badge blanc était épinglé sur le revers de sa veste, de ceux qu'on porte pendant les réunions. Sur celui-ci, on pouvait lire : « Jean-Luc ». Une odeur rance d'espoirs déçus flottait autour de lui. Un jour prochain, en se regardant dans le miroir, à la vue de ses cheveux grisonnants, il tâcherait de se rappeler pourquoi devenir réceptionniste d'hôtel lui avait paru un super plan.

À mon approche, il leva les yeux et repoussa sa grille de chiffres sans toutefois la mettre hors de portée.

Je lui adressai un sourire mielleux et attaquai une conversation joviale :

« Vous faites un paquet d'heures. »

Jean-Luc me regarda, perplexe.

« *Mais oui*[1], répondit-il.

— Mon pauvre, compatis-je, comme s'il s'agissait d'un romancier dont le livre venait d'être refusé par dix éditeurs de suite.

— C'est normal, dans ce boulot, expliqua Jean-Luc, mais il semblait content que je l'aie remarqué, comme c'est souvent le cas du personnel d'hôtel.

— Ça fait longtemps que vous travaillez ici ?

— Depuis l'âge de 20 ans. »

Donc ça devait chercher dans les vingt ou vingt-cinq ans ?

« Donc ça doit faire une quinzaine d'années », commentai-je.

Même les hommes (contrairement à ce qu'ils disent) sont sensibles à une petite flatterie au sujet de leur âge.

Il haussa les épaules d'un air satisfait.

« Un petit peu plus, peut-être.

— Votre famille – votre *jeune* famille – doit trouver ça pénible, non ? »

Il hocha la tête.

« Mais c'est normal. C'est normal dans ce *métier*[2] »

Résumons : un type assez banal, employé de longue

1. En français dans le texte. *(N.d.T.)*
2. *Idem.*

date, père de famille. Pas franchement le profil d'un meurtrier, si ?

« Vous avez dû voir défiler un paquet de collectionneurs de timbres ici, observai-je, tâchant d'orienter imperceptiblement la conversation vers la question de savoir s'il lui était déjà arrivé de tuer des clients.

— Des collectionneurs de timbres ? dit-il.

— Oui, des collectionneurs de timbres, dis-je.

— C'était le *marché aux timbres*, répliqua-t-il comme s'il expliquait quelque chose de simplet à quelqu'un qui l'était tout autant. Évidemment qu'il y a des collectionneurs de timbres.

— Et vos habitués sont-ils revenus en nombre ? »

Il secoua la tête.

« Il me semble qu'aucun des clients – aucun des clients qui sont encore ici – n'était avec nous l'an dernier à cette occasion.

— Donc vous n'aviez jamais rencontré Jonathan Gold auparavant ?

— Non.

— Ni Grigory Davidov ?

— J'avais entendu parler de lui, bien sûr.

— Et vous désapprouvez la manière dont il gérait ses affaires ?

— Ça ne me regarde pas. On dit qu'il voulait acheter votre Manchester United. Moi à mon avis vous êtes dingues de vendre vos équipes de foot à des étrangers. Si j'étais un supporter de Manchester, je l'aurais mauvaise. »

Je hochai la tête et notai dans un coin de celle-ci de demander un de ces quatre à Ethelred de m'expliquer le football.

« Et les autres clients ? Qu'en savez-vous ? »

Il haussa les épaules, j'étais assez d'accord avec lui. Qu'y avait-il donc à savoir à leur sujet ?

« On peut dire qu'avec tous ces collectionneurs dans le coin, j'ai de la chance d'avoir eu une chambre, alors.

— Pendant le marché aux timbres, il est toujours plus prudent de réserver. La plupart des autres clients l'avaient fait bien à l'avance, sauf vous.

— La plupart ? »

Il jeta un œil à son écran d'ordinateur.

« Bien sûr, c'est M. Tressider qui s'est occupé de votre réservation. Tous les autres l'ont fait eux-mêmes. »

Il y avait là un truc qui clochait, mais je ne parvins pas tout de suite à mettre le doigt dessus. Après, si.

« Y compris M. Brown ? »

Jean-Luc soupira et regarda de nouveau son écran.

« *Y compris* M. Brown. Il avait réservé par mail il y a plusieurs semaines. »

Donc – c'était ça le truc qui clochait –, Brown m'avait clairement menti en m'affirmant qu'il s'était agi d'une décision de dernière minute. Je le promus aussitôt et légitimement au rang de suspect numéro un. Mais alors, il me fallait savoir autre chose. Brown avait été bizarrement absent au dîner.

« À quelle heure est-il revenu hier soir ? demandai-je.

— Revenu ?

— Après être sorti.

— Je ne me rappelle pas l'avoir vu du tout hier soir.

— À quelle heure votre service se termine-t-il ?

— Je suis de garde toute la nuit. Il n'y a personne d'autre. Je suis de service jusqu'à la fin du petit déjeuner. »

Il s'interrompit puis ajouta :

« Et vous, pourriez-vous m'expliquer une chose ?

— Je vais essayer.

— Pourquoi me posez-vous tous autant de questions ?

— Tous ?

— Vous. M. Taylor. M. Brown. M. Proctor. M. Tressider. Vous jouez tous les détectives, ou quoi ?

— Il y en a qui jouent, Jean-Luc, d'autres non. »

Il secoua la tête.

« Moi je dis que vous êtes tous toqués.

— Me traitez-vous de toquée ?

— Franchement, *mademoiselle*, oui. »

Sur ce, il ramena sa grille de chiffres devant lui. Et reprit son crayon.

« Autre chose ? »

Je me demandais si c'était le moment où j'aurais dû lui dire que (franchement) il ne paraissait pas un jour de moins que 50 ans, mais je décidai que ça pouvait attendre. Je le remerciai donc avec une politesse étudiée et passai mon chemin.

Cependant, je comprenais bien pourquoi la police l'avait écarté comme suspect. Il n'avait rien d'un meurtrier. Il ne semblait avoir eu aucun lien avec l'une ou l'autre victime et s'inquiétait davantage de l'impact de l'argent de Davidov sur le championnat de première division que de la destruction d'une ville indienne de taille moyenne. Et puis, de toute façon, pourquoi aurait-il pris le risque de tuer quelqu'un sur son propre lieu de travail ?

Je retournai au bar réfléchir encore un tantinet au sujet de M. Brown.

Ethelred s'y trouvait déjà, accompagnant son café

d'un calvados. Je lui racontai ce que j'avais découvert à propos de Brown. Il ne parut pas impressionné.

« Ça ne fait pas de lui un meurtrier, répliqua-t-il.

— Mais pourquoi ce mensonge au sujet de sa réservation ? Pourquoi ne m'a-t-il pas simplement dit que c'était un long trajet en voiture et qu'il avait donc réservé une chambre ici histoire de faire une étape ? Pourquoi prétendre qu'il s'agissait d'un pur hasard ?

— Alors lequel a-t-il tué ? Gold ou Davidov ?

— L'un ou l'autre ou les deux, suggérai-je.

— Mais, autant que nous sachions, il n'avait aucun lien avec eux.

— Il bosse dans l'industrie pharmaceutique. Gold était une espèce de pharmacien.

— Continue. Il y a ici un nombre étonnant de personnes qui s'y connaissent au moins un peu en matière de médicaments. En quoi Brown se distingue-t-il ?

— Reconnais que quelqu'un qui bosse dans l'industrie pharmaceutique a potentiellement accès à des poisons.

— Tu m'avais dit qu'il n'avait pas de médicaments sur lui, rétorqua Ethelred non sans raison.

— S'il les avait tous fourrés dans la truffe à la pêche, il ne risquait pas d'en avoir. »

Ethelred se fendit d'un large sourire, de ceux qu'affichent les hommes pour signifier qu'ils ont un bon gros cerveau mâle et que vous n'avez qu'un minuscule et pitoyable cerveau femelle. Mais je l'avais déjà assassiné une fois cette année, il ne fallait pas l'oublier, je ne pourrais sûrement pas me permettre de le refaire. Enfin, il y aurait toujours l'année suivante.

« Il est arrivé juste avant que Davidov soit empoisonné, dis-je. Après, c'était le plus pressé de tous pour partir. Et puis où était-il passé pendant la nuit ?

— Il n'est peut-être pas sorti. Il s'était peut-être arrêté manger à une station-service quelconque avant même d'arriver à l'hôtel. Peut-être avait-il simplement décidé de se coucher tôt. Ou peut-être qu'il est effectivement sorti dîner dans un petit bistro en ville et que quand il est revenu, le réceptionniste ne l'a pas vu. Même les réceptionnistes doivent aller pisser, parfois.

— Moi je pense qu'il a empoisonné Davidov. Il s'y connaît en poisons. Personne ne sait où il a passé la nuit. Et il raconte des bobards.

— Mais il n'a aucun mobile pour l'un ou l'autre meurtre – du moins pas à notre connaissance.

— Tu ne le crois pas capable de tuer ?

— N'importe qui est capable de tuer, soupira Ethelred. Il suffit d'un coup de sang ou d'une peur bleue au mauvais moment. Bon, je vais me prendre un deuxième petit calva et au lit. »

Il n'y a rien de plus chiant que d'être confiné dans un hôtel au papier peint décollé pendant une enquête de police à laquelle vous n'avez le droit de vous mêler en aucune manière. Les gens erraient d'une chambre à l'autre pour tromper l'ennui. J'attendis dans le petit salon confiné. Et ça n'a pas manqué, Tim Brown finit par s'y pointer d'un pas nonchalant.

Je n'avais pas remarqué son extrême blondeur. Elle aurait dû le rendre presque séduisant mais, mis à part sa superbe chevelure, il était fort quelconque : début de trentaine, taille moyenne, léger surpoids dû à de trop nombreux entrée-plat-dessert pris sur la route suivis par trop de bières au bar. Il portait encore sa veste et son pantalon pour le moins froissés, sauf qu'ils l'étaient davantage que la dernière fois que je l'avais vu. Il semblait fatigué et sacrément inquiet. Il était temps de poursuivre mon subtil interrogatoire, mais cette fois-ci d'une manière qui ne me ferait pas ressembler à une junkie en manque.

« C'était bon, ce soir, dis-je.

— Oui.

— Hier soir aussi on a bien mangé, vous ne trouvez pas ?

— Ça allait.

— Mais vous n'avez pas mangé ici hier soir », remarquai-je.

À l'évidence, il avait espéré éviter le sujet.

« Non, j'avais trouvé un petit restaurant en ville, répondit-il, les yeux rivés sur le magazine le plus proche.

— Lequel ?

— Je ne me rappelle plus trop. »

Il s'empara du magazine, qu'il se mit à feuilleter. Il le tenait à l'envers, mais ce détail lui avait échappé.

« Le service était rapide ? »

Il fronça les sourcils et me regarda.

« Je ne comprends pas bien…

— Le service est parfois très lent en France. C'est vraiment agaçant quand tout ce qu'on veut, c'est rentrer à l'hôtel se coucher après une longue journée, et en plus on vous fait poireauter des plombes pour l'addition, vous n'avez pas remarqué ?

— Non, le service était très bien. Je ne comprends pas où vous voulez en venir.

— Voilà où je veux en venir : comment se fait-il que vous soyez sorti toute la nuit ? Ce serait bien le service le plus lent qu'on ait jamais vu. »

D'accord, oubliez ce que j'ai dit au sujet de la subtilité de l'interrogatoire.

Le magazine chuta avec un paf sonore.

« Qui vous dit que je ne suis pas rentré ?

— Jean-Luc, le réceptionniste. »

Il fit la moue. Ma foi, voilà un employé de l'hôtel prématurément vieilli qui n'aurait pas de pourboire de la part de notre M. Brown.

« C'est vrai, dit-il, pensif. Le service aurait peut-être mérité d'être un peu plus rapide.

— Toute la nuit ?

— Après je suis allé me balader. Je n'étais pas fatigué.

— J'ai dit : *Toute la nuit ?*

— C'est une ville intéressante.

— Voilà qui me semble peu vraisemblable, surtout après un long trajet en voiture depuis Bordeaux.

— Euh… dit la pauvre créature masculine devant moi.

— Voulez-vous tout me raconter ? demandai-je. Vous verrez, ce sera plus facile après.

— Vous êtes détective privée ? »

Je lui lançai un sourire énigmatique. Le mener par le bout du nez ? Belle litote.

« Et merde, dit-il. D'accord. Ça devait bien arriver tôt ou tard. Par où voulez-vous que je commence ?

— Vous aviez prévu de tuer Gold depuis le début ? demandai-je, lançant une botte d'une précision incroyable.

— Gold ? s'estomaqua-t-il.

— Je veux dire Davidov, repris-je, lançant une botte légèrement différente mais tout aussi percutante. Quand avez-vous décidé d'empoisonner Davidov au juste, M. Brown ?

— Davidov ? »

À ce stade-là, feindre de ne pas connaître ses victimes (si c'était ça l'idée) n'allait pas lui servir à grand-chose.

« Comment avez-vous mis le poison dans le chocolat ? L'avez-vous injecté ? Vous feriez mieux de cracher le morceau. »

Il me décocha ce bon vieux regard qui dit : « T'es toquée, ma pauvre fille. »

« Soyons bien clairs : vous êtes en train de m'accuser d'avoir tué Gold ou Davidov ? demanda-t-il, son petit cerveau mâle commençant doucement à percuter.

— C'est ça. »

Il gloussa de soulagement.

« C'est tout ? » demanda-t-il.

Un meurtre ? Ça me semblait déjà pas mal.

« Oui, répondis-je.

— Merci, mon Dieu », s'esclaffa-t-il.

On aurait dit l'homme le plus soulagé de la vallée de la Loire.

« Moi qui croyais que…

— Vous croyiez que ?… » répétai-je, espérant encore qu'il soit sur le point de se décomposer et de tout me confesser.

Il se leva.

« Bonne nuit, miss Thirkettle. Je crois que je vais aller me faire dormir les yeux. Comme vous l'avez dit, j'ai fait hier un long trajet en voiture.

— La police est-elle au courant que vous êtes sorti toute la nuit ? »

En dernier recours, la tentative de chantage semblait valoir le coup.

« Oui. Je le leur ai dit.

— Ah. Ça va, alors. »

Après son départ, je rangeai le magazine qu'il avait fait tomber et replaçai les coussins. Puis j'allai me coucher à mon tour. Je vis qu'Ethelred était encore au bar, couvant son verre, mais il ne me semblait pas nécessaire de lui rapporter ma conversation avec Tim Brown.

Il était déjà assez snob comme ça.

Quand je revins dans ma chambre, je remarquai deux choses. Un, le policier qui surveillait la chambre de Davidov était parti, autrement dit ils n'avaient pas l'intention de retourner fouiller. Et deux, en ouvrant ma porte, je vis que la lumière était allumée et que je n'avais pas eu besoin de ma clé pour entrer. J'étais pourtant persuadée d'avoir éteint la lumière avant de descendre dîner. Et puis j'avais bien dû fermer la porte à clé, non ? Il était possible, songeai-je, que la femme de ménage fût venue rabattre les draps ou déposer un petit chocolat surprise sur mon oreiller. Mais non : le lit avait à peu près la même tête qu'avant. Et zéro douceur chocolatée nocturne. Tout était assez inchangé, en fait. Il faut bien avouer aussi que, vu l'état dans lequel j'avais laissé ma chambre avant le dîner, il aurait été difficile d'établir si elle avait été mise à sac, mais au moins j'étais sûre que personne n'était entré par effraction pour ranger.

Je me dirigeai prudemment vers la fenêtre et regardai le mur d'enceinte du château de l'autre côté de la rue sombre. Celle-ci était déserte et, à la lumière des lampadaires, tout semblait d'une pâleur exsangue. La pluie commençait à tomber. J'attendis le passage d'une voiture, mais la rue resta vide.

Je tirai les rideaux, m'attendant à transformer ainsi la chambre en cocon mais, curieusement, ce ne fut pas le cas. Je verrouillai la porte, m'attendant à me sentir plus en sécurité, mais je me sentis exactement comme avant. Quand j'allai me laver les dents dans la salle de bains, je laissai la porte ouverte et surveillai la chambre par le miroir : je n'avais aucune envie que quelqu'un, ou quelque chose, me prenne par surprise.

Je me mis en pyjama. C'était plus le genre douillet que celui qu'on enfile pour séduire Brad Pitt, mais comme il ne semblait guère probable que l'acteur se pointe, je pouvais risquer la ceinture élastique et l'imprimé de lapins roses.

Quand j'étais petite, j'avais une règle inviolable qui disait qu'une fois qu'on était bien au chaud dans son lit, le croquemitaine ne pouvait plus venir nous croquer. Le croque-mitaine obéissait-il lui aussi à cette règle ? Je ne saurais vous le dire. Ce soir-là, bizarrement, même une fois dans mon lit, je ne me sentais toujours pas en sécurité. Évidemment, on n'est protégé à cent pour cent du croque-mitaine que quand on se rabat la couverture sur la tête.

J'éteignis la lumière, me rabattis la couette sur la tête et essayai de dormir.

18

« Je ne suis toujours pas près de dénouer l'intrigue, dis-je. – Personne ne te le demande, rétorqua Ethelred. Laisse-la donc nouée. C'est très bien comme ça.

— Mais je ne peux pas m'empêcher d'avoir l'impression qu'on a la réponse juste sous le nez. »

Ethelred sourit. Je ne lui avais même pas encore parlé de l'incident avec Tim Brown, et pourtant il était encore un peu trop snob à mon goût. Mouais, on allait bien voir qui rirait le dernier.

Seuls dans la salle de restaurant, nous profitions d'un petit déjeuner tranquille, nul autre n'ayant choisi de tomber du lit. Dans la cheminée en pierre monumentale, les cendres de la veille étaient froides, personne n'y avait encore touché. Le café avait mis des plombes à arriver, qui plus est dans un pichet à moitié vide.

« Pas aussi copieux qu'hier, observai-je en fouillant en vain la panière en quête d'un *pain au chocolat*[1].

— Non. À mon avis, l'hôtel commence à regretter sa générosité maintenant que l'enquête se prolonge un deuxième jour. Apparemment, il y aura des sandwichs

1. En français dans le texte. *(N.d.T.)*

gratuits au déjeuner, mais il faudra payer le reste au prix habituel.

— Voilà qui ne va pas réjouir Herbie. »

Ethelred mangea une bouchée de sa viennoiserie (non chocolatée).

« Alors, où en es-tu ? demanda-t-il.

— J'ai éliminé le personnel de l'hôtel. D'ailleurs, la police semble avoir fait de même, vu qu'ils sont manifestement libres d'aller et venir, alors que nous, on reste ici. »

Ethelred haussa les épaules.

« Le directeur était absent entre avant-hier soir et hier matin. Jean-Luc, le réceptionniste, n'a aucun mobile pertinent et jure que, contrairement à d'habitude, aucun des autres employés n'était présent ce soir-là. Tous ont été interrogés évidemment, mais on verrait difficilement pourquoi l'un d'eux irait tuer deux clients, surtout quand le second meurtre était, nous en étions convenus, une affaire assez risquée.

— Donc on en revient aux clients, dis-je. L'un d'eux avait urgemment besoin de cacher quelque chose.

— Peut-être que Davidov a bel et bien tué Gold.

— Tu t'étais montré un poil dédaigneux envers cette théorie quand c'était la mienne.

— Donc ce n'est plus ta théorie à présent ?

— C'est clair qu'ils se connaissaient. Il se passait quelque chose entre eux. Nous savons que Davidov s'était rendu à Londres. Pour voir Gold dans ce fameux restaurant kasher, à mon avis, mais Gold lui a posé un lapin.

— Pas nécessairement.

— Alors comment expliques-tu la note dans la poche du peignoir de Davidov ? Hein, dis-moi. Et ne t'avise pas de hausser les épaules.

— Tu as peut-être raison, me concéda gracieusement Ethelred, mais, ce disant, ses épaules remuèrent un peu. Cependant, tout ce qu'on sait vraiment, c'est que Davidov était à Londres peu avant de se faire tuer. Nous ne sommes pas sûrs qu'il ait rencontré Gold.

— D'accord, mais je suis persuadée que la mort de Davidov et le vol de l'enveloppe sont liés. Quelqu'un l'a empoisonné et a volé le truc qui se trouvait dans le coffre-fort. »

Ethelred secoua la tête.

« Quelqu'un lui a volé sa précieuse enveloppe et l'a empoisonné.

— C'est ce que je viens de dire.

— Mon raisonnement, répliqua l'agaçant propriétaire du grand cerveau mâle, c'est que l'enveloppe a été volée *en premier*. Davidov se plaignait du vol à la réception peu de temps avant de mourir. Si l'objectif était de voler l'enveloppe, pourquoi s'attarder pour le tuer ? Pourquoi ne pas se carapater tant qu'il était encore temps ? À l'inverse, si le but premier était de le tuer, pourquoi risquer de voir la police débarquer pour enquêter au sujet d'une enveloppe volée ? »

Ce raisonnement tenait tellement la route que je décidai de changer de sujet.

« Il y a certains clients que nous pouvons exclure comme meurtriers potentiels de Davidov. À commencer par Tim Brown.

— Je croyais que tu le soupçonnais parce qu'il racontait des bobards.

— Oui, mais j'ai réussi à lui extirper un peu plus d'informations, expliquai-je en sélectionnant quelques temps forts de ma discussion avec lui. J'ai découvert pourquoi il était sorti toute la nuit.

— Il te l'a dit ?

— En quelque sorte. Il a vraiment eu les jetons quand il a cru que j'étais détective privé.

— Je vois... »

Sa mine incrédule ne se justifiait absolument pas.

« Et pourquoi a-t-il cru que tu étais détective privé ?

— Il l'a cru, point barre. Bon, alors qui est-ce qui irait lui coller un privé aux basques ? Réponds avec des mots. Ne hausse pas les épaules.

— Je n'en avais pas l'intention. Qui pourrait bien l'espionner ? Je ne sais pas... Un concurrent ? Un partenaire commercial ? Sa femme ?

— Sa femme... exactement ! Brown se rend à sa conférence. Et depuis le début il a prévu de s'arrêter ici sur le trajet du retour pour voir je ne sais quelle morue... »

Ethelred leva la main. Il ne prenait pas cette histoire avec le sérieux qui s'imposait.

« S'agit-il de la même morue que tu m'accuses de fréquenter ?

— Ne sois pas con.

— Je voulais juste vérifier. Les morues ne courent pas les rues de nos jours. Je crois qu'elles sont passées de mode au début des années 1960. Voire même à la fin des années 1950. Il me semble que leur habitat naturel était le boudoir, qui se fait rare aujourd'hui dans nos maisons.

— Brown a tout du gars normal et intelligent, dis-je, empêchant de plus amples spéculations sur l'histoire naturelle de la morue, mais bon, il fait des trucs bizarres : à savoir qu'il s'arrête se reposer dans un hôtel minable pour ensuite disparaître toute la nuit. Nous voilà devant l'exemple type d'un homme qui a le cerveau vissé dans le pantalon. Je ne doute pas qu'une amie de sexe féminin ait pareillement fait étape dans un autre hôtel au papier peint décollé, et que c'est dans cet hôtel-là qu'ils ont tous deux passé la nuit. Dès l'instant où il a cru que j'étais détective, sa mauvaise conscience lui a aussitôt soufflé que j'avais été envoyée par sa femme pour lui filer le train. Quoi qu'il ait fait, ce n'est pas un meurtre.

— Si tu le dis.

— Tu peux aussi oublier Taylor.

— Il semble enquêter sur le meurtre de Davidov à titre privé. Et être un *aficionado* de romans policiers.

— C'est un de tes fans ?

— Apparemment non. »

Il mangea une nouvelle bouchée de sa *brioche*[1].

« Mais pourquoi es-tu aussi sûre que ça ne pourrait pas être Taylor ? demanda-t-il.

— Trop mou, même pour un empoisonnement.

— En matière de meurtre, on ne peut pas se fier aux apparences.

— Quant à la famille danoise, si tu as l'intention de refroidir quelqu'un, il y a peu de chances que tu embarques les gosses dans ta valise.

— À moins de se montrer particulièrement rusé. Il me semble que l'un des assassins de Sue Grafton fait quelque chose dans ce genre. Alors qui sait ? »

Je le dévisageai pour voir s'il plaisantait. Il plaisantait. Je crois.

« Ce qui nous laisse Herbie Proctor et le frère de tweed de Taylor, dis-je.

— Ah oui, John Jones. Je ne lui ai presque pas adressé la parole. Il ne parle pas à grand monde.

— Un homme secret.

— Un homme dépourvu de secret ou de quoi que ce

1. En français dans le texte. *(N.d.T.)*

soit d'autre. Un authentique collectionneur de timbres. Un ami de Taylor. Je les ai vus fureter tous les deux à jouer les détectives. D'ailleurs, l'un d'eux a même employé l'expression “mes petites cellules grises[1]”, non mais tu le crois, toi ? »

Je le croyais.

« Alors c'est Herbie, conclus-je. Un empoisonneur-né, celui-là. Et il cherchait à tout prix à évacuer discrètement un truc de l'hôtel.

— Mais il n'a aucun mobile vraiment valable pour le meurtre de Davidov, ni pour celui de Gold, d'ailleurs.

— Attends un peu. Gold m'avait dit qu'il connaissait Proctor.

— À quel titre ?

— Je ne sais pas, c'était une simple remarque en passant. Il m'avait dit qu'il l'avait déjà vu avant.

— Donc il ne devait pas très bien le connaître, si ?

— Probablement pas. »

Nous réfléchîmes un moment.

« Du coup, personne n'est suspect ? dis-je.

— En ce qui concerne Gold, je commence à penser que ce doit être Davidov le coupable, seulement je ne comprends pas pourquoi. Quant à Davidov, à mon avis tout le monde est suspect, moi compris. Les oligarques ont tendance à se faire des ennemis. Et lui, surtout après le désastre de Yacoubabad, était honni par une très grande majorité de personnes. On raconte qu'il faisait tuer les gens qui l'agaçaient. La seule chose qui me surprenne, c'est que personne n'ait aromatisé son chocolat au cyanure avant.

1. Il s'agit de l'une des expressions préférées d'Hercule Poirot. *(N.d.T.)*

— Peut-être qu'on ne se concentre pas sur le bon détail. Si seulement on savait ce que contenait cette enveloppe…

— Oui, dit Ethelred, soudain très pensif. Mais on ne le sait pas.

— Ethelred, tu sais ce qu'elle contenait ?

— Non.

— Tu ne me caches rien ?

— Je n'ai aucune idée de ce que contenait cette enveloppe. À mon grand regret.

— Tant que tu me dis tout.

— Absolument.

— Pourtant, cette enveloppe doit être la clé de l'affaire. Je parie que c'était sur ça que Herbie avait mis la main et qu'il essayait de cacher.

— Mais comment ? demanda Ethelred, l'homme sempiternellement raisonnable.

— Je ne sais pas. Et je ne sais pas non plus qui a commis ces meurtres. Mais j'aimerais quand même bien que Herbie Proctor soit suffisamment mouillé pour se repayer un lavage d'estomac. Est-ce vraiment trop demander ? »

Après le petit déjeuner, Ethelred alla se dégourdir les jambes dans le jardin tandis que je décidai de traîner dans les coins sombres, caressant l'espoir de surprendre des conversations privées. Curieusement, je tombai aussitôt sur un échange intéressant. C'était Tim Brown qui de toute évidence achevait une conversation sur son portable.

« Enfin bref, désolé d'avoir raté ton appel, disait-il. On capte vraiment mal dans cet hôtel. »

Il écouta une brève réponse à l'autre bout du fil.

« Bon, j'espère que la police ne t'en a pas trop

fait voir, ajouta-t-il. Je te suis vraiment reconnaissant d'avoir pu confirmer que j'avais passé la nuit avec toi dans ton hôtel. »

Il y eut un silence tandis qu'il écoutait la morue à l'autre bout de la ligne, puis il dit :

« C'est vrai. Il y a une espèce de petite fouineuse ici – tu vois le genre ? Bon Dieu, je lui foutrais bien mon pied où je pense. Eh ben elle en est venue direct à la mauvaise conclusion ! Heureusement, elle n'a aucun moyen de savoir ce qui s'est passé et elle est trop bête pour le découvrir. »

Ah oui, songeai-je. Ça, c'est ce que vous croyez, ta morue et toi.

« Bon, on se voit à Londres, disait-il. Oui… moi aussi… j'ai hâte. M'est avis qu'il est temps de tomber le masque et d'annoncer la nouvelle à tout le monde. »

Il s'apprêtait donc à quitter sa femme pour l'Autre ?

« Salut, Ian », conclut-il, et il referma bruyamment le rabat.

Ian ? Sa femme n'allait pas subir qu'un seul choc.

19

Je compte les personnages de fiction parmi mes amis les plus chers.

Durant l'année et des brouettes que l'on met à écrire un livre, on finit par très bien connaître sa troupe : l'apparence physique de chacun, le son de leur voix, leurs superstitions et leurs étranges préjugés. L'inspecteur Fairfax, en sa qualité de héros de huit de mes romans, était quelqu'un que j'avais appris à connaître mieux que la plupart des autres. Ce qui me plaisait vraiment chez lui, c'est qu'il s'agissait d'un connard malheureux dépourvu de tout espoir en l'avenir. Il avait cette capacité de répandre la morosité autant parmi ses subalternes que ses supérieurs. Je ne veux pas dire par là qu'il n'avait aucun sens de l'humour, mais c'était le genre d'humour qui ne peut s'exprimer qu'avec un rictus. Ses blagues étaient de celles que les soldats se racontaient sûrement au moment de monter à l'assaut pour la première et la dernière fois, le visage blême, baïonnette au canon. C'était le genre de jeu de mots qui vous serait venu à l'esprit au moment de monter à l'échafaud.

Mais de qui s'inspirait-il ? Les gens me posaient

souvent cette question, je n'ai jamais su répondre. Il avait bien dû y avoir un point de départ – l'instant où je l'avais vu émerger pour la première fois, en l'occurrence à travers les brumes de la création, à moitié formé et déjà avec un bon mot à la bouche. Ce que je sais en revanche, c'est que ses premiers mots consignés furent : « Apporte-moi un café digne de ce nom, Stepney ; ça, c'est de la pisse d'âne ! » J'en avais aussi fait les derniers mots qu'il avait prononcés dans mon dernier – et ultime – roman du Buckfordshire. La couverture annonçait : « La huitième enquête criminelle de l'inspecteur Fairfax. » Un jour, peut-être, elle porterait ces mots : « L'ultime enquête criminelle de l'inspecteur Fairfax. » Je ne compte pas en écrire d'autre. Je doute que les lecteurs s'en rendront compte.

Ce que je crains, alors que j'étudie mes personnages l'un après l'autre, c'est d'en arriver à la conclusion qu'ils proviennent tous d'une seule et unique source : moi-même. Je suis dans tous les sens du terme le père de mes créations. Chaque personnage que je mets au monde porte en lui une fraction de mon ADN. Chacun trahit un peu plus que je ne le souhaiterais ce que je pense, ce que je fais, ce que je suis. Chaque roman est une confession publique de mes fautes.

Mais si tel est le cas, alors comment ai-je aussi pu créer maître Thomas – cet employé et limier de la fin du XIVe siècle au service de l'odieux phraseur qu'est Geoffrey Chaucer ? Sa détermination à toute épreuve à voir le bien en tout un chacun ne me touche absolument pas. Quand il se débat pour dévoiler la vérité, entravé autant par son maître que par l'absence totale de science médico-légale au Moyen Âge, jamais il ne se décourage, jamais il ne s'avoue vaincu. Mes livres avec maître Thomas se terminent toujours bien : c'est le moins que je puisse faire pour lui. Je compte aussi tuer Chaucer de la manière la plus ignoble qui soit. Je pourrais glisser un peu de strychnine à maître Thomas, histoire de voir ce qu'il en ferait.

D'où le nom de « Fairfax » m'est-il venu ? Les personnages, presque aussitôt créés, sont baptisés, et ce de manière irrévocable. Le nom de « Fairfax » était absolument parfait avec ses accents de rectitude puritaine et son indéniable caractère anglais. Il n'aurait jamais pu s'appeler autrement. Et pourquoi celui de « Stepney » m'est-il venu pour son acolyte surexploité ? J'aurais pu l'appeler « Smith » ou « Brown », ou quelque chose d'aussi anonyme. Ce n'est pas – contrairement à ce que spéculent certains critiques – parce qu'il se fait marcher dessus par Fairfax. Ce n'est qu'en écrivant la troisième enquête de Fairfax que je me suis rappelé un petit dur à l'école qui se prénommait Stepney. Et c'est à la fin de ce même troisième livre que Stepney dut subir l'humiliation de laisser s'échapper un prisonnier et d'être attaché à des rails avec ses propres menottes.

Évidemment, il arrive parfois qu'on se rende compte qu'un nom ne convient pas ou qu'il a déjà été pris. Pendant un bref moment, l'un de mes personnages secondaires s'était appelé « Roger Ackroyd », jusqu'à ce qu'un coup d'œil aux rayonnages de ma bibliothèque ne me remette dans le droit chemin. Il est arrivé à mon éditeur d'insister sur un changement de dernière minute lorsqu'il estimait que deux personnages avaient des noms trop similaires.

J'ai tendance à dire que, en règle générale, mieux vaut éviter que deux protagonistes aient un nom qui commence par la même lettre de l'alphabet – comme Elsie me le fait souvent remarquer, les gens qui lisent mes livres sont de ceux qui sont facilement troublés.

Elsie et moi étions attablés pour déjeuner quand Herbie Proctor entra d'un pas décidé dans la salle de restaurant. Nous avions déjà commandé et été servis : des sandwichs au jambon choisis dans le menu « gratuit ». L'indispensable *vin ordinaire*[1] était aussi offert. Dans mon état d'homme sans cartes de crédit, j'avais pris mes distances avec les plats à la carte qui semblaient onéreux.

Je me demandais si Proctor était au courant du changement de politique tarifaire de l'hôtel qui avait eu lieu la veille. Elsie fit écho à mes pensées.

« Tu crois qu'il est au courant ? demanda-t-elle.

— Oh, certainement.

— C'est juste que ce serait tellement gênant pour lui si ce n'était pas le cas. »

Nous nous tournâmes vers lui avec intérêt.

« Bon, Pierre, disait-il au serveur. Le déjeuner est encore gratuit, c'est ça ? Absolument gratis ? »

Le serveur hocha la tête.

« Je peux peut-être vous montrer la liste des sandwichs…

— Très peu pour moi, rétorqua Proctor en bombant sa maigre poitrine.

— Il y a aussi la carte, dit le serveur en tournant d'un geste caressant la page du menu relié en cuir.

1. En français dans le texte. *(N.d.T.)*

— Merci, *garçon*[1], dit Proctor, remarquant peut-être le ton respectueux qu'avait adopté le serveur. C'est déjà plus l'idée. Je vais prendre le *pâté de foie gras*[2], suivi du plus gros steak que vous arriviez à faire tenir sur une assiette. Je vous dirai plus tard pour le dessert.

— Bien sûr, monsieur.

— Et maintenant, le vin. On est sur la même base que les plats ?

— Que les plats que vous venez de commander ?

— Évidemment, Pierre, évidemment, répliqua Proctor, le nez dans la carte.

— Naturellement, monsieur. »

Proctor fit rapidement glisser son index vers le bas de la page, où les nectars les plus prestigieux reposaient dans leur splendeur rarement dérangée. Plus d'une fois, je les avais lorgnés goulûment, comme devaient le faire nombre de clients.

Proctor abattit son doigt sur la partie douloureusement chère de la page.

« Je vais prendre une bouteille de celui-ci.

— Certainement, monsieur », souffla le serveur, fortement impressionné.

Alors que ce dernier tournait les talons, Proctor m'adressa un clin d'œil.

« Vous vous contentez d'un sandwich, vous deux ?

— Oui, dis-je.

— Vous vous êtes trop gavés de bouffe gratuite. »

Je lui accordai que nous avions très bien mangé jusque-là.

« J'ai hâte de passer à table. »

Nous le regardâmes manger en nous délectant de

1. En français dans le texte. *(N.d.T.)*

2. *Idem*.

chaque bouchée avec lui. Mieux valait qu'il n'eût pas l'intuition de ce que chacune allait lui coûter. Nous partîmes peu avant que le serveur apportât l'addition. C'eût été plaisant à regarder, mais il est des fois où rien ne vaut l'imagination.

20

Ce fut un Herbie Proctor mélancolique qui pénétra dans le salon en quête d'un café digestif.

« Vous saviez qu'ils faisaient tout payer sauf les sandwichs ? demanda-t-il.

— Vraiment ? »

Si Dieu était à vendre, on me l'aurait donné sans confession.

« Nous n'avons pris que des sandwichs.

— Vous n'avez pris que des sandwichs ? »

Il me lança un regard soupçonneux.

« Je n'avais pas tellement faim.

— Et Ethelred ?

— Ce n'est pas franchement un gros mangeur. »

Je clignai des cils, à la manière dont Shirley Temple l'aurait sans doute fait en pareilles circonstances.

« Vous avez un truc dans l'œil ? demanda-t-il.

— Non.

— Vous auriez pu me prévenir.

— J'aurais pu. »

Il sembla réfléchir à ma réponse, puis une espèce de sourire flotta sur son visage fouinesque.

« Écoutez, vous et moi, on a peut-être pris un mauvais départ », dit-il.

On ne lui aurait même pas vendu Judas au prix fort.

« Comme je vous l'ai déjà demandé : ne cherchons-nous pas la même chose ici ?

— Monsieur Proctor, je n'ai absolument aucune idée de ce dont vous voulez parler, rétorquai-je avec hauteur.

— Bien sûr que si, répondit-il avec beaucoup plus de justesse. Peut-être pourrais-je vous suggérer de combiner nos forces au lieu de nous affronter. Ce serait plus facile pour vous et, manifestement, moins cher pour moi. »

S'allier avec une fouine, voilà qui n'était pas banal. Je penchais en faveur de la prudence.

« Qu'est-ce que vous cherchez au juste ? »

Bien que nous sachions tous les deux que le minuscule salon n'avait d'autres occupants que nous, Herbie Proctor en fit des tonnes, scrutant la pièce en quête d'espions éventuels avant de répondre :

« Les timbres danois.

— Les dix couronnes puce ?

— C'est ça. Je suis là pour les retrouver.

— Pourquoi ? »

Il fureta dans l'une de ses poches, sortit une carte de visite qui avait connu des jours meilleurs et me la tendit. On pouvait lire : « Proctor et Proctor : tous types d'enquêtes privées y compris divorces et mariages. »

« Lequel des Proctor êtes-vous ?

— Les deux. C'est une petite agence.

— Alors pour qui travaillez-vous ? »

Il me regarda, comme s'il hésitait à me confier cette information.

« Vous pouvez me faire confiance », dis-je avec un sourire amical.

Il sembla encore plus hésiter, puis lança très vite :

« M. Andersen… M. H. C. Andersen. Désolé, je n'aurais vraiment pas dû vous dire ça. »

Je l'encourageai d'un hochement de tête. Cette fois-ci, il sembla rassuré. Manifestement, je m'améliorais.

« Comme vous le savez, poursuivit-il, ces timbres ont été – disons perdus – lors d'un marché aux puces à Nykøbing. Mon client, M. Andersen, en est le propriétaire légitime. J'ai découvert que les personnes qui avaient acquis ces timbres avaient l'intention de les vendre ici à un riche collectionneur pas très scrupuleux avant qu'on leur en conteste la propriété devant les tribunaux. Ce collectionneur, c'était M. Davidov. »

Il s'interrompit afin que je puisse m'écrier : « Grands dieux ! », ou « Tudieu ! », ou quelque chose dans ce goût-là, mais c'est tout juste si je lui adressai un signe de tête.

« Et qui était le vendeur ?

— Les Pedersen. Étrange coïncidence qu'ils rappliquent ici en plein hiver pour des vacances familiales, vous ne trouvez pas ? Ils sont venus vendre les timbres.

— Il est diplomate à l'ambassade du Danemark, soulignai-je.

— Faux. J'ai téléphoné à l'ambassade. Ils ne connaissent personne sous ce nom. C'est une couverture.

— Vous croyez ? »

Il est vrai que les Pedersen m'avaient semblé un peu trop beaux pour être honnêtes. Il y avait peut-être au moins un grain de vérité dans ce que racontait Proctor.

« Et donc, où sont les timbres à présent ?

— Les Pedersen les ont vendus à Davidov : c'était ça qu'il y avait dans l'enveloppe. Ensuite, quelqu'un les lui a volés. M'est avis que les Pedersen se sont retrouvés avec le beurre et l'argent du beurre. Ils misaient probablement sur le fait que Davidov n'irait pas réclamer à la police des timbres dont il ne pouvait pas avouer la possession.

— Alors qui a tué Davidov ? »

Proctor haussa les épaules.

« Ce n'est pas mon problème. Je m'en fous, d'ailleurs. Moi, ce qui m'intéresse, c'est les timbres. Mais Davidov avait un tas d'ennemis.

— Ah oui ? »

Proctor me regarda d'un air apitoyé.

« Vous ne lisez jamais les journaux ?

— Parfois », bottai-je en touche.

Après tout, j'avais bien lu *The Times* ou un truc dans ce genre en venant ici.

« J'ai quelques coupures de presse sur Davidov, me dit-il. Je vous les passerai. Elles pourraient vous éclairer.

— Merci. Mais je ne vois toujours pas ce que vous attendez de moi.

— Allez parler aux Pedersen. Voyez si vous pouvez leur soutirer des informations sur la localisation des timbres.

— Pourquoi me confieraient-ils quoi que ce soit ?

— Vous avez un talent naturel. Regardez tout ce que je vous ai dit.

— Qu'est-ce que j'ai à y gagner ?

— Mille livres si j'arrive à mettre la main sur les timbres.

— Deux mille.

— OK. Marché conclu. »

Voilà qui semblait un poil trop facile. Mais je me contentai de répondre :

« OK. »

De toute évidence, je venais de me faire entuber. Oh oui, aucun doute, je m'étais fait entuber. Peut-être qu'en temps voulu je découvrirais même le pourquoi de la chose. Et pour ça, il n'existait qu'un seul moyen.

Dénicher les Pedersen ne fut pas difficile. L'hôtel n'était pas si grand et nous n'étions pas si nombreux. Mme Pedersen se révéla très bavarde. Une fois qu'elle était lancée, il devenait très compliqué de l'arrêter, malgré mes efforts répétés. Durant ma promenade dans le jardin en sa compagnie, j'établis un certain nombre de choses. Les voici classées *grosso modo* par ordre d'importance vis-à-vis de l'affaire :

1) Elle et son mari étaient originaires de Nykøbing, mais quand ils vivaient au Danemark, ce qui n'était pas le cas à présent, ils habitaient dans un appartement à Copenhague.

2) Ses enfants s'appelaient Henning et Anna. Anna portait le nom de sa grand-tante, qui vivait à Randers. On prononce « Ra'ers ». Randers est une jolie ville, mais pas aussi jolie que Nykøbing. Henning ne portait le nom de personne en particulier. Ils avaient pensé l'appeler Arne, et puis finalement non.

3) Pedersen est l'un des patronymes les plus courants du Danemark, mais pas aussi courant qu'Andersen. On prononce « An'ersen ». Andersen est extrêmement courant.

4) Le système de transports publics de Copenhague est l'un des plus efficaces au monde.

5) Il se doit d'être efficace car la taxe sur les voitures est très élevée. Non, vraiment, toutes les taxes sont bien trop élevées au Danemark.

6) Les Suédois conduisent tous des voitures beau-

coup trop grosses. Le réchauffement climatique est presque exclusivement leur faute. (Il me semble que c'est ce qu'elle a dit. À ce moment-là, je commençais à perdre le fil.)

7) Ce qu'il y a de bien avec les marchés aux puces, c'est que, jusqu'ici, le gouvernement n'a pas encore trouvé le moyen de les taxer.

8) Mais ça viendra.

Elle avait développé d'autres idées qui n'étaient pas aussi pertinentes par rapport à l'affaire, j'ai exposé les principales. J'avais essayé de la cuisiner au sujet des timbres, mais elle m'avait regardée avec des yeux de merlan frit et m'avait raconté une anecdote fascinante au sujet de sa grand-mère à Aalborg.

Quand je m'étais réveillée, elle était partie.

J'allai rapporter cette conversation à la fouine, qui se contenta d'un hochement de tête, comme si c'était ce à quoi il s'attendait.

« Si c'était ce à quoi vous vous attendiez, dis-je, alors vous m'avez fait perdre mon temps – je présume que je ne verrai la couleur de mon argent que si on retrouve les timbres ?

— Oui, mais moi, je n'ai pas perdu mon temps. »

Il brandit une clé.

« J'imagine que je suis censée vous demander quelle est cette clé, dis-je.

— Auquel cas, je vous répondrais qu'il s'agit d'un passe-partout de l'hôtel qui va nous permettre de pénétrer dans la chambre des Pedersen. Voulez-vous savoir comment je me le suis procuré ?

— Ça ne m'intéresse pas, répondis-je, songeant à la dernière fois que je m'étais introduite dans la chambre d'hôtel d'autrui. J'ai le regret de vous informer que cette clé ne me regarde pas le moins du monde. Je vous ai simplement dit que j'irais leur parler, ce que j'ai fait.

— Mais vous n'avez rien découvert.

— OK, alors annulons notre marché. »

Il me tendit le petit objet froid argenté.

« Je ferai diversion et, pendant ce temps-là, vous irez jeter un œil dans la chambre.

— Non.

— Souvenez-vous qu'il y a deux mille livres en jeu.

— J'en veux trois mille si je dois me mettre à entrer par effraction dans les chambres.

— OK. Marché conclu. »

Oui, je m'étais fait entuber. Mais entubée pour *quoi* au juste ?

La fouine et moi décidâmes qu'il occuperait les Pedersen grâce à sa conversation chatoyante, et à son clin d'œil, je filerais en douce fouiller pendant cinq minutes (pas plus) des cachettes potentielles. Ensuite, je lui retournerais la clé, qu'il irait raccrocher dans la pièce derrière la réception.

Environ une demi-heure plus tard, assis au milieu des Pedersen, Herbie devenait expert sur les tantes par alliance de madame. Quant à moi, j'avais passé une partie de cette demi-heure à lire les coupures de presse sur Grigory Davidov que Proctor avait glissées sous ma porte. C'était là un sujet d'étude intéressant : je fus obligée d'en conclure que, hormis sa tendresse envers le chocolat, ce n'était pas un gentil bonhomme. Mais, bien sûr, Herbie Proctor n'en était pas moins un sale type et ça ne signifiait pas que je lui faisais davantage confiance qu'avant. À le voir se délecter du moindre mot de Mme Pedersen, il était évident qu'il ne pouvait pas y avoir grand-chose d'authentique chez lui.

Il m'adressa un clin d'œil. Je clignai de l'œil à mon tour et me dirigeai vers les escaliers.

Mais pas vers la chambre des Pedersen. Bien sûr que non. Pour qui me prenez-vous au juste ? Déjà, c'était un plan à la con. Et en plus, c'était le plan à la con de la fouine. J'allai donc me cacher dans un recoin d'où j'apercevais la porte des Pedersen. Et j'attendis.

Pas très longtemps. Environ deux minutes après ce qui aurait dû être le début de ma fouille, j'entendis des bruits de pas dans l'escalier. Un petit groupe fit son apparition : une fouine et deux Pedersen. Madame marchait sur la pointe des pieds et semblait fort excitée. Monsieur, non. La fouine désigna la chambre dans laquelle j'étais censée être et fila au bas des marches, l'air indûment content. Mme Pedersen enfonça sa clé dans la serrure, la tourna, puis poussa violemment le battant. Elle s'engouffra dans une chambre qui (comme diverses personnes s'apprêtaient à le découvrir) ne contenait aucun agent littéraire d'aucune sorte. Son mari la suivit, la mine sceptique.

Au bout d'un court instant, tous deux réapparurent : madame avait l'air perplexe, monsieur content de lui. Il n'était pas indispensable de savoir comment on disait « je te l'avais bien dit » en danois pour comprendre en gros ce à quoi l'un et l'autre s'étaient attendus.

Alors oui, je m'étais fait entuber… mais pourquoi ?

« Je t'accorde, dit Ethelred, que Proctor s'est comporté bizarrement. »

Je m'étranglais un peu devant cette litote, mais laissai Ethelred poursuivre son babillage. Si je lui accordais suffisamment de temps, une pépite d'éclaircissement pourrait surgir de son magma de conneries.

« Si tu y réfléchis bien, dit-il, toute cette histoire de Proctor qui cache un truc à la gare, c'est ta parole contre la sienne. S'il a bel et bien dissimulé quelque chose, alors il a urgemment besoin que la police le croie lui et pas toi. Pour l'instant, franchement, vous n'êtes crédibles ni l'un ni l'autre. Par contre, si tu te mets à interroger des Danois innocents et à essayer de cambrioler leur chambre, cela pourrait amener la police à penser, sur la base des probabilités, que c'est toi qui as des intentions criminelles et que tu as tenté d'incriminer Proctor. Ainsi, la pression qu'il subit s'allégera suffisamment longtemps pour qu'il puisse faire ce qu'il a besoin de faire.

— Nous détenons donc la preuve, si tant est qu'on en avait besoin, que Proctor a bel et bien planqué quelque chose de précieux à la consigne.

— Mais quoi ?

— Des timbres ?

— Oublions cette histoire de timbres. C'était qui, déjà, ce client ?

— H. C. Andersen.

— Il me semble qu'on t'a raconté un conte de fées. Mais vérifions au moins les références de M. Pedersen. Je suis persuadé que je pourrai obtenir le numéro de téléphone de l'ambassade danoise à l'accueil. »

Il s'en revint quelques minutes plus tard et composa un numéro sur son portable.

« *Goddag. Jeg vil gerne taler med Herr Pedersen* », dit-il dans ce qui était, ou pas, du danois courant.

J'avais oublié qu'il s'agissait là de l'un de ses talents les moins utiles.

Il y eut une pause tandis qu'on lui répondait.

« *Hvornar kommer Han igen ?* »

Nouvelle pause tandis qu'on lui donnait une autre réponse, possiblement différente.

« *Nej tak. Jeg vil ringer igen senere. Tusind tak.* »

Et il referma brusquement le rabat de son téléphone.

« Alors ? Tu m'as l'air bien content de toi, crache le morceau avant que je fasse un truc désagréable pour t'arracher ce sourire.

— Proctor a menti. Il t'a dit qu'il n'y avait personne du nom de Pedersen à l'ambassade. Eh bien il y a un Georg Pedersen dans le secteur commercial. Il est absent pour le moment, mais il est censé revenir demain. Il semblerait bien que les Pedersen ne soient pas du chiqué.

— Donc, ça ne fait aucun doute : Herbie m'a entubée pour me ridiculiser ?

— Il semblerait que oui.

— Ma foi, si c'est le pire qu'il puisse faire… »

C'est à ce moment-là que les flics rappliquèrent pour me dire qu'ils avaient encore quelques questions à me poser.

21

J'étais donc de retour dans le petit bureau attenant à la réception. Il semblait plus exigu et encore plus bordélique. Il y avait encore plus de tasses sales. Et encore plus d'assiettes sales. Quelqu'un avait laissé une part de pizza froide sur un dossier. À part ça, aucun changement majeur.

L'inspecteur s'alluma une Gauloise, montrant ainsi que, s'il existait une loi antitabac en France, elle ne s'appliquait pas à la police.

« Je croyais qu'on s'était mis d'accord, que je n'étais pas en état d'arrestation tant que je n'attaquais pas les policiers, fis-je remarquer.

— Vous n'êtes pas en état d'arrestation, cependant il y a de nouveaux éléments que nous devons prendre en compte.

— Mais *je n'ai rien fait.* »

L'inspecteur haussa les sourcils. Il avait sûrement déjà entendu cette phrase.

« OK, dis-je, je suis entrée par effraction sur les lieux d'un crime, j'ai mangé des preuves cruciales, quitté l'hôtel de manière suspecte et sauté sur un policier depuis le mur du jardin. Mais à part ça, *je n'ai rien fait.* »

Ses sourcils n'avaient pas réintégré leur position habituelle (à moins que la position haute fût leur position habituelle, évidemment).

« Quoi ? demandai-je.

— M. Davidov a été empoisonné.

— Oui. On est au courant : du cyanure dans la truffe à la pêche. C'était pas sympa, mais c'était pas moi non plus.

— Ces chocolats venaient d'Apollinaire.

— Évidemment.

— Vous avez acheté des chocolats chez Apollinaire. »

Je décidai de ne pas répondre encore par « évidemment ». Je voyais bien que cette conversation risquait de nous mener quelque part.

« La moitié des clients de l'hôtel a dû y acheter des chocolats.

— La vendeuse ne se souvient que de vous et de M. Davidov.

— C'est possible. Les véritables connaisseurs de l'art du *chocolatier*[1] sont rares.

— Elle se souvient que vous aviez longuement parlé de truffes à la pêche.

— Et de crèmes à l'orange et de ganaches. Écoutez, je ne sais rien au sujet de l'empoisonnement.

— C'est ce que vous nous aviez dit. Toutefois, revenons à M. Davidov. Vous le connaissiez bien ? »

Voilà qui était beaucoup plus simple.

« Je n'avais jamais entendu parler de lui avant d'arriver ici.

— Jamais ?

— Absolument.

1. En français dans le texte. *(N.d.T.)*

— Alors pourquoi aviez-vous rassemblé cette collection de coupures de presse à son sujet ? »

Il brandit la chemise que Herbie Proctor avait gentiment glissée sous ma porte.

« Attendez un peu ! C'est Proctor qui m'a donné ça.

— Vous en êtes sûre ?

— Sans l'ombre d'un doute.

— Et quand était-ce ?

— Il les a glissées sous ma porte aujourd'hui après le déjeuner – du moins quelqu'un l'a fait. Voyez-vous…

— Quelqu'un ? Donc – soyons bien clairs – vous n'êtes pas certaine qu'il s'agissait de M. Proctor ? À présent vous dites que ces coupures de presse ont en fait été glissées sous votre porte par un inconnu ?

— Oui. Mais de toute évidence cet inconnu était Herbie Proctor.

— Comment ça de toute évidence ? Vous l'avez vu ?

— Non, la chemise est apparue comme par magie. Mais c'était forcément lui… »

J'essayais désespérément de me rappeler exactement ce que Proctor avait dit au sujet de ces articles.

« Vous vous étiez disputée avec M. Gold ? demanda l'inspecteur.

— En quelque sorte… » biaisai-je.

Étais-je sur le point d'être accusée d'avoir commis deux meurtres ?

« Vous ne l'aimiez pas ?

— Si, répondis-je, m'empressant de corriger toute impression erronée à ce sujet. En réalité, je l'aimais vraiment, vraiment beaucoup.

— Vous étiez bons amis ?

— Très. »

Enfin, nous l'aurions été si nous avions pu passer une autre soirée ensemble à l'hôtel.

L'inspecteur fronça les sourcils.

« Nous soupçonnions depuis longtemps M. Gold et ses camarades écologistes d'avoir l'intention de nuire à M. Davidov. Si Gold n'avait pas été assassiné, il aurait pu se livrer à une tentative de meurtre. Votre grande amitié avec M. Gold, comme vous la décrivez, suggère peut-être que vous auriez pu collaborer ? »

OK, mauvaise réponse, donc. Ce que j'aurais dû dire, c'est que je connaissais à peine Jonathan Gold. Était-il trop tard pour souligner que je lui donnais envie de gerber ?

« Laissez-moi vous expliquer », dis-je, bien qu'il me semblât que les explications avaient largement contribué à me faire arriver là où j'en étais et qu'il fût fort possible que la mettre en veilleuse eût été un bon plan.

De toute façon, l'inspecteur m'interrompit d'une main.

« Laissez-moi vous suggérer, mademoiselle Thirkettle, ce qui s'est vraiment passé. Vous vous intéressez depuis longtemps à la carrière de M. Davidov, non ?

— Non.

— Vous avez tiré cette… – il agita la main en direction de la pile de papiers –… collection de coupures de presse en majeure partie de journaux de gauche. Vous dites être descendue dans cet hôtel afin d'y retrouver votre ami M. Tressider. Mais en réalité c'était pour assassiner M. Davidov. Vous avez rejoint votre complice, Jonathan Gold. Afin de brouiller les pistes, il a fait mine de vous trouver laide et répugnante.

— Pas si laide et répugnante que ça. D'ailleurs,

à mon avis, avec une atmosphère appropriée, des lumières tamisées et des chocolats adaptés… »

L'inspecteur m'interrompit à nouveau de la main.

« Exactement. Nous en venons à la question des chocolats. Vous avez acheté des truffes en sachant que les préférées de Grigory Davidov étaient celles à la pêche. Vous avez injecté du cyanure, que vous vous êtes procuré je ne sais comment – peut-être vous a-t-il été fourni par M. Gold, qui, d'après nos informations, manipulait des poisons dans le cadre de sa profession –, précisément dans la truffe qu'il avait toutes les chances de choisir en premier. Vous pensiez, en feignant une ignorance franchement peu vraisemblable de l'actualité, échapper aux soupçons. Pourtant, plus tard, vous n'avez pas pu résister à la tentation de retourner sur le lieu du crime afin de récupérer la seule preuve qui vous aurait irréfutablement liée au meurtre. Encore plus tard, vous avez essayé de vous échapper par-dessus le mur, peut-être pour vous débarrasser du récipient dans lequel vous aviez apporté le cyanure ; mais, ayant été aperçue par M. Proctor, qui vous soupçonnait d'avoir de mauvaises intentions, vous vous êtes vu obligée de revenir. »

Je refermai la bouche, qui je ne sais trop pourquoi s'était ouverte durant ce compte rendu de mes agissements. Je réfléchis un moment. Puis la rouvris.

« Un monceau de conneries, voilà ce que c'est.

— Ah oui ?

— Je peux le prouver ! Faites une recherche d'empreintes sur ces articles. Vous verrez, ils seront couverts de celles de la fouine.

— La fouine ?

— Herbie Proctor.

— M. Proctor nous a dit que vous lui aviez fait

lire ces articles hier soir. Ils ne l'intéressaient pas vraiment, mais il s'est fait un point d'honneur à tous les parcourir, nous a-t-il dit. Tous sans exception. »

Ma foi, au moins à présent je savais pourquoi je m'étais fait entuber.

« Je vais la buter, cette sale petite ordure. Dites-moi seulement où je pourrais mettre la main sur de la strychnine et laissez-moi sortir de cette pièce juste cinq minutes. Je vous promets que je reviendrai ensuite répondre à n'importe quelles autres questions, mais là, tout de suite, j'ai besoin de passer du bon temps avec Herbie Proctor.

— Vous programmez un autre meurtre, peut-être ?

— Laissez-moi juste buter Proctor, et je confesserai les meurtres de votre choix.

— Cette proposition est fort tentante, mais ça ne ferait pas vraiment avancer les choses. Savez-vous quel intérêt aurait Proctor à vous tendre un piège ? »

Voyons voir… c'était une ordure, j'avais repoussé ses ignobles avances, fait tout mon possible pour qu'il subisse un second lavage d'estomac, rusé pour qu'il se commande un déjeuner hors de prix. Aucune de ces raisons ne semblait suffisante. Je soulignai ce point.

« C'est aussi notre avis, dit l'inspecteur. Mais pour une raison qui nous échappe, il semble particulièrement déterminé à vous impliquer. À mon avis, M. Proctor ne nous dit pas toute la vérité. Et il n'est pas non plus aussi intelligent qu'il le croit.

— Et vous pensez que moi, je dis la vérité ?

— Vous avez eu un comportement on ne peut plus étrange : vos enquêtes maladroites, votre tentative encore plus maladroite de rentrer dans l'hôtel dont vous étiez sortie, votre ignorance incroyable de l'actualité. Mais, d'après M. Tressider, vous ne lisez que le *Bookseller* et le magazine *Hello !*.

— Et les critiques littéraires. Je lis *toutes* les critiques littéraires. »

L'inspecteur hocha la tête.

« Il nous semble que soit vous vous êtes montrée très, très intelligente, soit carrément stupide.

— Eh bien, peut-être suis-je très, très intelligente », suggérai-je.

Il secoua la tête.

« Non, nous avons écarté cette possibilité il y a déjà un bon moment.

— Mille mercis. Alors c'est fini ?

— Pas tout à fait. Si c'est effectivement M. Proctor qui a glissé ces articles sous votre porte – et c'est M. Proctor qui nous avait soufflé de fouiller votre chambre pendant que vous vaquiez ailleurs –, alors à quelle fin ? Cela signifie également que M. Proctor rassemble les articles concernant Grigory Davidov depuis un certain temps. Dans quel but, je me le demande.

— Il prétend être détective privé. Il prétend être venu ici afin de retrouver ces fameux timbres danois. Son client est un certain M. H. C… enfin bref, c'est un Danois, quoi. Qui veut récupérer ses timbres.

— Mais ce n'est manifestement pas la vraie raison. Cette histoire de timbres est une piètre tentative destinée à brouiller les pistes. C'est peut-être vous qu'il essaie d'embrouiller, mais il paraît plus vraisemblable que ce soit moi au final qu'il espère duper. Nous avons de bonnes raisons de penser que sa présence ici est elle aussi liée d'une manière ou d'une autre au séjour de Grigory Davidov. Apparemment, Gold, Davidov et Proctor ont un passé commun. La question est : pourquoi Davidov se trouvait-il ici ?

— Pour acheter des timbres ?

— Oui, il semble en effet avoir été un authentique philatéliste. Toutefois, comme je l'ai déjà dit, un grand nombre de menaces pesaient sur lui. En général, il voyage avec ses propres gardes du corps – comment vous les appelez déjà ? Vous dites toujours "skinheads" ? Mais cette fois-ci, ils ne l'accompagnaient pas. Je ne sais pas ce qu'il faisait, mais en tout cas il n'avait aucune envie que quiconque soit au courant – même pas ses propres hommes. Je ne crois pas qu'il soit venu acheter des timbres. Il semblait fort embarrassé par le véritable motif de sa présence ici. Or, à mon avis, M. Davidov n'était pas homme à être facilement embarrassé.

— Mais Herbie Proctor, il le connaît, ce motif ?

— Peut-être. Si c'est bien lui qui a glissé ces coupures de presse sous votre porte. Cependant, M. Proctor affirme qu'elles ne lui appartiennent pas. Pourrait-il s'agir de quelqu'un d'autre ?

— Ce cher Herbie a menti en disant que je l'avais forcé à les lire. Cela étant établi, il semblerait n'y avoir qu'une seule manière pour que ses empreintes digitales se soient retrouvées sur ces articles. »

L'inspecteur hocha la tête.

« Il essaie de détourner mon attention de quelque chose.

— De quoi ?

— Si je le savais, sourit-il, j'imagine que je saurais tout ce que j'ai besoin de savoir, mais en l'occurrence… »

Il haussa les épaules. À Chaubord, le haussement d'épaules se répandait comme la mycose dans une école dotée d'une seule serviette-éponge.

J'allai au bar dans l'espoir de trouver du café. Il n'y avait trace ni de boissons chaudes, ni de serveurs. Je m'apprêtais à rebrousser chemin lorsque je remarquai que le seuil de la porte par lequel je comptais passer était occupé par un gosse danois qui tenait une loupe à la main.

« Salut, gamin », lançai-je d'un ton amical.

En échange, il me dévisagea à travers sa loupe, me faisant probablement apparaître en taille 120 (britannique) environ.

« Ils vous ont arrêtée, dit-il.

— On appelle ça "contribuer à l'enquête de police".

— Vous n'avez pas l'air de pouvoir contribuer des masses.

— Les apparences, dis-je avec morgue, sont souvent trompeuses. Et puis qu'est-ce que ça peut te faire ? »

Il avait posé sa loupe et sorti un petit calepin.

« J'aimerais que vous répondiez à quelques questions, répliqua l'agaçant gamin.

— Du balai. Je ne suis pas ta mère. »

Il nota ceci dans son calepin.

« Question numéro un, poursuivit-il. Avez-vous tué M. Davidov ?

— Non. »

L'agaçant gamin le nota aussi.

« Question numéro deux : avez-vous tué M. Gold ?

— Non. »

Renota.

« Question numéro trois : savez-vous qui l'a fait ?

— Herbie Proctor. »

L'agaçant gamin retourna en arrière dans son calepin, lequel (remarquai-je) semblait déjà bien rempli.

« Lui, il dit que c'est *vous* qui l'avez fait.

— C'est une vieille ruse, expliquai-je. Faire porter le chapeau à une personne innocente.

— Ah oui ?

— Crois-moi. »

Il nota.

« Question numéro quatre : avez-vous vu quoi que ce soit de suspect ?

— Quand ça ? »

Le gamin consulta son calepin.

« C'est pas écrit.

— J'ai vu Grigory Davidov discuter avec Jonathan Gold.

— L'un d'eux était-il en train de tuer l'autre ?

— Pas à ce moment-là. »

L'agaçant gamin ne jugea pas bon de le noter.

« Question numéro cinq : avez-vous des couteaux ou du poison sur vous ? »

Voilà qui était clairement destiné à me prendre au dépourvu.

« Juste deux machettes et une bouteille de strychnine.

— C'était pas de la strychnine. Ça n'agit pas assez vite. »

Ainsi donc, il s'y connaissait un peu en matière d'investigation.

« Dans ce cas-là, il semblerait que je sois hors de cause, dis-je.

— Oui, mais vous n'avez pas le droit de quitter l'hôtel. Je pourrais avoir besoin de vous poser d'autres questions. Oh, au fait, et si ma sœur vous demande quoi que ce soit, ne lui dites rien. Elle n'est pas un vrai détective. »

22

Quand on organise ses vacances, l'idée de séjourner dans un hôtel modeste paraît très tentante. Pourquoi payer des services tels qu'une piscine intérieure et une salle de gym qu'on n'utilisera probablement jamais ? Pourquoi jouir d'une télévision à trente chaînes quand on n'en regardera qu'une ? Qui désire vraiment au saut du lit un panel étourdissant de mets internationaux ? Si les Allemands et les Norvégiens veulent du fromage au petit déjeuner, bonne chance à eux, mais un choix de bacon ou de harengs fumés est largement suffisant pour les gens normalement constitués. Finalement, tout ce dont on a besoin, c'est d'un lit confortable, d'un petit déjeuner simple mais nourrissant et d'une localisation stratégique proche des musées, des plages ou des bars auxquels on a prévu de se rendre. Le genre de luxe que fournissent les gigantesques établissements cinq étoiles, c'est de l'argent jeté par les fenêtres.

Toutefois, à mesure que s'étire votre deuxième journée de captivité dans un hôtel modeste, il apparaît effectivement qu'un peu de luxe cinq étoiles ne ferait pas de mal. Le premier jour, le fait que la télévision de votre chambre ne diffuse que les chaînes locales vous paraît d'un pittoresque charmant. Le deuxième jour, cette histoire de fièvre aphteuse en Auvergne commence à perdre de son intérêt initial. Le deuxième jour, vous vous rendez compte que vous feriez aussi bien de vous attarder à la table du petit déjeuner parce qu'il n'y a guère d'autres choses à faire. Le deuxième jour, vous vous dites que finalement vous apprécieriez peut-être beaucoup de passer une heure sur un rameur.

Ce fut durant l'heure morne et vide qui suit le déjeuner que je tombai sur Georg Pedersen. Peu après notre arrivée, quand l'hôtel était encore bondé de philatélistes, je lui avais parlé brièvement. Il semblait vivre son incarcération mieux que la plupart des autres clients. Il était vêtu d'une veste en cachemire en apparence fort coûteuse, d'un jean bien coupé et d'une chemise en coton doux : une version légèrement moins guindée de la tenue que je l'imaginais porter au quotidien à l'ambassade. Ses cheveux noirs étaient coupés court. Il avait l'air parfaitement serein.

« Sale affaire, dit-il. Savez-vous si la police est en passe de trouver le meurtrier ?

— Je n'en sais pas plus que vous.

— En fait, le plus surprenant, c'est que personne ne soit parvenu à tuer Davidov plus tôt. Il avait un paquet d'ennemis dans la nature. Certains le détestaient parce qu'il avait gagné beaucoup d'argent sans qu'on sache vraiment comment. Les plus perspicaces le détestaient parce qu'il incarnait le capitalisme le plus éhonté : le genre de capitalisme qui suce jusqu'à la moelle une communauté après l'autre. Même si rien n'a jamais été prouvé, Yacoubabad constituait pour lui une véritable épée de Damoclès. Et puis il y a les exactions de son industrie pétrolière au Nigeria.

— Vous semblez bien renseigné sur son compte.

— C'est mon boulot. Je me dois de comprendre ces choses-là.

— Quelle est votre tâche à l'ambassade ?

— Je suis dans le secteur commercial. »

Manifestement, je n'en saurais pas davantage. Je réalisai soudain que Pedersen aurait tout aussi bien pu exercer un rôle plus mystérieux qu'être un simple premier secrétaire commercial qui s'intéressait de loin à l'environnement.

« J'aurais cru, dis-je, que vous auriez pu faire jouer votre immunité diplomatique afin de vous épargner ces inconvénients.

— Peut-être. J'ai téléphoné à mon ambassadeur, qui souhaite ardemment qu'on sache que nous coopérons à l'enquête de police. En fait, il m'a même demandé si j'avais assassiné l'un ou l'autre de ces messieurs, mais heureusement j'ai pu répondre par la négative. Rassuré sur ce point, il lui semblait préférable que nous restions. De toute façon, nous attendons encore l'arrivée de nos nombreux bagages en provenance de Moscou, nous sommes donc aussi bien ici que nous le serions dans notre appartement parisien.

— Vous êtes originaire de Nykøbing ?

— Oui. Ma femme et moi. Nous sommes revenus de Moscou en passant par le Danemark, où nous en avons profité pour rendre visite à nos familles respectives le week-end dernier. Toutefois, le Jütland est assez désolé en hiver. Heureusement, pas autant que la Russie.

— Vous étiez-vous beaucoup entretenu avec Davidov ?

— Une ou deux fois. Et vous ?

— Une ou deux fois. J'ai bavardé avec lui et avec Gold.

— Ah oui, Gold. Pourquoi était-il là à votre avis ? Ce n'était pas un philatéliste.

— Non.

— Les gens viennent souvent dans la vallée de la Loire en hiver. Peut-être M. Gold voulait-il simplement visiter les châteaux hors saison, quand il y a moins de monde. Évidemment, il était en lien avec des groupes écologistes. Il avait participé à plusieurs conférences en Europe. Il avait des idées bien arrêtées sur ce qui devait arriver à des gens comme Davidov.

— Vous savez ça, vous ?

— Oui, je sais ça. Ça fait partie de mon boulot.

— Dans le secteur commercial ?

— Oh oui, tout à fait – dans le secteur commercial. »

Les commentaires de Pedersen au sujet des liens qu'entretenait Gold avec des groupes écologistes étaient intéressants, bien qu'ils ne fissent que confirmer des choses qui avaient été dites lors d'une conversation que j'avais eue avec l'intéressé. Certes, ce n'était pas concluant, mais cela venait s'ajouter au tableau qui s'esquissait dans ma tête. Je commençais à croire que je savais qui avait tué Gold et (même si en apparence cela semblait impossible) qui avait tué Davidov. Ce n'était pas une question de preuve nouvelle, mais le simple fait d'avoir tourné les choses dans tous les sens et d'avoir écarté toutes les autres possibilités. Si j'avais raison, alors je pouvais être quasiment sûr de n'avoir personne aux trousses.

Restait mon problème personnel à résoudre. Si mon contact était Gold ou Davidov, alors (comme je l'ai déjà dit) c'était fini. Mais s'il s'agissait de Brown ? Dans ce sens, le fait qu'Elsie ait découvert que son séjour à l'hôtel était prévu depuis longtemps était intéressant. Je n'arrivais pas à croire qu'il pouvait s'agir de Proctor, pourtant l'objet mystérieux qu'il avait dissimulé aurait très bien pu être celui qui faisait partie de mes instructions. Taylor avait eu une kyrielle d'opportunités de se faire connaître, or il n'avait rien tenté. Jones était celui que je connaissais le moins. Je décidai d'aller le trouver.

À l'instar de la plupart des clients, Jones menait une vie péripatéticienne, migrant, quand une pièce devenait d'un ennui insupportable, vers une autre brièvement plus trépidante. Je le dénichai assis sur la terrasse, emmitouflé dans un pardessus et une écharpe. Le pardessus avait probablement dû coûter cher quand il avait été acheté dix ou quinze ans en arrière. Il était bien coupé, mais (même à mes yeux) légèrement passé de mode. L'écharpe neuve de couleur vive, possiblement acquise dans le but même d'égayer le pardessus, le faisait paraître encore plus défraîchi. En même temps, le pardessus bien coupé donnait un air bon marché à l'écharpe rouge. Par chance, il avait décidé de ne pas porter de chapeau. Ce matin-là, il ne s'était pas rasé, ou alors mal avec un vieux rasoir. De courts poils gris formaient des taches sur son menton et jusque sur une joue. Il semblait affligé.

« Ma foi, dis-je en m'installant à ses côtés, nous voilà encore coincés ici. »

Cela aggrava son affliction.

« Et qui c'est qui paie ? demanda-t-il. Voilà ce que j'aimerais savoir.

— Tant qu'on est obligés de rester ici, c'est la police qui paie l'hôtel.

— Je sais bien, mais où est passé mon billet retour ?

J'avais réservé une place dans un train parti avant-hier. Ce billet n'est plus valable maintenant. Je vais devoir en acheter un autre. Qui va payer, hein ? »

Je fis ce que je croyais être un sourire compatissant.

« Vous pouvez rire, mais ce n'est pas drôle, dit-il. Vous travaillez, j'imagine ? »

Cela faisait des mois que je n'avais pas écrit une ligne, mais je hochai la tête. Les écrivains se leurrent souvent sur tout ce qui est censé englober leur « travail » : effectuer des recherches sur Internet en quête de références à leur personne, vérifier leur classement sur Amazon, s'occuper de leur blog, faire du café. J'avais effectué quelques-unes de ces tâches. Je travaillais.

« Eh ben voilà, dit-il. Moi, je ne touche même plus ma retraite. »

Je me dis qu'il valait mieux demander pourquoi, même si je risquais d'être bon pour une explication interminable. Je le fus. C'était une histoire malheureuse, mais assez banale de nos jours. Il avait passé sa vie à travailler au service de la même entreprise, à fabriquer des pièces de moto. Il avait consciencieusement souscrit à un plan d'épargne retraite et avait, année après année, regardé ses collègues plus âgés partir confortablement. Rares sont les bonnes raisons qui justifient d'effectuer peu ou prou le même travail jour après jour pendant quarante ans, mais, à mesure que Jones lui-même prenait de l'âge, ce fameux plan d'épargne lui avait semblé une raison relativement valable. Lui aussi allait s'arrêter, tôt si possible, et jouir d'une vieillesse confortable. Et puis, alors qu'il avait 64 ans, son entreprise avait mis la clé sous la porte. Une enseigne étrangère était venue sauver les meubles, mais pas le plan d'épargne retraite. Il était trop tard pour aller voir ailleurs ou faire quoi que ce soit d'autre. On pouvait dire que son amertume n'était pas déraisonnable. Je haussai un sourcil en entendant le nom de l'entreprise. Il ne semblait pas avoir conscience de la coïncidence. Ou peut-être que, l'ayant laissé échapper, il ne souhaitait pas attirer mon attention dessus.

« Et vous avez acheté des timbres ? demandai-je. Ou étiez-vous là pour une autre affaire ?

— Une autre affaire ? » s'interloqua-t-il.

Nous nous dévisageâmes. Il n'y eut ni clin d'œil complice, ni signe de reconnaissance.

« D'accord, je me demandais juste », dis-je sans conviction.

Ma foi, s'il s'agissait de mon contact, je lui avais donné une chance de tomber le masque. Soit il savait garder son sang-froid comme pas deux, soit c'était un philatéliste qui devait commencer à se dire que j'avais été démoulé un peu trop chaud. Je rayai son nom d'une croix à la craie imaginaire et me demandai comment vite m'esquiver. Fort de mes expériences passées dans cet hôtel, je savais courir le risque qu'il se mît à parler timbres sans s'arrêter. Jamais.

« Non, j'achetais juste des timbres, répondit-il. Pour tout dire, j'ai surtout regardé. Plus d'argent, maintenant, vous comprenez. J'en ai juste acheté un ou deux. Je collectionne les timbres européens : allemands, norvégiens, suédois, danois, finlandais et ainsi de suite.

— Mais pas le dix couronnes puce, hein ? » demandai-je dans un sourire.

C'était un bon trait d'esprit en guise de conclusion. Il était censé glousser. J'étais censé me lever, nous permettant ainsi, à moi et à ma santé mentale, de faire une sortie élégante.

Il ne gloussa pas.

« Oui, j'aurais bien aimé y être à celui-là, de marché aux puces. La personne qui a acheté ces timbres n'avait probablement aucune idée de ce sur quoi elle avait mis la main.

— Mais maintenant si, je parie. »

Je me levai quand même.

« Oui, c'est sûr. Et ils vont probablement faire profil bas. Au final, les seuls qui vont se faire du blé dans cette affaire, c'est les avocats.

— C'est vrai. Je présume que ça va se terminer devant les tribunaux.

— Probablement. Quand même, ce serait chouette d'avoir un de ces timbres en guise de pension de retraite. D'ailleurs, savez-vous quel a été le spécimen vendu le plus cher lors d'une vente aux enchères ? »

Qui ne le savait pas ? Je me laissai retomber sur ma chaise. Je me demandais si j'avais encore une chance de m'esquiver si je donnais la bonne réponse.

« Le Treskilling jaune suédois », répondis-je.

Il eut un sourire triste et secoua la tête.

« Pas du tout. Celui-là s'est vendu pour la broutille de 2,87 millions de francs suisses. Une couverture portant deux Mauritius Post Office valant respectivement un penny et deux pence s'est vendue, elle, à 5,75 millions. 5,75 millions. Il y a un paquet de gens qui croient que c'est le Treskilling jaune, mais ils sont loin du compte.

— J'essaierai de m'en souvenir », dis-je, tâchant de réprimer un bâillement.

Soudain, la chance me sourit. Sans crier gare, Jones se leva.

« Bon Dieu, ce que ça m'énerve d'être parqué ici ! s'exclama-t-il tout à trac. Je déteste être parqué. J'espère juste qu'ils nous laisseront partir aujourd'hui. »

J'abondai dans son sens et le regardai rentrer brusquement dans l'hôtel, le pas lourd. Peut-être ce départ hâtif n'était-il dû qu'au froid qui régnait dehors sur la terrasse.

Évidemment, il venait de révéler une raison parfaitement valable d'éprouver de l'aversion envers Davidov – voire de le tuer. Mais, comme je l'ai déjà dit, je ne le soupçonnais pas vraiment. Et puis les coïncidences les plus étranges s'expliquent souvent le plus simplement du monde.

23

La Vieille Auberge n'avait pas changé d'un poil de cul (excusez mon français) depuis sa construction cent cinquante ans auparavant, quand la France avait encore un empereur à Paris et un certain nombre de rois en exil. Rien, comme avait coutume de le dire mon paternel, ne se substitue à la qualité : les fausses poutres devaient être aussi moches à l'époque qu'aujourd'hui. De toute évidence, l'architecte était un amateur du Moyen Âge et avait brillamment intégré à ses plans la plupart des pires aspects de la vie au XIVe siècle. Entre les repas, il n'y avait pas grand-chose à faire à part s'asseoir dans la pénombre et attendre patiemment la peste noire.

À l'accueil, fourrée dans le coin le plus reculé, se trouvait la seule et unique concession au XXIe siècle : un ordinateur à la disposition des clients, équipé d'un logiciel américain et d'un clavier français. Je m'y installai dans le but de vérifier mes emails quand j'eus soudain une autre idée. Il était temps d'effectuer des recherches un peu plus approfondies sur Davidov. Je dénichai Google, tapai « Grigory Davidov » et appuyai sur entrée.

Je me retrouvai (aux dires de Google) sur la page 1

sur environ 395 000. Google m'informa que cette recherche lui avait pris 0,23 seconde (sale petit vantard). Il y avait un paquet de trucs concernant Davidov là-dedans – notamment sur l'ensemble de sa carrière et ses ambitions futures. Nombreux étaient ceux qui pensaient qu'il avait fait fortune au travers d'activités plus ou moins criminelles. Il avait des liens avec la mafia. Les autorités russes avaient tardivement mené l'enquête : d'où peut-être son désir récemment affiché de déplacer le centre de ses opérations à Londres. Il s'était payé une maison à proximité de Holland Park mais ne s'y était pas encore installé. Il avait exprimé son admiration pour un certain nombre d'équipes de football qu'il avait espéré acheter. Je surfais de site en site, comme il se doit, et finis par atterrir sur YouTube, où j'avais été dirigée vers une vidéo de Davidov qui s'adressait à un groupe d'hommes d'affaires lors de je ne sais quelle collecte de fonds. Cette vidéo me mena à une autre : Davidov, à la sortie d'un hôtel, se faisait bousculer par de sympathiques jeunes gens qui brandissaient des pancartes où on pouvait lire « Yacoubabad ».

C'était donc ça, il traficotait avec des gangsters. Mais comme il en était un peu un lui-même, cela n'avait rien de très surprenant. De même, il n'était pas surprenant que les écolos ne l'aiment pas. Le deuxième film touchait à sa fin, je m'apprêtais à fermer ma session quand quelque chose m'interpella. Je le repassai donc.

Une fois, et puis encore dix autres.

Au début, le défilé d'images n'offrait pas grand-chose à se mettre sous la dent. Cela n'avait absolument rien d'un reportage professionnel. Davidov quitte un hôtel anonyme. La qualité de l'image est minable, comme si le film avait été tourné avec un portable, ou une caméra premier prix, manipulé par un manchot. Davidov regarde de tous les côtés, histoire de voir comment se frayer un chemin parmi la foule. Les gens lui gueulent des trucs en allemand – apparemment c'est le pays où il se trouve. On entend aussi une voix dire un truc en anglais sans toutefois arriver à discerner quoi. Le dînant de papaye ? Lady manche de corail ? Quelque chose comme ça. Ce n'est qu'à mesure de l'avancée de Davidov que ce slogan ressassé devient plus ou moins compréhensible.

« Et les diamants de Goldstein, alors ? » lance quelqu'un.

Davidov s'arrête net, fronce les sourcils et scrute la foule d'un œil interrogateur. Puis il poursuit sa progression presque malgré lui, propulsé par un ou deux de ses malabars apparus de nulle part. La caméra balaie de nouveau la meute de contestataires. Vers le fond, j'aperçois fugitivement un visage familier. Lors du sixième ou du septième visionnage, j'en suis sûre. C'est Jonathan Gold. À chaque fois, il fixe un instant la caméra en souriant puis se détourne. Mais à chaque fois, sans exception, c'est bien de Jonathan Gold qu'il s'agit.

Il n'y avait qu'un seul moyen d'en savoir plus. Je retournai sur Google et tapai avec une curiosité galopante : « Les diamants de Goldstein ».

Alors que j'allais trouver Ethelred pour lui raconter ce que j'avais découvert, je vis mon chemin barré par un bambin danois.

« D'après ton frère, tu n'es pas détective, dis-je. Et de toute façon, je refuse de répondre à d'autres questions stupides aujourd'hui. Du balai. »

Sa lèvre inférieure se mit à trembler. Une larme

enfla dans son œil. La gamine se préparait à un gigantesque sanglot déchirant. Cela me mit quelque peu mal à l'aise. Je me rendis soudain compte que c'était peut-être ça, le sentiment de culpabilité.

« D'accord, d'accord, mais grouille-toi alors.

— C'était bien mon intention, répliqua-t-elle en sortant une feuille de papier et un crayon. Pouvons-nous commencer ? »

Bon, un conseil : ne faites jamais confiance aux fillettes blondes avec de grands yeux bleus larmoyants. Jamais. Compris ? OK, alors…

« OK, alors. Qu'est-ce que tu veux savoir ? Veux-tu que je te dise qui a tué M. Davidov ?

— Non. Je crois que mon papa le sait déjà.

— Ah oui ? Je croyais qu'il était dans le secteur commercial de l'ambassade danoise, pas détective.

— Il est obligé de dire ça.

— Et que fait-il en réalité ?

— Vous jurez de ne le répéter à personne ?

— Absolument.

— D'accord. En réalité il travaille pour le Forsvarets Efter retningstjeneste. »

Voilà qui clarifiait beaucoup les choses.

« Quoi ? » dis-je.

Elle répéta.

« Je te crois sur parole.

— C'est un espion, mais personne n'est censé le savoir. »

Encore un petit conseil. Si vous êtes espion et que vous lisez ces mots, ne vous confiez jamais à aucune fillette blonde aux grands yeux bleus larmoyants. Compris ? OK, alors…

« Et pourquoi est-il là ?

— Pour surveiller le gros monsieur, je crois. »

Elle fronça les sourcils, concentrée.

« Moi, je voulais aller à Disneyland.

— D'accord. Mais ton père ne tue pas vraiment les gens, hein ?

— Non, répondit la fillette blonde. C'était mon frère. Je vais envoyer ça à la police. »

Elle me tendit son bout de papier. Il était écrit : « Mon frère Henning a tué le gros monsieur russe et le gentil Jonathan. Arrêtez-le tout de suite s'il vous plaît. »

« Mais ton frère ne va-t-il pas être mécontent quand on l'arrêtera ? Il est manifestement victime d'un coup monté.

— Oui, mais il ne saura pas que c'est moi. Ce mot est anonyme, je ne l'ai pas signé. »

Elle désigna l'espace vierge à la fin.

« Très juste. Mais quand même, à ta place, je ne le ferais pas.

— Pourquoi ?

— Parce que le vrai coupable, dis-je sur le ton de la confidence, est un homme dénommé Herbie Proctor. »

Elle me lança un regard méprisant.

« Et vous croyez vraiment ça ? »

Je m'apprêtais à répondre : « Oui », et puis non. Les fillettes blondes savent être très cinglantes.

OK, direction Ethelred pour lui raconter cette histoire d'Internet, alors.

24

Voir Elsie aussi contente d'elle m'inquiéta. Je connaissais ce regard et le nombre de fois où, par le passé, il avait semé la zizanie en général partout sauf chez elle.

J'étais tranquillement installé dans le jardin, où je profitais du soleil de l'après-midi. Il m'aurait tout à fait convenu de rester là en paix, mais Elsie avait des choses qu'il fallait absolument qu'elle dise à quelqu'un.

« Il y a ce truc qui s'appelle "Internet", commença-t-elle.

— Oui, dis-je. Je suis déjà tombé dessus. Pas besoin de faire ce geste avec tes doigts pour montrer que le mot est entre guillemets. Désapprouver un ou deux aspects du XXIe siècle et tout ignorer de la technologie moderne sont deux choses différentes. Ce n'est pas parce que je ne porte pas de capuche et que mon slip ne dépasse pas de mon pantalon qu'il s'ensuit que je ne suis pas familier de l'Internet.

— Si tu le dis. Cependant, il me faut tout de même souligner que tu portes des chaussures de marche marron dotées de semelles de sécurité. L'été, tu mets des chemises à carreaux en flanelle. Toutes tes vestes sont en tweed, sauf celles en lin. Je ne suis pas en mesure de faire des commentaires sur tes slips, mais disons simplement que j'ai ma petite idée.

— Quand bien même, je sais pertinemment ce qu'est Internet.

— D'accord – alors sur "Internet", il y a un truc qui s'appelle "YouTube". Ne fais pas semblant d'en avoir entendu parler.

— Il y a des vidéos dessus. Et arrête de faire ce geste avec tes doigts.

— La chance du débutant, dit Elsie avec un hochement de tête condescendant. Oui, il y a des vidéos postées par le tout-venant. J'en ai trouvé avec Davidov. Dans une il fait un discours et dans une autre il se fait chahuter par des gens – parmi eux certains portent des masques de gorille, je ne sais pas trop pourquoi.

— Tu veux en venir où au juste ?

— On aurait dit que ces images avaient été tournées à l'aide d'un "téléphone portable". »

Je lui lançai un regard lourd de sous-entendus.

« D'accord, j'arrête de faire ce geste avec mes doigts, concéda-t-elle non sans une certaine réticence. Là où je veux en venir, c'est que l'un des chahuteurs était Jonathan Gold. Il n'arrêtait pas de beugler : "Et les diamants de Goldstein, alors ?" Davidov avait l'air vraiment inquiet.

— Voilà qui est intéressant. Moi aussi, je serais inquiet si je les avais.

— Tu en as déjà entendu parler ?

— Un peu. Ce sont des bijoux célèbres pour porter la poisse. »

J'expliquai à Elsie ce que je savais : je m'étais intéressé à cette histoire car il m'avait semblé y discerner l'intrigue potentielle d'un prochain livre. D'ailleurs, tout en la racontant, je fus frappé par son joli mélange d'ironie et d'orgueil. En 1914, le tsar passe commande de ce qui va devenir le plus beau collier jamais créé. Un bijoutier de Saint-Pétersbourg part alors courir le monde en quête de pierres de la plus belle qualité. Le déclenchement de la guerre en août de cette même année rend sa tâche plus délicate mais, pendant trois ans, il n'a de cesse de dessiner, acheter, assembler. Et en mars 1917, le collier est prêt. La légende veut que le joaillier arrive au palais d'Hiver avec ses bijoux et sa facture au moment même où les communistes prennent d'assaut le bâtiment – mais cela signifierait qu'il ait dû repousser de six mois la facturation. Or, en réalité, il semblerait que, entre les révolutions de février et d'octobre, il harcèle les différentes administrations afin d'être payé. Bizarrement, aucune ne considère cela comme une priorité. Après l'arrivée des bolcheviques au pouvoir, son arrestation devient inévitable. Il est exécuté je ne sais quand en 1918. Et devient la première victime de ce qu'on finira par considérer comme le collier le plus porte-malheur du monde. Le bijou quitte la Russie par le biais de la contrebande et, dans les années 1920 et 1930, est détenu par une succession de riches Américains. Parmi eux, une actrice fait une mauvaise chute alors qu'elle tourne un film dans les studios d'United Artists et ne retravaillera jamais plus. En 1929, un agent de change l'offre à sa femme et, un mois après, saute par la fenêtre de son bureau, vingt étages au-dessus de Wall Street. En 1935, le collier est vendu à un banquier allemand du nom de Goldstein et retraverse ainsi l'Atlantique. L'homme le perd en fuyant l'Allemagne quand Hitler arrive au pouvoir. Le bijou finit par disparaître vers la fin de la guerre. La rumeur veut qu'il soit retourné chez lui en Russie, mais personne n'en a la certitude. Et puis, sans crier gare, la femme de Davidov apparaît en public avec en pendentif quelque chose qui ressemble fort aux diamants de Goldstein. La photo est floue, Davidov s'empresse de dire qu'il s'agit d'un bijou fantaisie fabriqué à partir d'un antique dessin russe. Quoi qu'il en soit, on ne reverra jamais ce collier. C'est juste après cet incident qu'a lieu le désastre de Yacoubabad, et peu après que Davidov perd l'un de ses contacts politiques clés et que l'enquête sur ses activités démarre.

« Donc, conclus-je, il est possible que Davidov les possède ou les possédait, qui sait ? Il existe bien sûr une autre théorie selon laquelle ils auraient fini dans la poche d'un soldat américain chanceux tombé dessus alors que les Alliés progressaient vers l'est et qu'ils seraient désormais au fond d'un tiroir à Milwaukee dans le Wisconsin ou à Boulder Creek en Californie. »

Elsie semblait quelque peu vexée. Manifestement, elle m'en voulait d'avoir entendu parler de ses diamants.

« On en parle beaucoup dans les "journaux", dis-je.

— Arrête de faire ce geste avec tes doigts. C'est vraiment agaçant. En tout cas, il y a eu dernièrement un ou deux articles dans la presse qui disaient que si Davidov possédait les diamants, cela prouvait ses liens avec la pègre russe et qu'il ne serait pas autorisé à rejoindre le club des supporters de Manchester United, alors acheter des actions, n'en parlons pas.

— Je sais. »

Le regard d'Elsie indiquait que tout savoir comme ça risquait de ne pas me réussir.

« Désolé, dis-je.

— Donc, dit-elle, acceptant ou dédaignant mes excuses, Gold savait quelque chose à propos des diamants.

— *Tout le monde* à part toi était au courant, Elsie.

— Pourtant, il avait l'air super inquiet, Davidov, médita-t-elle. À mon avis, il les avait encore et Gold en avait la preuve.

— Tout ça ? Sur la base d'un minireportage flou de vingt-deux secondes sur YouTube ?

— Ouaip. »

Se fourrer le doigt dans l'œil jusqu'à l'omoplate n'a jamais empêché Elsie d'avoir entière confiance en son jugement.

« Dans ce cas, dis-je, Gold aurait été en mesure d'annihiler les espoirs qu'avait Davidov d'acheter un club majeur.

— L'affaire se corse, commenta Elsie. Si Gold essayait de faire chanter Davidov, cela constituerait un excellent mobile. Apparemment, Davidov avait déjà fait assassiner des gens qui s'étaient mis en travers de son chemin.

— Mais personne n'a jamais suggéré qu'il se chargeait lui-même de certains meurtres.

— Mais il s'est peut-être dit que ça valait le coup d'acheter le silence de Gold ?

— Dans ce cas, la fameuse enveloppe blanche aurait pu contenir du liquide pour que Gold la mette en veilleuse ?

— Tu les as entendus se disputer. Que disaient-ils ? »

Tiens oui, que disaient-ils ? Ils étaient là, dans le petit salon confiné. Gold avait le poing levé. Davidov riait.

« C'est pas ça qui va la faire revenir, avait dit le Russe.

— Vous ne comprenez vraiment pas ce que je pourrais vous faire subir, n'est-ce pas ? » avait répliqué Gold.

J'avais supposé que c'était à une menace physique que Gold se livrait. Mais évidemment… il existait d'autres types de menace. Et puis ensuite ils m'avaient vu. Nous avions eu une brève conversation au sujet des superstitions russes. Davidov avait plaisanté en disant que ce qui lui portait malheur portait aussi malheur aux autres. Gold avait froncé les sourcils. J'étais parti. Mais en y repensant, oui, je suis certain que Gold s'était montré fort agité, et Davidov relativement calme. Or, les maîtres chanteurs ne sont-ils pas censés faire preuve d'un détachement glacial ? Dans mes fictions, c'est toujours le cas. Ils ont rarement besoin d'agiter le poing. C'est le problème avec les crimes de la vraie vie : les gens ne savent pas s'y prendre correctement.

« Que disaient-ils ? demanda Elsie.

— Ils se sont tus dès que je suis entré dans la pièce.

— Tu n'avais pas écouté à la porte avant ?

— Non. »

Elle eut un ricanement méprisant.

« Non, dis-je. Je n'ai pas l'habitude d'écouter aux portes.

— Tout le monde écoute aux portes.

— Pas du tout. »

Elle s'efforça brièvement d'envisager cette possibilité avant de la dédaigner comme s'il s'agissait d'une vue de l'esprit. Elle me lança un regard apitoyé.

« Enfin bref, dis-je. J'ai moi aussi découvert quelque chose d'intéressant. Jones travaillait pour une entreprise qui a été rachetée par DGE. »

Elsie me lança un regard vide.

« Davidov Global Enterprises, expliquai-je. Ils ont racheté l'entreprise pour laquelle travaillait Jones sans en reprendre le plan d'épargne retraite, ce qui l'a laissé presque sans le sou.

— Et Jones l'aurait tenu pour responsable ?

— Je ne suis même pas sûr qu'il ait fait le lien entre DGE et Davidov. Il y a tellement d'entreprises dont on ne connaît que le sigle, de nos jours…

— C'est bien là le problème : l'hôtel est bondé de gens qui n'ont qu'une moitié de mobile. Peut-être qu'on devrait revenir à l'idée que quelqu'un est entré par effraction dans l'hôtel ?

— Il était fermé à clé et le réceptionniste jure que personne n'est entré ni sorti ce soir-là. Comme nous le savons, contrairement à d'habitude, il était le seul employé à se trouver dans l'hôtel jusqu'à l'arrivée des cuisiniers le lendemain matin. Il n'y avait aucune preuve d'effraction : pas trace d'une fenêtre fermée qui aurait été forcée. Il s'agissait donc de quelqu'un qui se trouvait déjà sur place.

— Pourquoi pas le réceptionniste, alors ? »

Je secouai la tête.

« Un homme marié avec des enfants. Aucune preuve qu'il ait rencontré Davidov ou Gold avant. Et comme il s'attendait à ce que le directeur revienne à l'hôtel ce soir-là, on ne peut même pas dire qu'il savait à l'avance que ses allées et venues passeraient inaperçues. Le temps que le directeur lui annonce par téléphone qu'il ne serait pas de retour avant le lendemain matin, Gold était probablement déjà mort. Jusqu'à ce coup de fil, le réceptionniste s'attendait à voir son patron débarquer à tout moment.

— On est sûr que le directeur n'aurait pas pu revenir en catimini ?

— Lui et sa femme étaient chez des amis. Apparemment, il y avait aussi d'autres personnes à dîner ce soir-là, il ne manque donc pas de témoins.

— Pourquoi pas le personnel externe ?

— Il leur aurait été certes plus facile de s'introduire dans l'hôtel, mais le réceptionniste dit qu'il les aurait vus s'ils étaient montés aux chambres des clients.

— Donc ça ne peut être qu'un client ?

— Probablement.

— Je ne sais toujours pas lequel. Même si j'aimerais bien que ce soit Herbie Proctor. On sait qu'il a des liens avec Davidov.

— Je ne pense pas.

— La police, si. Et puis pourquoi tu tenais tant à parler à Davidov, toi ?

— Moi ?

— Oui, aussitôt après le meurtre de Gold.

— Oh, pour des recherches : je m'étais dit que je pourrais introduire un commentaire sociopolitique dans mon prochain livre. Rankin fait ça tout le temps.

— C'est différent. Rankin est un auteur très respecté qui a gagné des prix.

— J'ai failli en gagner un une fois.

— C'était il y a longtemps.

— Oui, c'était il y a longtemps.

— Apparemment, Pedersen aussi voulait lui parler, à Davidov.

— Vraiment ?

— En réalité, il travaille pour les services secrets danois. Si l'on en croit sa fille, du moins – d'ailleurs, maintenant que j'y repense, elle m'avait fait jurer de ne rien dire.

— Le Forsvarets Efterretningstjeneste ?

— Si tu le dis.

— Ça ne m'étonne pas. Voilà qui expliquerait parfaitement pourquoi il s'intéressait à Davidov. Toutefois, cela ne signifie pas qu'il l'ait tué. Cela signifie juste qu'on comprend mieux ce qu'il fait ici. Bien sûr, il est aussi possible que sa fille ait tout inventé.

— Nous revoilà au point mort. Jones a un mobile, mais à tous les coups il ne le sait pas ; Taylor est trop poule mouillée ; Brown n'a manifestement aucun lien avec personne ; la famille danoise semble au-dessus de tout soupçon. Bingo ! Ça ne peut être que Proctor.

— Cela nous aiderait de savoir ce qu'il a déposé à la consigne.

— Hors de question que je risque une autre expédition nocturne, rétorqua vivement Elsie.

— Mais tout de même, as-tu remarqué quelque chose ? »

Elle balaya le jardin du regard.

« Y a rien à remarquer, répondit-elle.

— Justement.

— Arrête de jouer au con, Tressider, sinon je te balance un coup de genou dans les parties. De quoi tu parles ? »

Je m'écartai prudemment et répondis :

« Ouvre les yeux, Elsie. Il n'y a pas de policier.

— Pourquoi ?

— J'imagine qu'ils ont relâché la sécurité. Mais je ne sais pas trop pourquoi. »

Nous balayâmes tous deux le jardin des yeux. Rien ne bougeait.

« Alors on fait le mur, du coup ? demanda-t-elle.

— Essayons le portail. »

Il y avait quelque chose de pas catholique dans tout ça.

Nous nous dirigeâmes vers le portail, jusqu'alors solidement fermé à clé, même lors du tout début de mon séjour précriminel à l'hôtel. Je tournai la poignée, le battant s'ouvrit en silence.

« Un peu trop facile ? demandai-je.

— Allons-y quand même. »

Nous franchîmes discrètement le portail…

25

… Et sortîmes dans la rue.

« Et merde ! On n'a pas la clé, bon sang ! »

Le possesseur du grand cerveau mâle s'arrêta net.

« Eh non, dis-je. Quel dommage qu'on n'y ait pas pensé plus tôt. Enfin, je peux peut-être t'en dégotter une.

— Tu sais où elle est ?

— Eh oui. »

Mon assurance vous étonne peut-être, mais mon raisonnement se présentait comme suit. Durant les quelques instants où il avait été hors de ma vue, ce cher Herbie avait caché la clé dans un endroit où elle ne serait pas découverte facilement, mais où il pourrait vite la récupérer. La police avait établi qu'elle n'était ni sur ni (hélas) à l'intérieur de sa personne. Donc, s'il l'avait jamais eue en main, il devait s'en être débarrassé vite fait juste là, dans l'allée. Pour être tout à fait franche, celle-ci se composait de trois choses uniquement :

1. Le mur
2. L'allée
3. Des merdes de chiens

Comme il n'avait pas pu creuser le goudron, ça nous laissait :

1. Le mur
2. Les merdes de chiens

Je me dis que j'allais d'abord essayer le mur. Je l'examinai attentivement. C'était un de ces ouvrages d'époque sur lesquels mon père passait son temps à s'extasier – franchement, c'était miracle qu'il tienne encore debout. Les joints avaient depuis longtemps dit adieu aux briques, laissant un tas de crevasses verticales et horizontales de profondeurs variées. Accroupie, j'essayai de distinguer un éclat argenté au fond de l'une d'elles. Au début, rien n'attira mon regard, puis je remarquai un peu plus bas une fissure qui avait été, de façon inexplicable et assez improbable, bourrée de terre. Quel crétin, ce Herbie. Je m'emparai de la clé de ma chambre et gratouillai un peu. Il y eut presque aussitôt un entrechoquement de métal, et j'extirpai un petit objet conçu pour ouvrir les casiers, doté d'un porte-clés arborant le numéro 045.

Je brandis mon trophée.

« C'est elle ? demanda Ethelred.

— Non, rien à voir, c'est une autre clé de consigne. Le mur en est bourré. Essaie voir combien tu arrives à en trouver. »

Ethelred contempla l'objet.

« Est-ce que tu te rends compte qu'il n'aurait jamais pu l'avaler avec ce porte-clés ? » demanda-t-il.

J'étais sur le point de riposter qu'on avait déjà vu des choses plus étranges lorsqu'il dit :

« Bien joué, mais m'est avis qu'on devrait se magner le train avant que la police ne remarque notre disparition. »

Ce plan en valait un autre. On se magna le train.

En plein jour, la gare semblait plus avenante, plus sympathique. C'était un de ces bâtiments très fonctionnels des années 1950 : beaucoup de béton, mais assez accueillant avec son toit aux tuiles vertes, ses murs blancs et ses petites fenêtres à la française. Alors que nous traversions l'esplanade en face de l'entrée, nous avions l'impression que tous les regards étaient braqués sur nous, impression qui se renforça quand nous pénétrâmes dans la consigne. La pièce était remplie de meubles en acier de deux tailles différentes, tous numérotés et dont la plupart avaient encore leur clé. À chacune était attaché un disque d'une taille parfaitement avalable. À part nous, l'endroit était désert. Dans un coin, le bureau qui devait appartenir au gardien de cet équipement en self-service était pour l'heure inoccupé. Pas franchement haute sécurité, mais ça n'avait probablement pas besoin de l'être. Nous longeâmes la rangée de petits casiers jusqu'au 045. J'enfonçai la clé dans la serrure et la tournai.

Au début, je crus que le casier était vide, mais j'aperçus ensuite, tout au fond, un petit paquet grisâtre. Je pressentis que nous étions sur le point de découvrir quelque chose d'intéressant. Ethelred semblait près de bondir, mais ma main arriva en premier, comme si souvent : c'est un exercice qui demande de *l'entraînement.* Le petit paquet se révéla être un vieux sac en velours – sans doute d'un bleu profond à une époque, mais qui présentait désormais une teinte bleu-gris délavée. Un aigle à deux têtes argenté était brodé dessus. Le sac était agréablement doux au toucher, mais contenait quelque chose de dur. D'instinct, je sus que j'allais adorer ce que j'allais trouver. Je pris une profonde inspiration, dénouai le cordon et jetai un œil par l'ouverture.

« Oh putain ! » m'exclamai-je.

En réponse, des pierres précieuses d'une valeur de plusieurs millions de livres m'adressèrent un clin d'œil. Elles voulaient être mes amies.

« Salut, petits diamants, dis-je. Je suis votre nouvelle maman.

— Oh putain ! » s'exclama Ethelred par-dessus mon épaule.

Manifestement, ils lui avaient aussi tapé dans l'œil.

« C'est bien la première fois que je vois des diamants d'une taille pareille », dit-il.

Je souris modestement. Toutes les mères aiment qu'on complimente leurs enfants.

« Elsie, tu sais que tu ne peux pas les garder, n'est-ce pas ? »

L'image de ma petite personne entrant d'un pas leste dans la foire du livre de Londres avec en sautoir des diamants de la taille d'œufs de pluvier se dissipa. Elle se dissipa très, très lentement, mais elle se dissipa quand même.

« Peut-être rien qu'un ? Rien que le vilain petit canard ? À mon avis, je pourrais l'enlever de la parure sans qu'on remarque jamais vraiment sa disparition. »

Le reflet éblouissant ne serait-ce que du plus riquiqui d'entre eux, songeai-je, serait à même d'aveugler n'importe quel éditeur qui essaierait de m'entourlouper.

« Non, répondit le pisse-froid à côté de moi.

— Rapportons quand même ces bébés à l'hôtel.

— Est-ce bien prudent ?

— Tu veux dire de ramener des diamants volés d'une valeur de plusieurs millions de livres dans un hôtel grouillant de flics qui sont à leur recherche ?

— Oui. »

Je réfléchis à la question et reconnus qu'il avait peut-être raison.

« Tu veux dire qu'on risque de se faire choper avant d'avoir la chance d'expliquer qu'on est les gentils ? »

Ethelred cogita.

« Oui, dit-il. Quelque chose comme ça. »

Je m'interrogeai à nouveau sur la logique de cette affirmation. Il y avait un hic quelque part, mais du moins étions-nous d'accord pour ne pas laisser la police s'emparer du collier et nous arrêter.

« Mais si on les laisse ici, dis-je, on prend le risque que Herbie revienne les chercher. Les gens qui perdent leurs clés, ça doit arriver tout le temps, il n'aura pas trop de mal à trouver quelqu'un qui lui ouvre son casier. On pourrait enterrer le butin à la croisée des chemins entre chien et loup, mais il reste encore quelques heures à attendre avant que le clebs laisse la place au loup.

— De façon légèrement plus prosaïque, intervint Ethelred, nous pourrions simplement effectuer un transfert de casier… et les mettre dans celui-là, par exemple… »

Un instant suffit à trouver un nouveau foyer à mes diamants en la personne du 051, le 045 resta vide.

Nous quittâmes la gare en serrant deux clés dans nos poings.

« Arrête de regarder derrière toi, sifflai-je à Ethelred alors que nous nous dirigions vers l'hôtel.

— On pourrait nous suivre, répliqua-t-il.

— Personne ne sait que nous sommes là. Détends-toi. C'est le crime parfait.

— Il ne s'agit d'un crime que si tu prévois de les escamoter.

— Ces machins-là sont tsaristes, soulignai-je. Le tsar est mort. Alors qui va à la chasse perd sa place.

— Seulement il se trouve qu'ils étaient dans un sac arborant un aigle à deux têtes. Ils pourraient très bien être austro-hongrois pour ce que tu en sais. À cette époque, l'Europe était envahie de rapaces mutants. Et puis de toute façon, qui va à la chasse perd sa place n'est pas un principe légal établi.

— Ces pauvres petits diamants n'ont-ils pas leur mot à dire dans tout ça ?

— Non. »

Ethelred se montre parfois parfaitement déraisonnable.

Nous approchâmes le mur du jardin à pas prudents, mais il n'y avait aucun flic de sortie. La rue latérale était déserte. Nous nous arrêtâmes un instant lorsqu'une voiture passa dans la grand-rue, puis je m'accroupis, replaçai la clé de Herbie dans le mur et bouchai la fissure avec de la terre fraîche.

Oui, tout cela avait été un peu trop facile.

Cependant, personne ne nous intercepta quand nous réintégrâmes l'hôtel. Personne ne nous posa de question quand nous entrâmes dans le bar. Herbie s'y trouvait déjà, la main serrée autour du plus minuscule verre de bière de la planète. Je faillis appeler le *Guinness des records*. Nous lui adressâmes un hochement de tête amical. Il nous rejoignit, la démarche mielleuse, toujours fermement accroché à son verre.

« J'ai comme l'impression, murmura-t-il, que nous ne sommes plus surveillés d'aussi près qu'avant. »

Estimant ne lui devoir aucune faveur, je fis une réponse évasive.

Il regarda de droite à gauche.

« Vous avez vu quelqu'un dans le jardin ?

— Je ne me rappelle plus, dis-je.

— Quand même, je crois que la bonne vieille sécurité s'est relâchée.

— Si vous le dites.

— Je le dis, Elsie. Je vais peut-être aller faire un petit tour, ajouta-t-il d'un air qu'il devait s'imaginer retors. Prendre un peu l'air.

— Ne me laissez pas vous retarder. »

Herbie parti, Ethelred me regarda comme la dernière des imbéciles.

« Pourquoi n'as-tu pas dit que tu pensais qu'on était encore surveillés ? Il va aller chercher sa clé dans le mur et filer directement à la gare.

— Et j'aimerais bien voir sa tête quand il y sera. J'aimerais le voir ouvrir son casier et le trouver vide.

— N'empêche, c'était stupide.

— Pas quand j'ai la bonne clé bien au chaud dans ma poche. »

Je l'en sortis et la posai sur la table.

« Et voilà, dis-je. Clé numéro 051. »

Nous l'observâmes tous deux non sans intérêt.

« C'est la clé numéro 045, remarqua Ethelred.

— Très juste. En effet. »

Je payai à Ethelred un grand verre de cognac. C'était le moins que je puisse faire. Puis je m'éclipsai dans ma chambre, le laissant encore vert de rage. Je me disais que les vertus apaisantes d'une eau-de-vie de vingt ans d'âge ne prendraient pleinement effet qu'au bout d'une bonne demi-heure, après quoi je pourrais éventuellement me risquer à revenir discuter de la prochaine étape de manière rationnelle.

Cependant, tandis que je montais l'escalier, je me

mis à ruminer la situation. Évidemment, à l'heure qu'il était, soit Herbie serrait dans son poing mes pauvres bébés diamants, soit il les avait déjà cachés mieux que la dernière fois. Je m'y étais résignée. Mais avec du recul, le comportement d'Ethelred n'avait-il pas été un peu étrange ? Je veux dire, c'est lui qui voulait que les diamants soient restitués à leurs propriétaires légaux. Alors la meilleure façon de s'y prendre était-elle de les cacher dans un autre casier de consigne, à un ou deux mètres à gauche du premier ? Non, réflexion faite, probablement pas. Évidemment, à moi, la dissimulation m'avait paru un bon plan, mais Ethelred n'aurait-il pas dû confier les diamants à la police tout en recevant des félicitations pour être le citoyen intègre qu'il était ? Et n'aurait-il pas dû, à l'heure où les choses n'avaient pas tout à fait tourné conformément au plan A, alerter la police quant au fait qu'une fouine se dirigeait vers la gare avec la clé 051 à la main et de mauvaises intentions ? Évidemment, il y avait moyen d'arrêter Herbie, mais Ethelred n'avait pas prévu de le faire de sitôt. Le plan B consistait-il à laisser Herbie avoir les diamants malgré tout ? Tels étaient donc les fruits de ma méditation alors que je parcourais le couloir sombre en direction de ma chambre dans le coin le plus reculé de l'hôtel.

Et j'aurais continué à méditer un moment si une main n'avait surgi des ténèbres sans crier gare pour me traîner par le cou jusqu'à une alcôve isolée. Lorsque ma tête se fracassa sur le papier peint velouté, il m'apparut brièvement que les choses ne se passaient vraiment pas comme prévu.

26

Comme vous le savez sûrement, quand on vous fracasse la tête sur le papier peint velouté d'un hôtel humide et sombre de la vallée de la Loire, un certain nombre de choses vous traversent l'esprit :

1. Tiens, du papier peint velouté, je ne savais pas qu'on en faisait encore.
2. Je me demande qui peut bien m'infliger ça.
3. Et pourquoi ?
4. Aïe.
5. Tiens, du papier peint velouté, je ne savais…

Je n'avais dû rester dans les pommes que quelques secondes, mais ce fut assez pour que j'oublie pourquoi j'avais décidé de m'allonger par terre. Le visage de Herbie Proctor qui planait à quelques centimètres au-dessus du mien constituait un mystérieux phénomène que je parvenais difficilement à relier à la migraine aveuglante que j'avais étrangement chopée.

« Levez-vous ! » siffla-t-il en me redressant comme une poupée de chiffon.

Étant encore un peu dans les vapes, je m'affaissai contre un mur, que quelqu'un avait eu la gentillesse de placer derrière moi. Il fallait que quelqu'un (la même personne ou une autre) m'explique la situation. C'était comme un de ces jeux où en trente secondes on doit trouver un maximum de noms de capitales qui commencent par la lettre T (disons) et où on se rend brusquement compte qu'il n'y en a aucune qui nous vient. Deux minutes de plus suffiraient à vous remettre les idées en place, mais vous n'avez que trente secondes. Or mes trente secondes (ou autre, selon les règles) s'étaient soudain écoulées.

Herbie avait posé une patte moite sur mon bras et de l'autre me couvrait la bouche. Je me demandais si c'étaient les fleurs de lys du papier peint qui me donnaient la nausée. Il fallait que je réfléchisse, et vite.

« Ne criez pas », dit-il.

Jusque-là, je n'y avais pas songé, en revanche, j'avais sérieusement envisagé de vomir.

« Poqu devije quier », dis-je, non sans raison.

Il retira sa main de ma bouche.

« Pourquoi devrais-je crier ? » demandai-je.

En fait, la raison principale qui aurait justifié un cri, c'était qu'il me plaquait désormais contre le mur d'une manière qui devenait un peu trop intime.

« C'est un pistolet que vous avez dans la poche ou vous êtes juste content de me voir ? demandai-je.

— C'est un pistolet. »

Il me regardait d'un air dégoûté, mais peut-être n'aimait-il tout simplement pas les citations de Mae West. Et puis j'étais toujours à peu près sûre que cette bosse était son téléphone portable.

« Vous vous croyez maligne, hein ? » aboya-t-il.

J'essayai de me souvenir : il me semblait bien que la réponse devait être « oui », mais je n'étais pas sûre. À quel jeu jouions-nous ? Si c'était un genre de quiz de pub, j'avais vraiment besoin d'Ethelred.

« J'ai peur de ne pas comprendre de quoi vous parlez. J'ai trop mal à la tête.

— Je parle de ça », gronda-t-il.

On m'agita une petite clé au visage. Ça me disait vaguement quelque chose. Elle portait le numéro 051.

« C'est une clé », dis-je.

Je ne me mouillais pas trop, mais ma tête m'élançait et j'étais presque sûre d'avoir le motif du papier peint imprimé sur le front.

« Mais ce n'est pas *ma* clé, rétorqua Herbie. Vous croyiez vous en tirer comme ça ? Vous croyiez que je ne vérifierais pas ? Ma clé portait le numéro 045. Quelqu'un a remplacé la clé que j'avais cachée par celle-ci. Alors je me suis demandé… qui avait bien pu me voir la cacher ? Qui avait bien pu me la prendre et la remplacer par celle-ci ? Qui ça pourrait bien être, Elsie ? »

J'étais encore suffisamment sonnée pour vouloir le savoir aussi.

« Moi ? » suggérai-je.

L'indice semblait se trouver dans la question.

« Oui, vous », répondit-il.

Je fermai les yeux, histoire de voir si la douleur s'en irait, juste un peu. Mais non. Pour ne rien arranger, lorsque je les rouvris, ils étaient rivés sur un petit revolver. Voilà qui anéantissait la théorie du téléphone portable. Je craignais davantage que le coup parte accidentellement que Herbie me tire vraiment dessus, mais je craignais quand même un peu le tir aussi.

« Dès l'instant où j'ai découvert l'échange des clés, disait-il, j'ai su que c'était vous. Alors je suis aussitôt revenu prendre ce qui m'appartient. Maintenant – puisqu'il s'agit là de votre clé – où avez-vous caché la mienne, au juste ? Si vous vous prenez pour Mae West, à tous les coups elle est dans votre chemisier. »

La possibilité qu'il éprouve cette hypothèse de façon empirique m'obligea à me concentrer. Brusquement, je parvins à réfléchir sur l'affaire qui nous occupait.

« Elle est dans ma *poche*, dis-je.

— Donnez-la-moi.

— Et si je refuse ? »

Il retira le cran de sûreté de son arme. OK, donc *maintenant*, le coup pouvait partir accidentellement. Dans un sens, la menace de Herbie était aussi vide que son casier de consigne. Son arme, même mon œil de néophyte le voyait, n'avait pas de silencieux. Quand il tirerait, il y aurait une violente explosion. Si je n'étais moi-même guère favorable aux violentes explosions en l'état actuel des choses, de son côté, un simple coup de feu serait fatal à ses plans. Il n'aurait pas atteint l'escalier qu'un certain nombre de policiers en résidence convergeraient dans ce même couloir, curieux de savoir qui tirait sur qui. Cependant, pour que ces considérations soient valables, il faut que votre homme armé se comporte de manière rationnelle. Or, il n'y avait aucune indication que ce fût le cas de Herbie. L'idée me traversa l'esprit que j'étais peut-être en train de vivre mes dernières minutes : dans un tout petit instant, je pourrais fort bien gésir dans le couloir d'un hôtel de troisième catégorie, la tête percée d'un trou. Je n'étais guère favorable au moment ni au lieu.

La bonne nouvelle, c'est que l'action réflexe de mon cerveau fut d'implorer grâce. La mauvaise, c'est que j'avais la bouche trop sèche pour transmettre le message à l'homme au pistolet.

Herbie Proctor me pressa le barillet contre la tempe droite. C'était désagréable, mais cela ne semblait pas le déranger. Je me demandais quelle sensation ça ferait quand la balle pénétrerait dans mon cerveau. Pas terrible, probablement. Je mis à contribution ma réserve de salive de secours.

« D'accord, dis-je d'une voix méconnaissable. Vous avez gagné, monsieur Proctor. Nous allons échanger les clés. »

Je fouillai dans ma poche et lui tendis la 045. Il sourit, le cran de sûreté résonna de nouveau.

« Et voilà la vôtre, dit-il après coup en me tendant la 051. Et maintenant que nous avons chacun notre clé, je vais passer mon chemin. »

J'empochai la 051 en feignant l'air déconfit. Mais, même avec la tête explosée, je soupçonnais chez moi un petit sourire narquois.

Herbie me lança un regard méprisant.

« Vous devez me croire vraiment débile, dit-il.

— Allez vous faire foutre et laissez-nous tranquilles, ma migraine et moi. »

Après son départ, je jetai de nouveau un œil à la clé. Elle portait toujours le nombre 051. Ma foi, ça avait presque valu la douleur.

J'allai trouver Ethelred.

À mon entrée, il me regarda bizarrement.

« Pourquoi as-tu une fleur de lys imprimée sur le front ? demanda-t-il.

— Je me suis pris un mur.

— Ah. »

Il retourna à son journal.

« J'avais espéré quelque marque de compassion.

— Pauvre mur », répliqua-t-il sans lever les yeux.

Je sortis la clé numéro 051 et la fis pendouiller devant ses yeux.

« Quel est le numéro inscrit sur cette clé ? » demandai-je.

Il s'adossa afin de jouir d'une meilleure vue et faillit s'étrangler.

« Comment t'es-tu procuré ça ? Non mais *comment* t'es-tu procuré ça ?

— J'ai rencontré Herbie Proctor dans le couloir. Il y a eu un brin de remue-ménage et je m'en suis tirée avec ça. »

Ma foi, voilà qui me paraissait être un résumé fidèle de ce qui venait de se passer. Inutile d'accabler Ethelred sous les détails.

« Tu ne lui as pas fait mal ? s'inquiéta-t-il.

— Je suis marquée à vie du sceau du blason français et toi tu t'enquiers de la santé de Herbie ?

— Je ne voudrais pas que tu te fasses arrêter pour agression, du moins pas avant que tu me restaures mes cartes de crédit.

— Il va bien. Il se dirige en ce moment même vers la gare avec la clé 045.

— Et quand il arrivera à destination ?

— Il ouvrira le casier et le trouvera vide.

— Et après ?

— Il s'en voudra bigrement de m'avoir redonné la clé 051. Il se rendra compte que c'est une grosse tête de nœud et que je suis la reine des détectives amateurs. Jane Marple, ma salope, tu peux aller te rhabiller.

— Et quand il aura fait ça ?

— Ah oui… »

Pour sûr, les casiers étaient costauds, mais Herbie était, comme nous venions de le prouver, un voleur de bijoux. Ces frêles casiers de consigne étaient-ils plus résistants qu'un coffre-fort d'hôtel, par exemple ? Vous auriez beau aimer que la réponse soit « oui », il fallait bien reconnaître que c'était probablement « non ». Se souviendrait-il que ma clé portait le numéro 051 ? Vous aimeriez que la réponse soit « non », mais…

Ma foi, ça m'avait tout l'air d'être un retour à la case départ, mais cette fois-ci avec peut-être quelques minutes supplémentaires à notre disposition. Et l'avantage d'avoir la bonne clé.

« Si on court… dis-je.

— On ferait mieux de se magner le train », répliqua Ethelred.

En l'espace de trente secondes, nous étions de nouveau dans la rue, mais Herbie avait cinq bonnes minutes d'avance sur nous et semblait assez athlétique à sa manière lapinesque.

« Pourquoi, dit Ethelred, t'obstines-tu à porter ces talons hauts ? Ils vont nous ralentir et on va finir par se faire arrêter.

— Si on se fait arrêter, soulignai-je à juste titre, je tiens à être sur mon trente et un. »

D'ailleurs, on avançait pas mal, Ethelred n'avait aucune raison de geindre. Alors que nous pénétrions dans la gare au trot enlevé, j'aperçus Herbie au guichet.

« *J'ai perdu ma clé*, disait-il. *Je vous prie d'ouvrir la boîte pour moi – la boîte 051*.

— *Pas possible*, répliqua comme un automate un agent invisible. *C'est absolument défendu*[1]. »

Comme je l'ai toujours dit, j'adore la bureaucratie. Je regrette qu'il n'y en ait pas plus. Vraiment.

« Je peux vous aider ? demandai-je en lui tapant sur l'épaule.

1. Tout le dialogue en italique est en français dans le texte. *(N.d.T.)*

— Non, répliqua Herbie.

— *Non*, fit en écho l'agent invisible.

— C'est juste, repris-je de ma voix la plus mielleuse et la plus raisonnable, que j'ai entendu ce monsieur vous demander de lui ouvrir le casier numéro 051. Quelle coïncidence ! me suis-je dit en mon for intérieur. C'est aussi le numéro de mon casier ! Alors comment se fait-il que ce monsieur souhaite que vous l'ouvriez ?

— Vous avez la clé ? s'enquit l'agent invisible.

— Mais bien sûr.

— Restez en dehors de ça, Elsie », lâcha Herbie.

Il tâchait de sembler menaçant à mon intention et parfaitement maître de lui à l'intention de la gentille bureaucrate. Rares sont ceux qui réussissent ce tour de force, Herbie ne faisait pas exception.

« Vous vous connaissez ? demanda la personne au guichet en se penchant pour nous voir tous les deux.

— C'est l'un de mes plus vieux et plus chers amis, répondis-je.

— Vous êtes tous les deux anglais ?

— Absolument.

— Dans ce cas, *monsieur*, dit-elle à Herbie, je vais vous laisser régler cette histoire entre vous.

— Merci, dis-je.

— Je vous en prie, dit la personne au guichet. À propos, j'aime vraiment beaucoup cette fleur de lys imprimée sur votre front. »

C'est à ce moment-là, Dieu soit loué, qu'Ethelred fit son apparition, une grande banane barrait son visage imbécile. J'osais espérer que Herbie s'avérerait plus bête qu'il en avait l'air, parce que le visage d'Ethelred beuglait : « Salut les gars ! J'ai repermuté les casiers ! », à pleins poumons.

« J'ai un mot à vous dire, nous déclara Herbie avec un sourire franc et amical. Retournons à la consigne, où personne ne nous entendra. »

Une voix dans ma tête me disait de ne pas lui faire confiance, mais je ne l'avais pas attendue pour me faire cette réflexion.

« Je crois que nous allons nous contenter de rentrer à l'hôtel, dis-je. Finalement, ça ne me dérange pas tant que ça d'être entendue. Un peu de compagnie, ce serait sympa. Plus on est de fous, plus on rit.

— Absolument », confirma Ethelred.

Était-ce le moment de lui glisser un mot au sujet du flingue ?

Mes voix me disaient de dégager mon cul d'ici *fissa*. Il y en avait désormais tout un chœur. Et elles étaient unanimes.

« M'est avis qu'Ethelred voudra rester, dit la fouine, quand je lui dirai que j'ai un message d'un camarade commun.

— Qui ça ? demanda Ethelred, soudain tétanisé.

— Je crois que vous le savez. Notre camarade commun. Venez à la consigne, je vous expliquerai.

— D'accord.

— Ethelred, il faut qu'on rentre », dis-je en tirant un coup sec sur sa manche en lin.

Mais il restait là, tétanisé. On aurait dit un petit rongeur pas très futé hypnotisé par un serpent.

« Il a un flingue, soufflai-je, bien que Herbie pût m'entendre aussi bien qu'Ethelred et qu'il sût déjà qu'il en avait un, j'aurais donc aussi bien pu gueuler. Et qu'importe ce que tu crois, il ment.

— C'est bon », répliqua Ethelred distraitement.

Il se dirigeait déjà vers la consigne. Il ressemblait dorénavant à un petit rongeur qui, par pure bonté de son cher petit cœur, est assez bête pour marcher droit dans la gueule ouverte d'un serpent à l'affût. Sauf que je ne connais aucun rongeur aussi con.

Mes voix me disaient d'abandonner ce couillon et de sauver ma peau. Les conseils surnaturels du coin se révélaient appartenir à une classe beaucoup plus vile que ceux de l'époque de Jeanne d'Arc.

« OK, on dirait bien qu'on est tous les deux mouillés dans cette affaire, dis-je. Allons à la consigne et finissons-en.

— Voilà qui est fort sage », sourit la fouine.

Je tâchai de discerner ce que me disaient mes voix, mais je ne saisis qu'un ricanement méprisant.

27

La pièce n'était pas grande. Elle devait contenir une centaine de casiers en métal blanc brut. On distinguait ceux qui n'étaient pas verrouillés aux porte-clés ronds et rouges qui pendaient bien en évidence aux serrures. Cependant, il y en avait assez de fermés pour que Proctor s'adonne à ce qui allait être un bon jeu de devinettes une fois qu'il m'aurait dit ce que je voulais savoir. Je doutais qu'il eût une arme ailleurs que dans son imagination et, de toute façon, mon plan couvrirait cette improbable éventualité.

Elsie me regardait comme si j'étais débile, mais elle ne connaissait qu'une moitié de l'histoire, voire (avec un peu de chance) moins.

Dès que nous fûmes dans la pièce et que la porte fut fermée, Proctor se retourna, son sourire avait subitement disparu. Certes son visage n'était pas des plus agréables, même dans les meilleurs moments, mais cette version-là était franchement hideuse.

« Bien, Ethelred. La clé du casier qui renferme les diamants. Maintenant, je vous prie.

— Le message d'abord.

— La clé d'abord.

— Je ne crois pas, non.

— J'ai un pistolet.

— Dont vous ne pourrez pas vous servir ici.

— Ne comptez pas trop là-dessus. »

Je souris. Bien qu'Elsie me regardât comme si j'étais abruti, je faisais le pari que Proctor n'avait pas d'arme sur lui.

« Je prends le risque, dis-je.

— Très bien. À votre guise. Le message est que votre camarade a hâte de vous voir à Londres. En attendant, vous devez me faire confiance et me donner le collier.

— C'est tout ?

— C'est tout.

— Et je suis censé vous donner les diamants sur cette base-là ?

— N'est-ce pas la garantie que vous vouliez ? Votre camarade a très envie de vous revoir. À condition que vous me cédiez le collier maintenant.

— Et qu'allez-vous en faire ?

— Il sera remis à ses propriétaires légitimes et votre camarade sera très content de vous. Vraiment très content.

— Vous ne voudriez pas arrêter de parler par énigmes, bande de cons, s'impatienta Elsie, et dire quelque chose qu'un individu normal est susceptible de comprendre ? Au fait, il a bel et bien un flingue, Ethelred.

— Manifestement, nous tenons tous les deux à contenter mon camarade, dis-je à Proctor. Vous savez quoi ? Choisissez donc la clé que vous voulez. »

Il eut l'air désarçonné, jusqu'à ce que je brandisse quatre clés, que je disposai sur la paume de ma main.

« À votre avis, de quel casier s'agit-il ? »

Proctor secoua la tête.

« Je ne plaisante pas, Ethelred. Écoutez ce que dit Elsie au sujet des armes et donnez-moi donc ces quatre clés. »

Je les lui tendis. À l'évidence, il n'avait pas de pistolet, mais ça ne changeait pas grand-chose de toute façon.

« Gentil garçon, dit Proctor en s'emparant vivement des clés. Bon Dieu, vous devez me prendre pour une bille. »

Tandis qu'il commençait à étudier ce qu'il avait désormais en main, je tapotai le bras d'Elsie en hochant la tête dans la direction que nous devrions emprunter. Proctor ne leva brièvement les yeux que lorsque nous franchîmes le seuil. Nous disparûmes à l'angle et sortîmes sur l'esplanade de la gare. Un taxi venait de s'arrêter, un passager payait le chauffeur. Je fourrai Elsie dans la voiture et lançai :

« Roulez ! »

Le chauffeur de taxi, qui connaissait mal les conventions du roman policier, se contenta de se retourner, une cigarette ballante au bord des lèvres.

« Où ça ? »

Proctor devait en être à son deuxième casier à présent.

« Roulez, c'est tout, répondis-je en regardant par-dessus mon épaule.

— Comment ça, roulez, c'est tout ? Il faut bien rouler dans une certaine direction. Il faut que je sache dans quelle direction vous voulez aller. »

Il retira sa cigarette et fit tomber sa cendre en partie par la fenêtre, mais surtout sur lui.

« Chez Apollinaire, le plus vite possible, lança Elsie.

— Fallait le dire ! »

Il éjecta sa cigarette et régla soigneusement son

rétroviseur intérieur. À la troisième tentative, il parvint à enclencher la bonne vitesse et nous commençâmes laborieusement à avancer.

C'est au moment où le taxi achevait un grand virage pour traverser l'esplanade que nous vîmes Proctor sortir de la gare. Il avait l'air d'un homme qui venait d'essuyer une énième déception. Il nous cria quelque chose, mais nous ne sûmes jamais quoi. Ça venait sûrement du cœur.

« J'imagine qu'il y a une cinquième clé », dit Elsie en s'adossant à la banquette.

Je hochai la tête.

« Quelque chose comme ça.

— Donc les diamants sont bien au chaud ? »

Je hochai la tête.

« Dans un autre casier ?

— Proctor ne va certainement pas les trouver de sitôt.

— J'imagine que tu as désormais l'intention de remettre le collier à la police ?

— Ça viendra. »

Elle me regarda dans les yeux.

« C'était un test, Tressider, dit-elle lentement, et tu viens de le planter. Si tu avais vraiment l'intention de rendre ces diamants, tu les aurais dans ta poche afin de les remettre à la police. "Ça viendra", ce n'est pas une réponse. Quand tu m'as dit que je ne pouvais pas les garder, j'ai supposé qu'au moins tes intentions à leur égard étaient honorables. Maintenant que nous avons la preuve qu'elles ne le sont pas, dis-moi : qu'as-tu prévu au juste pour mes diamants ?

— De rendre le collier à ses propriétaires légitimes.

— Moins deux pour nous ? demanda-t-elle, pleine d'espoir. Je suis sûre qu'il y en avait un ou deux qui n'étaient pas bien fixés, ou qu'on aurait pu retirer avec un tout petit effort.

— Non.

— Bon, alors on devrait au moins négocier une récompense généreuse.

— La vertu est une récompense en soi, Elsie.

— L'argent est une récompense en soi. La vertu n'est qu'un levier dans les négociations.

— Je tiens à la virginité de ma vertu. »

Elsie inclina la tête sur le côté et sembla écouter quelque chose.

« Mes voix intérieures m'informent à l'instant que tu es un couillon. Or tout ce qu'elles me disent est vrai. »

Heureusement, nous nous arrêtâmes à cet instant devant Apollinaire et Elsie se concentra aussitôt sur des affaires plus pressantes. En silence et empesés de respect, nous nous apprêtions à pénétrer dans le temple du chocolat le plus sacré de la région.

Elsie opéra ses sélections avec grand soin. Elle avait le compas dans l'œil pour savoir combien de chocolats rentreraient dans un *ballotin*[1] donné sans risque de dégradation. Elle en ajoutait deux d'un certain type avant d'en enlever un, de mauvaise grâce, afin de permettre l'ajout d'une variété encore plus essentielle. Bizarrement, elle ne prit aucune truffe à la pêche.

Une fois le ruban attaché et les chocolats payés, nous quittâmes le magasin et nous dirigeâmes vers l'hôtel. De l'autre côté de la route, bien en vue, Herbie Proctor était adossé à un mur. Il eut un rictus quand nous le dépassâmes.

« Manifestement, il n'a pas eu de mal à nous retrouver, dis-je.

1. En français dans le texte. *(N.d.T.)*

— Il a sûrement sauté dans le taxi suivant et dit : “Suivez ce taxi.” »

On percevait dans sa voix une note de regret de n’avoir pu faire la même chose.

« Ou plus vraisemblablement, dis-je, il a juste deviné qu’à tous les coups on allait finir chez Apollinaire.

— C’en est pas moins un trou-du-cul. »

Visiblement, elle prenait très mal le fait qu’on ne lui ait pas permis de prononcer l’un des plus grands clichés du roman policier.

Puis elle ajouta, d’une voix légèrement plus nerveuse :

« Il nous suit ?

— Oui. Mais il ne peut pas faire grand-chose.

— Ethelred, il a vraiment un pistolet.

— Il serait fou de s’en servir.

— Mais il *est* fou. »

Nous allongeâmes la foulée. Proctor itou.

Pour être franc, nous filer n’était pas extrêmement difficile. Comme Proctor savait que nous l’avions repéré, il n’avait pas besoin de rester caché. Le seul doute qui pouvait subsister, c’était si nous allions retourner à l’hôtel ou si nous allions rebrousser chemin vers la gare. Il était sûr que nous n’irions pas à la police. Nous n’avions pas des masses d’options à disposition.

Cette partie de Chaubord était un amoncellement de bâtiments tassés entre le château et la Loire. Les maisons étaient pittoresques, arborant murs blancs ou gris, volets verts ou bleus, le tout avec une bonne dose de charme provincial mais sans offrir grand-chose en matière de cachette. Une brume glaciale tombait sur le fleuve et enveloppait les saules écimés sur la rive d'en face, toutefois, il allait falloir qu'elle épaississe un peu pour nous être utile.

Nous virâmes dans une rue latérale, espérant pouvoir rebifurquer avant que Proctor nous ait à nouveau en ligne de mire. Nous nous retrouvâmes dans un cul-de-sac court mais non moins pittoresque. L'asphalte bosselé descendait en pente douce jusqu'aux rapides et froides eaux de la Loire. À une époque, il avait certainement dû y avoir à cet endroit un bac qui traversait le fleuve. Désormais, ce n'était qu'une voie sans issue déserte. Les deux seules maisons qui flanquaient la ruelle étaient barricadées. Si nous avions voulu trouver l'endroit idéal pour nous faire trouer la peau avant d'être poussés dans les tourbillons d'une eau marronnasse, nous n'aurions pas pu faire mieux.

Proctor avait lui aussi tourné au coin de la rue et se tenait à présent au sommet de la pente, tout sourire. Il se mit à l'avancer vers nous.

« Je n'aime pas nager, alors j'espère que t'as un plan béton, dit Elsie. Ou du moins un meilleur plan que de se fourrer dans un guet-apens et d'attendre de se faire canarder.

— On ne peut pas tirer sur quelqu'un avec un téléphone portable.

— Mais je l'ai *vu,* son pistolet.

— Pourquoi ne l'as-tu pas dit ?

— Je l'ai dit. »

Nous eûmes des sauveurs improbables. Une petite troupe de scooters quitta la grand-rue et se dirigea vers nous. Ils s'arrêtèrent au ras de l'eau dans un crissement. L'un des conducteurs, âgé, à première vue, d'une douzaine d'années, sortit un paquet de Gitane et en alluma une d'un geste grandiloquent. Apparemment, ce cul-de-sac était l'endroit où la jeunesse locale allait faire ce que bon lui semblait sans que la police locale ne vienne trop interférer. Soit ils considéreraient un double assassinat comme un bon divertissement, soit ils prendraient mal qu'un individu empiète sur leurs plates-bandes. Herbie les jaugea rapidement, ricana et opéra un lent demi-tour. Nous lui emboîtâmes prudemment le pas.

Nous rejoignîmes la grand-rue plus ou moins ensemble.

« Vous retournez à l'hôtel ? » demandai-je à Proctor.

Il haussa un sourcil sans rien dire. Elsie et moi reprîmes notre chemin, Proctor sur nos talons, à une dizaine de mètres. De temps en temps, une voiture passait, nous assurant une certaine sécurité, mais pas plus. Pour la première fois de ma vie, j'espérais rencontrer d'autres adolescents délinquants.

La rue était essentiellement flanquée de maisons qui formaient une haie dense et grise le long du trottoir étroit. Nous ne trouvâmes aucun refuge avant d'atteindre une librairie, où nous nous engouffrâmes. Proctor passa son chemin. Le message que lançait son regard était clair. Nous pouvions bien regarder des bouquins si ça nous chantait. Il pourrait nous choper n'importe quand.

« Et maintenant tu le crois, que c'est lui le meurtrier ? demanda Elsie en reposant l'exemplaire de Proust, dans lequel elle s'était fort invraisemblablement plongée, sur l'étagère.

— Peut-être, répondis-je.

— Attends un peu, quel autre client m'a agressée avec un mur ? Quel autre client nous a menacés avec un flingue ou – si tu y tiens – un téléphone portable chargé ? Quel autre client, à part nous évidemment, a-t-il eu en sa possession de la marchandise tsariste volée ? Quel autre client nous a filé le train et les chocottes ? Quel autre client a-t-il menti sans relâche et sans un brin de crédibilité ? »

Tout cela était vrai, et je commençais à remettre en question ma certitude concernant l'identité du meurtrier. Si j'avais douté de la culpabilité de Proctor, c'était parce qu'il n'y avait pas de logique à tuer Davidov *après* avoir volé les pierres précieuses. Mais pourquoi chercher à tout prix une explication logique ? Le crime fictionnel l'est. Mais dans la vraie vie, le crime est trop souvent triste et hasardeux. Comme Margaret Williams l'avait dit après avoir poignardé sa moitié : « Si le couteau n'avait pas été sur la table, mon mari ne serait pas mort. » Mais le couteau l'était et le mari aussi.

La mort de Davidov n'avait pas besoin d'être indispensable – possible, ça suffisait. Proctor avait eu pléthore d'occasions d'assassiner les deux hommes, et les diamants constituaient un mobile parfaitement valable. De la même manière, Proctor n'avait pas besoin de me tuer, mais d'un autre côté…

« Je pense qu'on devrait poursuivre notre chemin, dis-je. Même si on se retrouve nez à nez avec Proctor, il devrait y avoir du monde dans les rues sur le trajet de l'hôtel.

— Et après ?

— On sera en sécurité. Herbie a épuisé ses cartouches.

— Contente de te l'entendre dire. Peut-être aurais-tu l'obligeance de m'expliquer pourquoi tu en es si sûr et ce que tu sais au sujet de Herbie Proctor que moi j'ignore ?

— De Herbie Proctor ? Rien du tout.

— Vous avez un camarade commun.

— Je ne crois pas qu'il soit vraiment un camarade à elle. »

Elsie me regarda.

« Et qui est donc cette camarade de sexe féminin… exclusive ?

— Personne de ta connaissance.

— Ethelred, je le sais quand tu mens. »

J'eus un sourire énigmatique. Je doute que le Sphinx eût mieux fait. Pour l'instant, elle ne faisait que supposer.

« Je le découvrirai bien tôt ou tard », dit-elle.

Ceci, à l'inverse, était probablement vrai. Cependant, l'essentiel, c'était qu'elle ne fasse rien de stupide dans l'intervalle.

Réintégrer l'hôtel ne s'avéra pas plus difficile que la première fois. J'entrouvris le portail et scrutai le jardin. Personne n'était assis sur la terrasse. Personne ne patrouillait les parterres. Nous entrâmes discrètement et montâmes les marches d'un pas nonchalant.

« Pourquoi personne ne nous surveille ? demandai-je.

— Nous ne sommes plus suspects.

— C'est la réponse la plus évidente, reconnus-je.

— Herbie est dans les parages ?

— Je ne le vois pas, dis-je en regardant alentour, mais il sait où nous trouver.

— C'est bien là le problème.

— Il ne tenterait rien ici.

— Ethelred, il a déjà tenté quelque chose ici, rétorqua-t-elle en se pointant le front.

— On ne voit presque plus rien maintenant, la rassurai-je. Juste une petite tache rouge.

— Peut-être qu'on devrait quand même le dénoncer à la police.

— Plus tard, peut-être.

— Plus tard ? Ce ne serait pas un peu comme “Ça viendra”, ça ? Il y a un schéma qui se dessine, Tressider. Ce que tu es en train de dire, c'est que tu ne veux pas te frotter à la police.

— Je ne pense pas que Herbie Proctor constitue une menace. Pas pour nous, en tout cas.

— C'est peut-être ce que vous croyez, ton amie et toi. Mais elle, elle n'est pas là. En attendant, je pense que toi et moi, on ne devrait pas se lâcher d'une semelle, au cas où.

— Écoute, il faut que je passe un coup de fil. Tu seras en sécurité ici, au bar.

— Tu n'as qu'à appeler d'ici, Tressider. »

Je sortis mon téléphone, l'ouvris d'un coup sec et le refermai aussitôt.

« Désolé : impossible. Je capte mal. Je reviens dans deux secondes. »

Je me retrouvai dans un endroit isolé, libre de tout agent littéraire. Je sortis de ma poche un bout de papier froissé où était inscrit un numéro au crayon. Je le composai et attendis une réponse.

« Allô ? dit une voix après une pause prudente.

— C'est moi, c'est Ethelred.

— Tu es de retour à Londres ?

— Pas encore.

— Alors tu n'es pas censé appeler ce numéro. Je vais raccrocher. Au revoir.

— En revanche j'ai les diamants » m'empressai-je d'ajouter.

Il y eut un silence. Personne ne raccrocha.

« Qui t'a parlé de diamants ? Je ne comprends rien de ce que tu racontes.

— Tu n'en veux pas, alors ?

— Décris-les-moi, répondit-on sèchement.

— Gros. Très gros. Ils sont dans un sac en velours bleu. Il est délavé, ce qui n'est guère surprenant après toutes ces années. Il y a un aigle à deux têtes brodé dessus. »

Il y eut un bref silence, plus éloquent que tout ce qu'elle aurait pu dire.

« Alors c'est bien vrai, tu les as ?

— Je sais où ils sont et, à l'heure qu'il est, je suis le seul à le savoir.

— Arrête de plaisanter, Ethelred. Je n'ai pas le temps.

— Personne ne plaisante. Pas ici. Les noms de Grigory Davidov et de Jonathan Gold te disent-ils quelque chose ? »

Nouveau silence.

« Non, répondit la voix.

— Donc, ça ne te fera ni chaud ni froid d'apprendre qu'ils ont été assassinés ?

— Oh putain ! Espèce de con ! Comment as-tu pu laisser faire une chose pareille ? Où ? Quand ?

— À l'hôtel, hier en tout début de matinée. Et je ne vois pas trop comment j'aurais pu les garder à l'œil vingt-quatre heures sur vingt-quatre, même si j'avais su que j'avais la responsabilité de leur sécurité.

— Faut-il que je t'explique tout de A à Z ?

— Ne serait-ce qu'un minimum d'explications n'aurait pas fait de mal.

— Barre-toi de là et rapplique à Londres. »

Elle avait vite repris son sang-froid. Ces morts avaient été enregistrées, analysées, balayées. Elle avait retrouvé ses intonations impatientes mêlées d'un soupçon d'agacement devant mes moindres gestes, mes moindres mots.

« Aucun client ne peut quitter l'hôtel tant que la police mène l'enquête, soulignai-je. Attends ! »

Je poussai cette exclamation car j'avais cru entendre des bruits derrière moi. Je dressai l'oreille, mais il ne se passa rien d'alarmant. Juste les bruits habituels, lointains mais rassurants, de l'activité hôtelière et le passage d'un camion dans la rue. Aucun doute, la nervosité me gagnait.

« Attendre quoi ? s'agaçait mon téléphone.

— Rien. Tout va bien. Où en étais-je ?

— Tu disais que deux clients de l'hôtel avaient été assassinés. C'est ennuyeux pour toi, et pour eux, mais ça ne me concerne pas. Par pure curiosité, qui les a tués ?

— Je me demandais si tu pourrais me renseigner à ce sujet.

— Moi ? Bien sûr que non. La police ne te soupçonne pas toi, quand même ?

— Brièvement, peut-être.

— Comment ça, brièvement ? »

L'inquiétude perçait de nouveau dans sa voix, même si je n'en étais pas forcément l'objet.

« Vraiment très brièvement.

— Et les diamants sont parfaitement en sécurité ?

— Oui. »

Il y eut un soupir de soulagement.

« Alors tout ce qu'il te reste à faire, Ethelred, c'est d'attendre que ça passe. Même toi, tu devrais en être capable.

— Un type du nom de Herbie Proctor essaie de me piquer les bijoux. Il prétend te connaître.

— Il a mentionné mon nom ?

— Je pense qu'il n'y avait aucun doute sur la personne dont il parlait. Quel est son rôle, au juste, dans tout ça ? A-t-il tué Davidov ou Gold ?

— Ça m'étonnerait. Je ne le vois pas assassiner des gens, du moins n'a-t-il jamais été arrêté.

— C'est donc un ami à toi ?

— Je ne lui envoie pas de carte de vœux à Noël.

— Si tu as la moindre influence sur lui, ça pourrait être utile de lui demander de ne pas pointer d'arme dans ma direction.

— Il agite un flingue dans un hôtel bourré de flics ?

— Plus ou moins.

— Je vais lui dire deux mots.

— Est-ce le contact que j'étais censé rencontrer ?

— Tu n'as plus besoin de le savoir à présent, pas si tu as déjà les diamants. Changement radical de plan, d'ailleurs. Il semblerait que Proctor soit de trop. Contente-toi de m'apporter les bijoux. Je saurai m'en occuper.

— Il faudra que je sème Proctor.

— Personne d'autre ne te soupçonne de les avoir ?

— Juste Elsie.

— Oui, on m'a dit qu'elle était là.

— Qui on ?

— Ce M. Proctor décidément plein de ressources m'a demandé conseil quant à la marche à suivre. Je lui ai dit de la dégager. Il pensait pouvoir se la mettre dans la poche en la séduisant ou la faire arrêter juste le temps nécessaire. Manifestement, il n'a fait ni l'un ni l'autre. De toute façon, qu'est-ce qu'elle fout là, elle ?

— Elle est venue payer ma caution. Mes cartes de crédit ont été annulées.

— Épargne-moi les détails. Je n'ai aucune envie de savoir. Du coup, elle aussi, il va falloir que tu la sèmes.

— Proctor ne t'avait pas parlé des meurtres ? »

Cela me semblait être une omission étrange, à moins qu'il ne soit le meurtrier.

« Il m'a juste dit qu'il y avait eu un peu de grabuge et qu'il m'en dirait plus par la suite. Pourquoi vous les hommes, vous êtes tous aussi nuls ?

— Je ne sais pas. »

C'est une question qui m'a souvent été posée, mais personne ne m'a jamais donné la réponse.

« Alors que veux-tu que je fasse ? demandai-je.

— Comme je te le disais, attends que ça passe. Apporte les diamants à l'adresse qui t'a été communiquée. Ne les donne pas à cet imbécile de Proctor. Ne le laisse pas non plus se faire arrêter, sinon Dieu seul sait ce qu'il va aller raconter. Et n'en dis pas plus à cette autre imbécile d'Elsie que ce qu'elle a besoin de savoir. C'est une fouille-merde mais, heureusement, elle n'est pas très futée. Et ne rappelle plus jamais ce numéro.

— Encore une chose… »

La voix fut remplacée par une vibration sourde. Il n'y avait plus rien à dire, d'après une certaine personne en tout cas. Enfin, au moins je savais ce que j'avais à faire. D'expérience, je peux dire que ça facilite toujours les choses.

28

S'engouffrer dans des magasins pour éviter un tueur fou armé d'un téléphone portable chargé, c'est une chose. Mais retomber sur lui à l'hôtel et bavarder comme si de rien n'était, c'est une tout autre affaire. Et s'il y a bien une leçon que j'ai retenue de mon visionnage de films d'horreur, c'est qu'on ne doit *jamais se séparer*. Surtout quand on est la gentille poupée. Dans la vraie vie, il n'y a pas toujours la fameuse musique sinistre qui vous avertit quand le type avec la tronçonneuse, la barbe de trois jours et l'air patibulaire, se rapproche de vous, mais autrement les règles sont les mêmes. Et c'est toujours la gentille poupée qui ramasse.

Ainsi donc, avec Ethelred à mes côtés, je me sentais parfaitement à l'aise et en sécurité. Mais dès l'instant où il partit passer son coup de fil, je devins un peu à cran. J'avais l'impression de vivre le bref instant de silence qui précède les premières notes de musique sinistre.

C'est pour cette raison – et, je tiens à le souligner, pour cette raison uniquement – que je me retrouvai dans son sillage. Il s'était calé dans la salle du petit déjeuner, déserte à cette heure de la journée. Je me dis que le mieux à faire serait de rester juste à l'extérieur de la pièce de façon à ne le déranger en aucune manière. Je fis mon possible pour ne pas écouter sa conversation, mais il murmurait particulièrement fort. Comme souvent, il ne pouvait s'en prendre qu'à lui.

« Tu n'en veux pas, alors ? » disait-il alors que je prenais place.

Il y eut un silence tandis qu'il écoutait attentivement, un peu à la manière d'un chien suspendu aux lèvres de son maître. Ou de sa maîtresse.

« Gros, dit-il. Très gros. Ils sont dans un sac en velours bleu. Il est délavé, ce qui n'est guère surprenant après toutes ces années. Il y a un aigle à deux têtes brodé dessus. »

Il parlait donc des diamants ? Mais qui d'autre, à part des macchabées, Herbie et moi, était au courant ?

« Je sais où ils sont, ajouta-t-il, et, à l'heure qu'il est, je suis le seul à le savoir. »

Ben, moi je le savais aussi, non ? Ils étaient à la gare. C'est sûr, il avait laissé entendre qu'ils étaient à la gare. Ou plaisantait-il ?

« Personne ne plaisante, poursuivit-il. Pas ici. Les noms de Grigory Davidov et de Jonathan Gold te disent-ils quelque chose ? »

C'est à ce moment-là que la gentille dame danoise fit son apparition. Elle avait l'air déterminée à parler à quelqu'un. Le lieu et le moment n'étaient pas des mieux choisis pour avoir une conversation avec elle, à moins de pouvoir murmurer ou de communiquer en langue des signes, ce qui me paraissait difficile. Je m'enfonçai donc discrètement dans le couloir avant qu'elle pût me repérer, mais, ce faisant, je perdis le contact auditif avec Ethelred. Deux minutes s'écoulèrent avant que je fusse sûre qu'elle ait passé son chemin. Je revins me poster, sur la pointe des pieds, derrière la porte de la salle du petit déjeuner. Heureusement, Ethelred discutait toujours, mais il était clair que j'avais raté un passage – si ça se trouve crucial.

« Juste Elsie », disait-il d'un ton quelque peu résigné.

Moi ? Ma petite personne ? Mes oreilles se dressèrent. Elles en avaient désormais tous les droits. Je risquai un œil dans la pièce. Ethelred me tournait le dos, il regardait par la fenêtre.

« Elle est venue payer ma caution, dit-il comme s'il devait s'excuser de ma présence au lieu d'exprimer sa joie et sa gratitude éternelle. Mes cartes de crédit ont été annulées. »

Certes. Mais c'était sa faute. Peut-être était-ce ce qu'on lui disait, d'ailleurs, car il n'avait pas l'air très content.

« Alors que veux-tu que je fasse ? » demanda-t-il d'un ton boudeur.

Il écouta attentivement, mais ne semblait toujours pas très content.

« Encore une chose… »

Et il s'arrêta net, la bouche ouverte comme pour former les derniers mots manquants. Il resta un long moment figé, le téléphone collé à l'oreille, muet. Il semblait très, très songeur – un peu à la manière du chien mascotte La Voix de son maître qu'on voyait sur les vinyles, le gramophone en moins. Puis il finit par fermer brutalement son téléphone, tourna les talons et se retrouva nez à nez avec moi. Cela ne le réjouit pas autant que ça aurait dû.

« Qu'est-ce que tu fabriques ? demanda-t-il, l'air suspicieux.

— On n'a plus le droit de se promener ?

— Si. Tant qu'on n'écoute pas les conversations des autres.

— Y avait-il quoi que ce soit d'intéressant à écouter ?
— Non.
— Alors cela n'aurait pas eu d'importance si j'avais écouté, si ?
— Depuis combien de temps es-tu là, Elsie ?
— Je viens d'arriver, répondis-je gaiement.
— Pourquoi n'es-tu pas restée tranquillement au bar ?
— Je commençais à paniquer. Et puis, à tous les coups, j'ai le syndrome du stress post-traumatique ou un truc comme ça. Et puis j'avais envie d'aller au petit coin. Et puis… »

Je m'interrompis. Une bonne raison partiellement vraie est souvent plus convaincante qu'une série de mensonges enfilés comme des perles. Là, en temps normal, je me serais contentée de partir dans un mouvement d'humeur, laissant Ethelred, penaud, essayer de comprendre en quoi il m'avait offensée, mais je me souvins soudain de Herbie Proctor. Et du pistolet.

« Enfin bref, je t'ai retrouvé, dis-je en lui prenant le bras. On retourne au bar ? »

Par la suite, je pris la décision de ne pas le lâcher d'une semelle. Je fus néanmoins contrainte de lui accorder le droit occasionnel de m'abandonner pour faire un tour aux lieux d'aisances ou accomplir quelque autre tâche nécessaire. Ce fut lors d'une de ces brèves absences que Taylor se laissa choir dans une chaise voisine.

« Ce qui me manque le plus, me confia-t-il, c'est le chocolat. Dès qu'ils nous libéreront, je filerai tout droit chez Apollinaire. »

Je ne l'aurais pas cru chocolavore, il remonta d'un ou deux crans dans mon estime.

« Vous, M. Davidov et moi aurions pu organiser

notre propre conférence cacaotière ici même, dans l'hôtel, dis-je.

— Et Jonathan Gold.

— Gold ?

— Oui, absolument. Je l'ai vu chez Apollinaire la veille de sa mort.

— Plutôt mince, Jonathan Gold.

— Oui.

— On n'aurait pas cru qu'il mangeait du chocolat.

— Non.

— Évidemment, il y a des gens qui peuvent en manger autant qu'ils veulent sans prendre un gramme, dis-je pensivement.

— Qui donc ? »

Il retomba de plusieurs crans dans mon estime.

« Certains d'entre nous.

— Oh, vous voulez dire vous », s'exclama-t-il, mais trop tard pour avoir droit ne serait-ce qu'à un bon point.

« Ceci dit, c'est intéressant si on songe à la manière dont Davidov est mort, dis-je.

— Intéressant ?

— Le chocolat. »

Soudain, je me rappelai que tout le monde ne savait peut-être pas que Davidov avait été empoisonné avec une truffe.

« Le chocolat a-t-il un lien quelconque avec les meurtres ? demanda-t-il.

— Ce n'est pas ce que j'ai dit. »

Taylor me lança un regard étrange, même si, franchement, les regards étranges, je commençais à m'y habituer.

« Je vois. Merci.

— Non, merci à vous.

— Non, merci à *vous*.

— Bref. »

Sur ce, il alla vaquer aux affaires auxquelles il vaquait quand il ne jouait pas au détective. Cette conversation avait ouvert une nouvelle piste. Gold n'avait pas pu empoisonner Davidov (puisqu'il était mort), mais il aurait pu passer les chocolats – et peut-être le cyanure – à un complice, lequel avait exécuté le plan macabre préalablement mis au point. Et cette personne se trouvait encore dans l'hôtel.

J'en aurais bien discuté avec Ethelred, mais je commençais à me demander s'il n'était pas la personne en question. Qui étaient les gens auxquels il allait remettre les diamants ? Et quel lien Gold avait-il avec eux ?

Bon, retour à Internet.

Cette fois-ci, installée dans l'abri relatif de la réception, je tapai : « Gold Diamants de Goldstein ». Comme d'habitude, les articles intéressants se trouvaient sur la première page. Bizarrement, aucun ne faisait référence à Jonathan Gold, mais la situation devint beaucoup plus claire. Limpide, même.

29

J'étais tellement abasourdie par ce que je venais de découvrir que je tombai littéralement sur Herbie Proctor alors que je retournais au bar. Il n'y avait personne d'autre en vue, mais cette portion de couloir étant assez fréquentée, les chances qu'il m'empoigne pour m'écraser la tête contre le mur ne semblaient pas pires que cinquante-cinquante. C'est pourquoi je pris le parti de faire front.

« Chut », dis-je, ou quelque chose d'approchant.

Il eut le sourire de l'oncle vicelard qui a un peu trop forcé sur le sherry de Noël. Il était sur le point de me demander de lui faire confiance. Ce qui au moins me laisserait le temps de lui flanquer un coup de genou dans un endroit tendre et de partir en courant.

« Pourrions-nous bavarder dans un coin tranquille ? suggéra-t-il.

— C'est ça, oui, j'ai déjà donné. Le tatouage fleurdelisé, je connais.

— Pourtant, il faut absolument qu'on parle.

— À chaque fois que je vous parle, je me retrouve arrêtée ou avec la tête comme une citrouille, ou les deux. Et ce n'était pas avec un téléphone portable que vous me mettiez en joue. Pourquoi ne crierais-je pas maintenant, qu'on en finisse ? Et ensuite, pourquoi n'irais-je pas vous dénoncer à la police pour agression ?

— Parce que vous et votre ami Ethelred êtes actuellement en possession d'un sac de bijoux volés, possession que vous auriez peut-être du mal à justifier.

— Les diamants ne sont pas à l'hôtel. »

Ha !

« Moi, je crois bien que si. Ethelred n'aurait pas eu l'imprudence de les laisser à la gare, si ? »

Peut-être bien que non. Réflexion faite, Ethelred s'était montré quelque peu vague quant à l'emplacement exact des diamants.

« Ethelred va rendre les pierres à leur propriétaire légitime, rétorquai-je en regardant Herbie droit dans les yeux.

— Non, c'est moi qui vais les rendre à leur propriétaire légitime. Ce con d'Ethelred a prévu de chier dans la colle et soit il va se faire choper, soit il va paumer le sac en retournant à Londres. »

Bien que je ne fisse toujours pas confiance à Herbie, je fus obligée de reconnaître, au vu de mes expériences passées, que c'était probablement ce qu'avait prévu Ethelred.

« Alors, c'est quoi le marché ? jouai-je la montre.

— On divise les bénéfices en deux.

— J'ai la moitié des diamants ?

— Non, vous avez la moitié des *bénéfices*. Comme je l'ai déjà dit, j'ai l'intention de rendre ces diamants à leur propriétaire légitime sans passer par une certaine amie d'Ethelred, qui semble croire qu'elle a droit à une grosse part du gâteau alors même qu'elle n'a pris aucun risque. Je n'ai plus besoin d'elle à présent, et les propriétaires me verseront une somme tout à fait généreuse. Je vous en donnerai la moitié. Après déduction de mes frais. Repas compris.

— Deux tiers.

— Non, la moitié.
— Soixante pour cent.
— La moitié.
— Cinquante-cinq.
— La moitié.
— J'admire votre maîtrise de la négociation. Auriez-vous déjà travaillé pour un éditeur, par hasard ?
— Non.
— Cinquante-deux virgule cinq. C'est mon dernier mot.
— Cinquante. Cinquante pile. »
Ma foi, c'était plus convaincant que de céder tout de suite soixante-six pour cent. Ou était-ce là ce qu'il voulait me faire croire ?
« Et c'est qui, ces propriétaires légitimes, hein ? Pas encore M. Andersen ? Les frères Grimm cette fois-ci, peut-être ?
— Oui, désolé pour ce truc-là. À ce stade, on n'était pas encore du même bord. Maintenant si. Néanmoins, vous n'avez pas besoin de savoir qui sont mes clients.
— Mais j'aimerais bien savoir, moi. Vous ne me faites pas confiance ?
— Non.
— Dites-le-moi quand même, dis-je avec un grand sourire charmeur. Cinquante pour cent, d'accord, mais j'ai besoin de comprendre à qui et à quoi j'ai affaire. »
Nous nous dévisageâmes quelques instants. Il cligna des yeux en premier.
« C'est la famille Borodin, dit-il. Vrai de vrai. »
Je le dévisageai à nouveau, juste pour être sûre. Il y avait une petite chance, mais une chance quand même, qu'il ne mente pas.
« Pas Goldstein ? demandai-je.
— Pas Goldstein. Borodin. Ce sont les propriétaires

légaux. C'est une longue histoire. Un jour, je vous la raconterai, mais pas maintenant.

— Et qu'est-ce que vous attendez de moi, au juste ?

— Ethelred vous fait confiance. Débrouillez-vous pour qu'il vous dise où sont les diamants. Je me charge du reste.

— Ça ressemble au genre de marché que Dalila avait passé avec les Philistins. Or elle a mal fini – à moins que je confonde avec Jézabel ? En tout cas, j'exige plus de cinquante pour cent.

— D'accord. Cinquante et un pour cent, dit-il d'un air las.

— Marché conclu. »

Je notai dans un coin de ma tête de demander à Ethelred si c'était Dalila ou Jézabel qui s'était fait bouffer par des chiens. Avec un peu de chance, c'était Jézabel.

Proctor me regarda comme si tout ça avait été un peu trop facile, puis déclara :

« Prévenez-moi dès que vous découvrirez quelque chose. En attendant, on ferait peut-être mieux de ne pas trop se montrer ensemble.

— Je survivrai, si vous le pouvez aussi. »

Évidemment, il n'obtiendrait jamais son renseignement parce que :

1. Le lui donner, ça aurait été trahir la relation agent-auteur, qui est un pacte sacré.

2. Quand on négocie sérieusement, jamais on accepte de recevoir cinquante et un pour cent d'une somme qui reste à spécifier.

3. Ethelred ne me faisait pas assez confiance pour me révéler l'emplacement des diamants.

Toutefois, Herbie avait raison sur un point. Ethelred risquait de faire je ne sais quelle connerie avec ces diamants si on ne le surveillait pas de près.

*

Quand je parvins à retrouver sa piste, il était dans son bain, mais il fut néanmoins ravi de me voir.

« Bonté divine, Elsie ! Tu dépasses vraiment les bornes, soupira-t-il en ouvrant la porte. Je ne sais pas pourquoi tu viens me déranger, mais tu as plutôt intérêt à avoir une bonne raison.

— Tu es en train de tremper toute la moquette, remarquai-je tandis que je le contournais pour entrer dans sa chambre.

— C'est parce qu'une abrutie qui défonçait ma porte m'a tiré de mon bain.

— Ces serviettes ne sont pas très grandes, hein ? »

Il s'empressa de réajuster la sienne.

« Ça ne peut pas attendre, non ? demanda-t-il alors que je m'installais confortablement sur son lit. Arrête de rebondir comme ça et dis-moi ce que tu fais là.

— Les ressorts ne sont pas aussi bons que ceux de mon matelas. Enfin bref, je me disais que ça pourrait t'intéresser de savoir que Herbie vient de me faire une proposition. Il voudrait que je rejoigne le côté obscur de la force. À ton avis, qu'est-ce que je dois faire ?

— À ta guise, répondit-il en retournant vers son bain. Tant que ça n'implique pas que je doive t'aider. »

J'entendis divers clapotements et soupirs : il s'immergeait à nouveau.

« OK merci, c'est très sympa de ta part, mais je dois quand même te poser une question. Herbie voudrait que je t'arrache les vers du nez quant à la cachette des diamants. Il ne croit pas qu'ils soient à la gare et – réflexion faite – moi non plus. Dès que j'aurai trouvé leur véritable emplacement, il se chargera du reste – quoi, je ne sais pas. Ça implique probablement de te fracasser la tête à l'aide d'un instrument contondant avant de se carapater avec un sac de diamants. Donc, veux-tu me dire où ils se trouvent ? J'ai un bout de papier et un crayon. Vas-y, balance. »

Clapotements et soupirs cessèrent.

« Il a vraiment dit ça ?

— Oui.

— Et qu'est-ce que tu as répondu ?

— Que je ne le ferais pas pour moins de cinquante et un pour cent.

— Et tu as l'intention de le lui révéler ?

— Ethelred, pauvre nouille, je ne serais pas là à tout te déballer si j'avais l'intention de faire équipe avec l'homme qui m'a pulvérisé le crâne et m'a fait arrêter deux fois. Je me disais juste que cette information pourrait t'intéresser, c'est tout. Les diamants sont-ils bien au chaud ?

— Oui, répondit une voix de l'intérieur de la salle de bains.

— As-tu fait la connerie d'essayer de les planquer dans l'hôtel ? »

Il y eut un long silence.

« Non, répondit une voix de l'intérieur de la salle de bains.

— Parfait. Maintenant, il faut aussi que je te dise ce que je viens de découvrir sur “Internet”.

— Arrête de mimer les guillemets avec tes doigts, répondit une voix de l'intérieur de la salle de bains.

— Tu veux le savoir, oui ou non ?

— Oui.

— Oui quoi ?

— S'il te plaît.

— Gentil garçon. Alors, il fallait que je découvre quel pouvait être le lien entre Gold et les diamants de Goldstein. J'ai donc décidé, comme je le disais, d'effectuer une petite recherche sur Internet. Google m'avait déjà sorti une vidéo de Gold parmi une foule de manifestants. Il demandait des explications à Davidov au sujet des diamants de Goldstein. Une recherche un peu plus poussée m'a révélé leur histoire. Ça donne ça :

Erasmus Goldstein, banquier en Allemagne juste avant la dernière guerre, est le dernier propriétaire connu des diamants. Il avait quitté son pays après l'arrivée de Hitler au pouvoir, mais il n'était pas parvenu à les emmener avec lui. On sait que le collier se trouvait à Berlin dans les années 1940, mais, dans le chaos de la fin du conflit, il a tout bonnement disparu.

Dans un sens, les Goldstein n'ont pas été les plus malchanceux parmi les propriétaires du collier. Ils étaient en sécurité à Londres. Après la guerre, ils ont essayé de retrouver la trace des diamants. À cette époque, c'étaient les Russes qui contrôlaient l'Allemagne de l'Est, mais ils nièrent savoir quoi que ce soit. Ce n'était pas non plus de la plus haute priorité pour les autorités militaires britanniques ou américaines présentes à Berlin.

Pendant plusieurs années, la famille a suivi la moindre piste. Entre-temps, afin de remédier aux sonorités étrangères de leur patronyme, ils l'anglicisèrent au moyen d'un expédient fort simple : ils retranchèrent le "stein" à la fin. Et devinrent ainsi les Gold. Jonathan Gold était le petit-fils d'Erasmus Goldstein.

Il y a un an ou deux, comme tu me l'as dit, les Gold sont enfin tombés sur une vraie piste. La femme de Davidov avait été photographiée avec autour du cou quelque chose d'identique au collier disparu – au plus grand embarras de Davidov, qui pensait sûrement qu'après tout ce temps plus personne ne le cherchait. Étant donné que ce que nous avons trouvé à la consigne correspond grandement à la description qu'en fait Internet, il est presque certain que nous ayons en notre possession le bijou que portait la femme de Davidov. Apparemment, Jonathan Gold savait que ces diamants existaient toujours et où ils se trouvaient. Je ne connais pas les détails exacts de l'organisation de leur rencontre, ni quels devaient être les termes du marché, mais à mon avis Davidov avait apporté le collier avec lui et l'avait déposé dans le coffre-fort de l'hôtel dans une enveloppe blanche. »

Il y avait eu durant ce récit les bruits d'un grand écrivain de polar – un mètre quatre-vingts – qui s'extirpait de sa baignoire. Il émergea de la salle de bains vêtu d'un peignoir passablement humide, en s'essuyant les cheveux d'un air songeur.

« Donc, tu es en train de me dire que Gold est venu à l'hôtel pour persuader Davidov d'agir en homme d'honneur et de rendre le collier ? dit-il.

— Ou pour le faire chanter. Il était en mesure de le mettre sacrément dans l'embarras.

— Les oligarques s'embarrassent-ils aussi facilement ? Il est de notoriété publique qu'il s'agissait d'un personnage assez obscur. L'accuser de détenir un objet volé aurait bien pu ne susciter qu'un simple haussement d'épaules.

— Cette histoire de foot lui tenait vraiment à cœur. Et puis il a fait tuer des gens pour moins que ça. À ce qu'on dit.

— Je t'accorde que ça aurait pu lui fournir un

mobile de meurtre. Mais je ne vois pas pourquoi il l'aurait perpétré lui-même…

— De toute façon, à mon avis ce n'était pas une simple affaire de chantage. Si c'était juste l'argent qui intéressait Gold, Davidov n'aurait pas eu besoin d'apporter les diamants. Il n'avait pas besoin de prouver qu'il les avait pour être victime de chantage. En revanche, s'il avait bel et bien l'intention de les remettre discrètement à leurs propriétaires légitimes…

— Donc, on en revient à Davidov qui agit en homme d'honneur en rendant cette possession familiale…

— … Qui était de toute façon une source d'embarras pour lui. Il ne pouvait pas franchement se permettre de vendre ce collier sur le marché libre. Donc, Davidov rencontre Gold à Londres afin de discuter de je ne sais quel marché – d'où la note.

— Un repas pour une personne ? objecta Ethelred.

— Chacun a payé le sien. Pourquoi pas ? Ensuite Davidov se débrouille pour rejoindre Gold ici et procéder à la transaction.

— Mais l'un ou l'autre a eu des remords à je ne sais quel sujet : ils se sont brouillés.

— Tu as l'air très sûr de toi.

— Simple supposition.

— Ethelred, sais-tu quelque chose que tu ne m'aurais pas raconté au sujet de Gold et de Davidov ?

— Non.

— OK, alors. Peut-être qu'ils se bouffaient le nez à propos des conditions de la remise ? Si c'était le cas, cela aurait pu engendrer un délai fatal.

— Fatal ?

— Quelqu'un d'autre courait après les diamants. Quelqu'un qui voulait les tuer tous les deux. Pendant qu'ils tergiversaient, cette tierce personne a poignardé Gold, empoisonné Davidov et s'est tirée avec le magot.

— Mais c'est Proctor qui s'est tiré avec le magot.

— Justement. »

Ethelred fronça les sourcils.

« C'est un privé.

— Et Crippen était médecin. Qui a dit que les privés ne pouvaient pas être des assassins ?

— Mais quand bien même…

— En tout cas, il m'a dit qu'il travaillait pour une famille du nom de Borodin, censés être les propriétaires légitimes.

— Et ?

— Comme je le disais, les propriétaires légitimes sont les Goldstein, aujourd'hui connus sous le nom de Gold. Donc il ment, Ethelred. Il invente des noms à la pelle. La seule fois où je l'ai entendu dire la vérité, c'est quand il avait remarqué que j'avais déjà un verre.

— Possible.

— Il possédait une chemise entière d'articles sur Davidov.

— Mais ce n'est peut-être pas lui le meurtrier.

— Ethelred, sais-tu quelque chose que tu ne m'aurais pas raconté au sujet de Herbie Proctor ?

— Non.

— OK, alors. Pourquoi on le balancerait pas ?

— Il sait qu'on a les diamants. Il le dirait à la police.

— Es-tu en train de me dire que nous devrions laisser la société en proie à un meurtrier rien que pour notre gain financier personnel ? En temps normal, je serais assez d'accord, mais…

— Mes intentions vis-à-vis des diamants n'ont rien à voir avec le fric.

— N'importe, Proctor a déjà trucidé deux personnes

pour mettre le grappin sur les diams. Tu ne crois pas qu'il risque de nous estourbir aussi ? Et pourquoi la police lui accorderait-elle foi si elle ne parvient pas à localiser les pierres ? Tu as bien dit qu'elles étaient au chaud ?

— Oui.

— Donc, même si on raconte presque toute l'histoire à la police, tu n'as rien à craindre puisqu'ils n'arriveront pas à les trouver.

— Possible, mais ce ne serait quand même pas un bon plan.

— Ethelred, sais-tu quelque chose que tu ne m'aurais pas raconté au sujet des diamants ? Dernière chance.

— Non.

— OK, alors. Je crois savoir exactement ce qu'il me reste à faire.

— Elsie, tu n'as quand même pas l'intention d'accuser Proctor de meurtre ?

— Non.

— Voilà qui me rassure. »

Évidemment que j'avais l'intention d'accuser Proctor de meurtre, mais les diamants étaient au chaud, et j'avais un plan béton. Rien ne pouvait foirer.

À moins qu'Ethelred ne me cachât quelque chose, bien sûr.

Je trouvai l'inspecteur dans son petit bureau derrière l'accueil. La pièce était relativement bien rangée. Les assiettes sales avaient disparu. Les cendriers de fortune avaient été vidés. Il classait des papiers dans des chemises et, en gros, faisait place nette. Ça sentait la fin.

« J'ai des renseignements qui pourraient vous intéresser », dis-je.

Il leva la tête une seconde.

« Nous avons réuni tous les renseignements nécessaires.

— Et vous vous apprêtez à procéder à une arrestation ?

— Hélas, ce sera impossible. »

Il eut un sourire d'excuse.

« Mais…

— L'affaire est close.

— Sans arrestation ?

— Parfois il n'y en a pas. C'est le cas présent. »

Ma foi, songeai-je, c'est une bonne chose que le contribuable français ignore qu'il est loin d'en avoir pour son argent. L'enquête n'avait démarré que deux jours auparavant et ils partaient déjà la queue entre les jambes. Maigret devait se retourner dans sa tombe.

« J'ai des renseignements qui vous feront changer d'avis, dis-je. Rassemblez tout le monde dans la salle de restaurant.

— Pour quoi faire ?

— Je vais proclamer l'identité du meurtrier.

— Comme c'est intéressant. Ma parole, vous vous prenez pour Hercule Poirot ? »

J'ignorai son ironie.

« Je me prends pour Jane Marple en plus jeune et plus sexy.

— Vous connaissez l'identité des meurtriers ?

— Précisément.

— Ne préféreriez-vous pas me soumettre vos soupçons ? Au cas où vous vous tromperiez ?

— Non, j'aimerais faire ça en public.

— C'est que je ne voudrais pas que vous vous ridiculisiez.

— Moi non plus.

— Fort bien, j'avais l'intention de réunir les clients afin de les remercier de leur patience durant l'enquête. Cette affaire a été, je n'en doute pas, très ennuyeuse pour vous tous. Au vu des circonstances, je peux vous laisser cinq minutes pour faire votre annonce. Pas plus. »

Et c'est ainsi que circula la nouvelle que tous les clients de l'hôtel devaient se rassembler dans la salle de restaurant dans la demi-heure suivante.

Ça allait leur en boucher un coin.

30

Nous voilà donc tous réunis dans la salle de restaurant : deux policiers français assez sceptiques qui avaient l'air de s'ennuyer ferme et consultaient leur montre, deux philatélistes en tweed, une famille danoise au complet, un Herbie Proctor sardonique, un visiteur médical blond, un grand écrivain de romans policiers – un mètre quatre-vingts – inconnu au bataillon et, pile au centre, ma brave petite personne.

L'inspecteur m'adressa un signe de tête comme pour me signifier que si je comptais dire quelque chose, serait-il possible de le faire de suite ? Je me raclai la gorge. Mon heure de gloire approchait. Seulement, ils ne le savaient pas encore.

« Vous n'ignorez pas, commençai-je, que je vous ai tous réunis ici, dans la salle de restaurant, afin de pouvoir vous révéler qui a assassiné Jonathan Gold et Grigory Davidov. »

Certains clients, qui s'étaient attendus à ce que ce soit plutôt la police qui aille sur ce terrain, semblèrent quelque peu interloqués. L'un des gamins danois applaudit brièvement, seul. Sa mère arborait un sourire encourageant. Herbie Proctor eut un vilain ricanement.

Ma foi, d'ici quelques instants, on verrait bien qui rirait.

« Cependant, il me faut d'abord éliminer un certain nombre d'entre vous. »

À ces mots, plusieurs personnes hochèrent la tête. Tous les meilleurs détectives amateurs procèdent de cette façon. Toutefois, Ethelred paraissait particulièrement inquiet. Je ne l'avais pas averti de mes intentions : j'avais pensé que ce serait une bonne surprise, ou plutôt, pour le dire autrement, je ne voulais pas qu'il se mette à déconner et foute tout en l'air. Mais il avait l'air bizarrement vert. Il tapota la poche de sa veste à plusieurs reprises et balayait la pièce des yeux comme s'il cherchait une échappatoire.

« Pendant un moment, poursuivis-je, adoptant un rythme de croisière, mes soupçons se sont portés sur Tim Brown. Il prétendait s'être arrêté ici par hasard. Or, j'ai eu vite fait de découvrir qu'il avait prévu cette étape il y a déjà plusieurs semaines. Du reste, il était incapable de spécifier quels avaient été ses faits et gestes ce fameux soir. Enfin, étant dans la vente de médicaments, il aurait pu se procurer du cyanure. Tout cela aurait dû faire de lui le suspect numéro un, mais il n'avait ni mobile, ni lien évident avec l'une ou l'autre victime. C'est alors que j'ai découvert la véritable raison de sa halte. Il avait prévu de retrouver son amant, Ian. »

Il y eut une espèce d'explosion humaine à ma droite : Tim Brown s'était levé.

« Mon *amant* Ian ?

— Précisément.

— Qu'est-ce qui peut bien vous faire croire que c'est mon amant ?

— J'ai surpris votre conversation téléphonique.

Vous avez dit qu'il était temps de tomber le masque. Je suis désolée pour votre femme, évidemment, mais je suis contente pour Ian et vous.

— Vous écoutiez une conversation téléphonique privée ?

— Oui.

— Ben ça vous apprendra, tiens. »

J'avais manifestement dû faire une légère erreur d'appréciation, et Tim se retrouvait soudain au centre d'une curiosité modérée, mais il semblait s'apprêter à redresser les pédales.

« C'est plutôt *moi* qui vais vous expliquer ce qui s'est passé, postillonna-t-il. Il n'y a plus vraiment de secret maintenant. Comme je l'avais dit, les masques vont bientôt tomber, de toute façon. Je suis le directeur marketing de (il nomma un célèbre laboratoire pharmaceutique). Je fais du bon boulot. J'aime à croire que je suis le meilleur. À ce genre de poste, on est contacté par des tas de chasseurs de têtes qui veulent se faire de l'argent en vous recrutant au profit de l'un de vos rivaux. Dernièrement, on m'a fait une proposition : il s'agit d'une excellente opportunité. Mais on n'a pas forcément envie que les gens sachent qu'on a pris contact avec une entreprise concurrente tant qu'on n'est pas certain de sauter le pas. Il s'est trouvé que le chasseur de têtes et moi étions en France au même moment, nous nous sommes donc mis d'accord pour nous rencontrer à un endroit où il n'y aurait aucune chance qu'un de mes collègues me surprenne. Je me suis arrangé pour le voir sur le chemin du retour. Il s'appelle Ian – OK ? Nous avons dîné et il m'a expliqué le marché. Son discours m'a plu, mais j'avais encore quelques questions qu'il lui fallait soumettre à son client. Je suis donc resté sur place en attendant l'ouverture du bureau de ce dernier et nous avons eu une audioconférence.

— Son bureau ouvre à potron-minet ? ricanai-je. Je vous en prie, vous n'allez pas nous faire avaler ça.

— Le client en question est indien, il est basé à Bangalore. »

OK : peut-être bien qu'on allait l'avaler. À la mention de Bangalore, je jetai un œil à Ethelred, il se contenta de hausser les épaules. Il avait l'esprit ailleurs. Son visage était passé du vert au gris, mais je n'étais pas sûre qu'il s'agît d'une amélioration.

« Tout aurait été pour le mieux si je n'avais pas été retenu ici, poursuivit Brown. J'aurais été de retour plus ou moins comme prévu. Maintenant, je vais avoir des comptes à rendre, mais uniquement à mon boss. Ma femme me soutient à cent pour cent, d'ailleurs elle a hâte d'aller vivre en Inde.

— Exactement, m'empressai-je. Votre alibi étant parfaitement valable, j'ai pu vous éliminer.

— Comme la police l'avait fait il y a déjà longtemps. Ils avaient appelé Ian.

— C'est vrai, intervint l'inspecteur. Nous avons téléphoné à Ian. Il s'est montré très coopératif. »

Il jeta de nouveau un œil à sa montre et haussa les sourcils.

« Tournons-nous, m'empressai-je encore davantage, vers les Pedersen… »

(Madame m'adressa un sourire rayonnant.)

« … Il était possible que ces fâcheux événements soient liés à la perte des “dix couronnes puce”, ces fameux timbres précieux. Les Pedersen étaient arrivés à l'hôtel en pleine foire du timbre, or ils sont originaires de la petite ville de Nykøbing, où les timbres ont été vendus.

— Non, dit Mme Pedersen.

— Je croyais que vous veniez de Nykøbing ?

— En effet.

— Et les timbres ont bien été vendus à Nykøbing ?

— Tout à fait.

— Donc vous êtes originaires de la ville où les timbres ont été vendus ?

— Non. »

Ethelred toussa.

« Comme j'ai déjà essayé de te l'expliquer, dit-il, il existe deux Nykøbing : Nykøbing Falster et Nykøbing Mors. Les timbres ont été vendus à Nykøbing Falster. »

Une telle opportunité de me reprendre aurait dû gonfler son ego, mais il avait toujours l'air nauséeux.

« C'est ça, alors que nous, nous venons de Nykøbing Mors, expliqua fièrement Mme Pedersen. C'est là que sont fabriqués les poêles à bois en fonte. Ils sont exportés partout dans le monde. Ma grand-tante a travaillé trente ans dans cette entreprise. Nous sommes célèbres pour nos poêles, pas pour nos timbres. Avant d'arriver ici, nous n'avions jamais entendu parler de ces dix couronnes puce. Pour un Danois, Falster est très loin de Mors, où nous vivons.

— Ah bon, d'accord.

— On fait facilement l'erreur. Je me souviens que, une fois, une de mes tantes achetait un billet de train et…

— Exactement. Cependant, j'étais bien consciente que vous n'aviez aucun mobile pour tuer M. Davidov.

— Bien au contraire, intervint M. Pedersen. On peut dire que j'ai un excellent mobile – du moins en ma qualité de fonctionnaire. Grigory Davidov s'est rendu coupable d'au moins un assassinat au Danemark, même s'il nous manque ce qu'on peut appeler des preuves tangibles. Et de manière plus générale, ses activités nous inquiétaient beaucoup. Toutefois, assassiner des oligarques est incompatible avec mon statut diplomatique. Mon ambassadeur n'aurait pas été content. »

Il eut un petit gloussement, auquel d'aucuns se joignirent.

Je le regardai droit dans les yeux. Je savais quelque chose (grâce à l'aimable contribution de sa fille) qu'il n'avait peut-être pas envie qu'on crie sur les toits. Ma foi, après le beau temps vient la pluie.

« Et si je racontais aux gens que vous travaillez pour le Forsmachin-chose Efter-bidule chouette ?

— Le Forsvarets Efterretningstjeneste ?

— Probablement. Et si je disais ça, hein ?

— Je ne crois pas que vous y arriveriez. Et quand bien même vous seriez capable de le prononcer, vous feriez erreur. Je travaille dans le secteur commercial de l'ambassade danoise. Mon ambassadeur serait, j'en suis sûr, ravi de vous le confirmer. »

Il avait l'air aussi infroissable que sa chemise. C'était un espion, obligé.

« Nous ne l'avons suspecté à aucun moment, commenta l'inspecteur.

— Alors vous n'êtes pas un agent secret danois qui se fait passer pour un diplomate ? »

Je crus, l'espace d'un instant, surprendre Pedersen en train d'adresser un clin d'œil à l'inspecteur.

« Non, répondit ce dernier. Nous avons vérifié auprès de nos propres agents de sécurité. Les choses sont telles que M. Pedersen les décrit. Il travaille dans le secteur commercial de l'ambassade.

— D'accord.

— Je vous en prie, poursuivez.

— Bon, laissez-moi maintenant me tourner vers M. Taylor. »

J'avais bien conscience de me débrouiller jusqu'à présent vaguement comme un manche, mais la clé d'une bonne enquête policière, c'est la fin. Je dardai mes prunelles sur Taylor. Les autres le dévisageaient, dans l'expectative. J'avais regagné leur attention.

« Au départ, dis-je, je n'avais aucune raison de le soupçonner, bien qu'il soit chimiste et qu'il ait pu avoir accès à des poisons.

— Pas vraiment, non, pas là où je travaille, objecta Taylor avec un rire forcé. Le cyanure n'est pas d'une grande utilité dans l'industrie des boissons non alcoolisées.

— Ce qui a éveillé mes soupçons, poursuivis-je malgré quelques ricanements parmi mes suspects, c'est quand j'ai découvert qu'il s'adonnait à un travail de détective amateur pour le moins inefficace.

— Pas si inefficace que ça. C'est moi qui vous ai appris que Gold avait acheté du chocolat, vous vous souvenez ?

— En effet. »

Mais ça n'avait rien à voir avec la choucroute, si ?

Le garçonnet danois murmura quelque chose à sa mère, qui l'approuva d'un : « *Ja, Herr Taylor er meget klog, ikke ?* »

Quelque chose me disait que ce n'était pas vraiment le triomphe auquel je m'attendais. Au lieu d'être suspendu à mes lèvres, mon public commençait à perdre confiance en moi, alors qu'il semblait penser le plus grand bien de Taylor. Le garçonnet danois ajouta quelque chose, mais cette fois-ci sa mère lui coupa la chique et jeta un regard rapide dans ma direction, un sourire d'excuse aux lèvres.

« Bref, pour le dire vite, vous m'avez aussi éliminé ? demanda Taylor. C'est ça que vous voulez dire ? »

Je commençais à perdre le fil, mais j'avais effectivement éliminé Taylor.

« C'est ça, répondis-je platement.

— Quel soulagement. J'ai eu des sueurs froides. L'espace d'un instant j'ai cru que j'étais peut-être coupable. »

J'enchaînai aussitôt.

« Je n'avais aucune raison de soupçonner M. Jones, dis-je en lui adressant un signe de tête amical.

— Même s'il avait travaillé pour l'une des entreprises de Davidov, qui lui avait sabré sa retraite, le laissant sur la paille ? s'enquit Ethelred.

— C'est un bon argument. Mais M. Jones n'avait pas fait le rapprochement.

— Vous voulez rire ! s'indigna Jones. Je savais parfaitement qui était à la tête de mon entreprise.

— Ah bon ?

— Oui. Mais je n'ai pas tué Davidov pour autant.

— Ah bon ?

— Non.

— Vous en êtes sûr ? »

Réflexion faite, il était peut-être un peu tard pour rouvrir l'enquête, mais il s'agissait là d'un mobile en or.

« Même si vous saviez que votre entreprise appartenait à Davidov ? insistai-je.

— Oui.

— Nous ne soupçonnons pas M. Jones, intervint l'inspecteur.

— Merci, dit Jones.

— D'accord », dis-je.

J'avais bien conscience que le silence s'était fait dans la pièce.

« Et Tressider, alors ? demanda Herbie Proctor. Il débarque ici comme ça, venu de nulle part, en plein hiver. En tant qu'écrivain de polars, il doit tout savoir sur les poisons. S'il y a quelqu'un qui doit éveiller les soupçons, c'est bien lui. »

Il avait raison, bien sûr. Le comportement d'Ethelred vis-àvis des diamants demeurait un mystère. Et cette tête de nœud était capable de n'importe quelle folie s'il était dévoyé par je ne sais quelle morue à la voix rauque et aux sous-vêtements en soie noire. Néanmoins, il était hors de question que je laisse impunément Proctor l'accuser de meurtre.

« Mon client n'a aucun lien avec Davidov ni Gold. Il n'y a pas un brin de preuve qui le relie à l'un ou l'autre assassinat. »

Je me tournai vers l'inspecteur, qui hocha la tête, l'air quelque peu résigné.

« Inutile de vous lancer dans sa défense, mademoiselle Thirkettle. Nous convenons que M. Tressider ne répond d'aucun crime.

— Alors qui a tué Jonathan Gold ? demandai-je rhétoriquement.

— Vous voulez vraiment que je vous le dise ? répondit Herbie Proctor, qui ne saisissait manifestement pas le concept de la question rhétorique. Mettons donc un terme à cette chasse et…

— Pas si vite. Ne grillons pas les étapes. Nous étions au courant, car nous les avions vus discuter, que Davidov et Gold se connaissaient. Ce que je n'avais pas saisi, c'était à quel point. »

Je marquai une pause et observai la salle. Il y avait

désormais un ou deux clients dont la curiosité s'était un peu ravivée.

« J'ai décidé d'effectuer une petite recherche sur Internet. Il s'est avéré que Davidov possédait des diamants qui avaient été volés à la famille de Jonathan Gold – des diamants qui valent aujourd'hui plusieurs millions d'euros. »

Je m'interrompis de façon à ce que les gens puissent béer de stupeur, mais l'inspecteur se contenta d'un :

« Oui, nous savons tout ça.

— Ce que vous ne saviez peut-être pas en revanche, c'est que Davidov et Gold s'étaient vus à Londres afin de discuter de la remise des pierres précieuses. J'ai trouvé dans la poche du peignoir de Davidov la note d'un restaurant kasher du nord de Londres. Il avait mangé de la morue tzigane avec du strudel.

— Des *mehren tzimmes* avec des *kneidel,* dit Ethelred.

— Peu importe. Leur prétendue mésentente entre eux et même avec moi n'était qu'une couverture. Gold négociait le retour des bijoux de famille. Davidov se soulageait d'un magot potentiellement embarrassant. Cependant, avant qu'ils puissent mener à bien cette transaction, ils ont été assassinés et les diamants volés. »

Je m'arrêtai et embrassai le public du regard. Herbie Proctor, la tête penchée sur le côté, essayait de deviner la suite de mon histoire. L'inspecteur se curait l'oreille à l'aide d'un stylo-bille. Seul Ethelred me regardait d'un air horrifié. Il forma une requête silencieuse avec ses lèvres, puis, voyant que je ne formais aucune réponse silencieuse avec les miennes, baissa les yeux au sol, la tête dans les mains.

« Les diamants, poursuivis-je, se trouvaient dans

le coffre-fort, dans une enveloppe blanche. Le meurtrier, qui a déjà éliminé Gold et glissé un chocolat empoisonné dans la boîte de Davidov, profite de la brève absence du réceptionniste pour aller discrètement crocheter la serrure du coffre. Plus tard, il sort en douce les diamants de l'hôtel. Voilà votre homme, inspecteur : arrêtez M. Proctor ! »

Je me levai, pointant un doigt théâtral sur Proctor, mais rien ne se passa.

J'observais Herbie, m'attendant à tout le moins à voir perler la sueur sur son front démoniaque ou se dessiner une dénégation pitoyable sur ses lèvres mécréantes, mais il avait juste l'air d'en avoir un peu ras le cul. Ethelred, en revanche, avait l'air de quelqu'un qui, terrorisé, s'apprête à rendre ses tripes.

« Un commentaire, monsieur Proctor ? demanda l'inspecteur.

— Elsie a une imagination débordante. Si je voulais voler des diamants, je me contenterais de les voler. Comme vous l'avez fait remarquer, il n'est pas très compliqué de crocheter la serrure d'un coffre-fort d'hôtel… c'est du moins ce qu'on dit. Si j'avais déjà eu les diamants, je ne me serais pas attardé à trucider des gens. Inversement, je ne vois pas l'intérêt d'assassiner des gens avant le vol, les meurtres ayant tendance (comme il se doit) à attirer l'attention de la police. De toute ma vie, je n'ai jamais entendu pareil monceau de conneries.

— Ben qui a tué Gold et Davidov, alors ? »

(Cette fois-ci, ce n'était pas une question rhétorique.)

« Laissez-moi vous expliquer, dit Taylor. J'ai moi aussi mené ma petite enquête. Comme vous l'avez dit, les diamants de Goldstein ont réintégré la Russie en 1945. Les Gold le savaient, mais ce n'est qu'après la chute du communisme que des rumeurs concernant la localisation exacte du collier commencèrent à se répandre à l'Ouest, et ce n'est que très récemment qu'il devint évident que Davidov en était le nouveau propriétaire. Il leur fallait quelqu'un pour négocier avec lui, ils choisirent Jonathan Gold.

— Mais attendez un peu, dis-je. Les prétentions des Gold étaient justifiées. Pourquoi ne pas se contenter d'aller en justice ?

— Excellente question, commenta Herbie Proctor. Oui, vraiment excellente question.

— C'est qui qui raconte l'histoire ? demanda Taylor.

— Moi, répondit Herbie Proctor. Il se trouve que je sais une ou deux choses que je n'ai pas été trouver sur Internet. »

Taylor haussa les épaules. Proctor prit la suite du récit.

« La famille Gold, comme le présume mon ami détective amateur, a élu Jonathan pour aller négocier avec Davidov. Et ce parce qu'il avait une chose qu'aucun des autres n'avait. Jusque-là, les diamants ne l'avaient guère intéressé. Sa cause à lui, c'était l'environnement. Pour lui, le crime de Davidov, c'était Yacoubabad – pas le fait de posséder je ne sais quel collier tsariste. Son travail en Inde lui avait fourni la preuve que Davidov était responsable du désastre. Ce qui aurait causé plus que de l'embarras au Russe. Il existait une véritable menace d'arrestation et d'extradition. Donc, le plan machiavélique de la famille, c'était que Gold se serve de cette information pour faire chanter Davidov et qu'il leur rende les diamants.

— Je ne vois pas comment c'est possible, objectai-je. Si Jonathan Gold savait, alors les autres personnes qui menaient l'enquête sur Yacoubabad devaient savoir aussi.

— Soit la famille n'avait pas pensé à ce détail, soit Gold avait trouvé le moyen de les rassurer – de toute façon, leur idée n'aurait jamais été mise à l'épreuve. Jonathan Gold avait un plan bien à lui, qui était l'inverse de celui de sa famille. Il comptait se servir des négociations concernant les diamants comme d'un levier pour mettre la pression sur Davidov au sujet de Yacoubabad. Et Davidov ne demandait qu'à le rencontrer.

— Je ne comprends pas, dis-je.

— Davidov voulait se débarrasser du collier, poursuivit Proctor. Pas tant parce que le posséder l'embarrassait que parce que c'était un homme extrêmement superstitieux. Il était persuadé que ce bijou lui avait porté malheur et que la solution était de le rendre à ses véritables propriétaires. Mais c'était aussi un homme avare. Il espérait que Gold lui achèterait le collier à un prix à débattre. C'est pourquoi il ne demandait qu'à conclure un marché.

— Comment savez-vous tout ça ? demandai-je.

— Croyez-moi, j'ai toutes les raisons de le savoir. »

Il s'apprêtait à continuer, puis se ravisa un instant avant d'ajouter :

« Cela ne signifie pas pour autant que Davidov ait apporté les diamants ici. Ce serait même très surprenant. Il semblerait plus logique de les laisser bien en sécurité en Russie ou je ne sais où jusqu'à la conclusion du marché. Ça tombe sous le sens.

— Bien au contraire, répliqua Jones. Toutes les preuves tendent à montrer que Davidov s'était pointé ici avec les diamants et sans son escorte habituelle de gardes du corps. Mais quand lui et Gold se sont finalement rencontrés, les choses ne se sont pas déroulées comme prévu.

— Attendez, dis-je. Ce n'était pas leur premier rendez-vous. Davidov et Gold s'étaient déjà vus à Londres…

— Non, dit Ethelred. J'ai bien réfléchi à cette histoire. La note est un indice important, mais ce n'est pas ce qu'elle prouve.

— Oh, dis-je.

— Si leurs relations avaient jamais été bonnes, commenta Taylor, toujours est-il que, le soir du meurtre de Gold, elles s'étaient dégradées. J'ignore en quoi consistait le plan A de Gold – peut-être à pousser Davidov à verser une compensation aux survivants du désastre. Mais son plan B était clairement d'empoisonner Davidov, tout comme Davidov avait empoisonné la ville. J'ignore à quel moment la balance a penché pour le plan B, mais le Russe avait dû se rendre compte qu'il ne s'agissait plus de trouver un accord sur le prix des diamants. Gold représentait un vrai danger – à tout le moins celui que la vérité éclate au sujet de Yacoubabad, et au pire que Gold essaie de le tuer. C'est pourquoi il a subtilisé un grand couteau en cuisine. Je ne sais pas du tout si à ce stade lui aussi envisageait le meurtre ou s'il comptait juste s'en servir comme moyen de défense.

— Ce que l'on sait en revanche, lança soudain Herbie Proctor, c'est qu'il avait passé tellement de temps dans cette putain de cuisine à féliciter ces putains de cuistots pour leurs putains de plats qu'on ne faisait même plus attention à lui.

— Donc, poursuivit Taylor, Davidov, vêtu de son peignoir où il avait piètrement dissimulé son couteau, se rend en nocturne jusqu'à la chambre de Gold, avec qui il devait avoir arrangé un rendez-vous. Qui sait ce qui était au programme ? L'ultime tentative de Gold pour pousser Davidov à aider la population de Yacoubabad ? L'ultime tentative de Davidov pour conclure un marché au sujet des diamants ? Mais Gold ne s'était jamais beaucoup intéressé à ces pierres et Davidov n'aurait jamais reconnu être responsable de quoi que ce soit. Davidov a fini par poignarder Gold. Zéro logique. Zéro plan machiavélique. Le couteau se trouvait être là et le Russe, mû par un coup de sang ou une peur bleue, est passé à l'acte.

— Se retrouvant ainsi couvert d'hémoglobine, commentai-je, soulignant un défaut manifeste de cette théorie. S'il y a bien une chose que personne n'a laissé entendre, c'est qu'on ait retrouvé du sang sur Davidov. Ce soi-disant peignoir qu'il portait était immaculé. Or, il n'a pas franchement eu le temps de l'envoyer au pressing.

— Davidov voit le peignoir de Gold suspendu à la patère, intervint Ethelred. Il retire alors le sien et en recouvre le cadavre. Il enfile ensuite celui de Gold, dont la poche contenait deux pièces de deux livres et la note d'un restaurant où Gold s'était rendu dernièrement. Puis il retourne discrètement dans sa chambre, où son petit séjour dans la salle de bains afin de laver d'éventuelles traces de sang te réveille brièvement. Plus tard, il jette le couteau dans la benne à ordures, que les éboueurs vident tôt le lendemain matin. »

C'était la déclaration la plus longue qu'Ethelred avait faite depuis notre arrivée dans cette pièce. Mais il n'avait toujours pas franchement l'air dans son assiette.

« Donc, Gold est mort, dit l'inspecteur. Alors qui, je m'interroge, vole les diamants de Davidov ? »

Il nous jeta un regard inquisiteur.

« Qu'il ait mis les diamants dans cette enveloppe, ce n'est que la théorie de M. Jones, répondit Herbie Proctor. Personnellement, je n'y adhère pas.

— Tout à fait, dit Ethelred, quelque peu ragaillardi. Si ça se trouve, les diamants n'ont jamais été là. L'enveloppe a toujours été vide. »

Je les regardai à mon tour l'un après l'autre. Qui savait la vérité au sujet des diamants ? Moi. Ethelred. Proctor. Or, parmi nous, deux sur trois jouaient les mythomanes. J'avais rejeté les avances de Proctor ; entre-temps, Ethelred était-il passé à l'ennemi ?

« Fort bien, dis-je, changeant de sujet. Qui a tué Davidov ?

— Oh, c'est facile, répondit Proctor.

— Vraiment ? demandai-je.

— Gold, dit Taylor.

— Gold, dit le garçonnet danois.

— Mais Gold était déjà mort, soulignai-je.

— Nous avons dit que Gold avait sûrement du cyanure sur lui et qu'il avait acheté les fameuses truffes, dont la préférée de Davidov, expliqua Taylor. Gold, souvenez-vous, était pharmacien et s'y connaissait en matière de poisons. Il injecte une énorme dose de cyanure dans un chocolat. Lequel, je ne peux pas vous le dire.

— La truffe à la pêche, lançai-je, les sourcils froncés. C'était la truffe à la pêche. Sa préférée.

— Très bien, reprit Taylor. C'est donc la truffe à la pêche que Davidov, Gold en est sûr, choisira en premier. Mais il est assassiné avant de pouvoir donner au Russe ce cadeau mortel. Que se passe-t-il ensuite ? À mon avis, Davidov repère la boîte de truffes posée sur la table et s'en empare. Pourquoi ? Il y avait peut-être ses empreintes digitales dessus… ou alors il avait juste envie de truffes. Dans un cas comme dans l'autre, les chocolats finissent dans sa chambre et il n'y touche pas avant le lendemain matin. Là, ayant besoin de se consoler de la perte de son enveloppe, il choisit et dévore une magnifique… truffe à la pêche.

— C'est ça, dit Ethelred.

— C'est ça, dit Proctor.

— C'est aussi ce qu'on pensait, dit la fillette danoise.

— C'est quand même pas une vraie détective », dit le garçonnet danois.

La mère sourit fièrement.

« Ils ont tous les deux résolu l'énigme depuis longtemps, dit-elle.

— Oui, ça a toujours été le scénario le plus probable, approuva l'inspecteur, même si nous avions évidemment besoin d'interroger tout le monde afin d'éliminer les autres possibilités. Davidov a tué Gold. Puis, plusieurs heures plus tard, Gold a tué Davidov. C'était clair comme de l'eau de roche. À moins, bien sûr, de s'obstiner à chercher des complications qui n'existaient pas. Nous avons retrouvé le couteau de cuisine, à propos : il était dans le fleuve et non jeté aux ordures. Étant donné, mademoiselle Thirkettle, que vous aviez subtilisé deux preuves d'importance, nous ignorions l'existence de la note et des pièces, cependant la disposition des éclaboussures de sang sur le peignoir de Gold était en totale contradiction avec l'état de la victime. Il ne présentait pas de trou correspondant à la déchirure de la veste de pyjama ni à la plaie. Il avait manifestement été jeté en toute hâte sur le corps après l'agression. Nous étions au courant des accusations selon lesquelles M. Davidov recélait les diamants. Pour l'ignorer, il aurait fallu ne pas avoir lu de journal pendant plusieurs mois – ou seulement le magazine *Hello !* et le *Bookseller*. Le lien était évident. Si Davidov avait survécu, il n'aurait eu aucune chance de s'en tirer impunément. Cette affaire reflète un grand amateurisme et le geste d'un homme désespéré. L'empoisonnement était plus – comment dire ? – malin. La chocolaterie vend des tas de truffes et, bizarrement, les vendeurs ne se souvenaient pas de Jonathan Gold. Les touristes sont nombreux à leur acheter des chocolats pour les ramener chez eux. Il aurait été difficile de prouver à quel moment les truffes avaient été empoisonnées et par qui.

— Moi, je me suis souvenu de lui, pourtant, objecta Taylor. Je l'ai vu dans le magasin, comme je l'ai signifié à la police, cependant je n'ai réalisé la portée de cette information que lors de ma conversation avec Elsie.

— Oui, merci, dit l'inspecteur. Cela nous a beaucoup aidés, monsieur Taylor. Évidemment, nous savions que le cyanure se trouvait dans une truffe à la pêche car nous avions étudié le contenu de l'estomac de Grigory Davidov. En revanche, nous ignorions qu'il s'agissait de la seule truffe à la pêche, mademoiselle Thirkettle, puisque vous aviez mangé les autres chocolats avant qu'on puisse vérifier – donc vous aussi, vous nous avez aidés en nous apportant cette menue précision.

— Donc, les dix clients restés à l'hôtel sont innocents ? » demandai-je.

L'inspecteur leva les yeux du magazine qu'il avait commencé à lire.

« Exactement, ce sont tous – comment dit-on ? – des fausses sentes.

— Des fausses pistes, le corrigeai-je.

— Oui, mais petites. Très petites. Dix petites

fausses pistes. Heureusement, elles ne nous ont pas égarés longtemps. Toutefois, excusez-moi : vous étiez sur le point d'expliquer, mademoiselle Thirkettle, ce qui était arrivé aux diamants ? Je suis très curieux d'en savoir plus à ce sujet.

— S'ils ont jamais été ici, intervint effrontément Proctor. Ce dont je doute.

— Et vous, monsieur Tressider, doutez-vous qu'il y ait eu quoi que ce soit dans l'enveloppe ? » demanda l'inspecteur.

Ethelred émit une espèce de gargouillis qui se transforma en « oui ».

« Et vous, *mademoiselle* Thirkettle ?

— J'ignore parfaitement où se trouvent les diamants à présent, répondis-je sans mentir.

— Moi non plus, dit Herbie.

— Moi aussi », dit Ethelred.

Je lui adressai un signe de tête. J'ai toujours admiré ceux qui maîtrisent parfaitement la grammaire, même sous pression.

« Dans ce cas, vous n'avez vraiment pas le sens de l'observation, commenta l'inspecteur. Aucun d'entre vous n'a regardé dans le petit sac bleu avec le joli aigle – pas même une fois ? Évidemment, nous avons fouillé la gare hier et nous avons trouvé et le sac et le collier. Les récits de Mlle Thirkettle et de M. Proctor ne concordant pas exactement, ce dont nous n'étions pas sûrs, c'était lequel d'entre vous avait volé les pierres du coffre-fort de l'hôtel. Vous vous comportiez tous de manière très étrange. Nous avons donc laissé les diamants à leur place. Nous vous avons laissés découvrir exprès que la sécurité se relâchait et nous avons attendu de voir qui quitterait l'hôtel pour aller les chercher. Avez-vous remarqué la nouvelle caméra de vidéosurveillance ?

— Non, répondit Ethelred.

— Parfait : c'est ce que nous voulions. Bref, deux d'entre vous sont arrivés et ont changé les diamants de casier. Ensuite, c'est M. Proctor qui est arrivé, furieux de découvrir que son casier était vide. Ensuite, M. Tressider a fait semblant de changer encore les diamants de casier, mais les a glissés dans sa poche. À propos, j'espère que vous avez apprécié vos chocolats, mademoiselle Thirkettle.

— Vous nous avez suivis après notre départ de la gare ?

— Nous ne vous avons pas lâchés d'une semelle. Évidemment, nous n'aurions pas voulu qu'il vous arrive malheur.

— Et savez-vous où se trouvent les diamants à présent ?

— Bien sûr.

— Alors où sont-ils à présent ? » bougonna Proctor.

L'inspecteur se tourna vers Ethelred.

« Monsieur Tressider ? Peut-être auriez-vous l'amabilité de clarifier ce dernier point ? Nous pourrons ensuite tous rentrer chez nous. »

Ethelred fit une espèce de bruit de déglutition et sa main se porta instinctivement à sa poche.

« Souhaitez-vous me les donner maintenant, ou préférez-vous que je vous fouille ? » demanda l'inspecteur.

Ethelred glissa la main dans la poche de sa veste et en retira un sac en velours bleu délavé.

Comme je l'avais dit, mon plan ne pouvait pas foirer à moins qu'Ethelred ne prévoie de se comporter comme un con. Je regardai mes diamants changer de mains pour la dernière fois. Je partageais leur douleur.

« Merci, dit l'inspecteur.

— Attendez un peu. Ces diamants sont à moi, lança Proctor.

— Ce n'est pas notre avis... à moins que vous ne souhaitiez vous expliquer ? »

Herbie Proctor poussa un très long soupir et commença :

« Le récit qu'a donné Taylor des événements était relativement fidèle – compte tenu qu'il ne sait foutre rien sur rien –, mais il y avait une omission majeure. Comme il l'a dit, dans les années 1930, le collier était entre les mains des Goldstein, mais ce n'était sûrement pas les propriétaires légitimes. Le tsar ayant oublié de payer les diamants, ils sont restés la propriété du joaillier qui avait fabriqué le collier : Vladimir Borodin. Non sans perspicacité, Elsie a demandé pourquoi les Gold ne se contentaient pas d'aller en justice pour plaider leur cause. La réponse, c'est que ces bijoux n'ont jamais été à eux de plein droit. Ils appartiennent à la famille Borodin – mes clients.

— Vos clients ? s'étonna l'inspecteur.

— Je suis détective privé, employé par la famille pour récupérer les pierres. Bien sûr, nous savions que Jonathan Gold négociait secrètement quelque chose avec Davidov, d'où ma présence dans cet hôtel. Nous n'étions pas sûrs que ses plans n'aient pas changé. Nous redoutions depuis le début qu'il préfère venger Yacoubabad plutôt que de récupérer un objet familial, ce qui n'aurait pas été bon pour nous. Nous voulions que ces diamants viennent à Londres. Ma mission était de découvrir si le collier avait changé de mains, afin que les Borodin puissent entamer une action en justice dès l'instant où les diamants seraient de retour dans le pays. Le cas échéant – et en particulier si Jonathan Gold commençait à faire quoi que ce soit de stupide –, j'avais comme instruction de m'emparer de la marchandise par une action directe. Si quelqu'un avait l'imprudence de la laisser traîner.

— Ils étaient sous clé dans le coffre-fort, soulignai-je. On ne peut pas vraiment dire qu'ils traînaient.

— Un vieux coffre-fort d'hôtel ? Il m'a fallu trente secondes pour découvrir la combinaison, quinze pour sortir l'enveloppe, la vider et la refermer. Quinze autres pour fermer la porte et la verrouiller. Le temps que Davidov découvre leur disparition, les diamants auraient été à des kilomètres d'ici si Gold ne s'en était pas mêlé en se faisant trucider. Si j'avais été certain qu'il avait l'intention d'empoisonner Davidov, j'aurais tenté ma chance plus tôt. De toute évidence, je me serais bien passé de me cogner à des fouineurs comme Elsie. Enfin, ce n'était pas trop difficile de la semer de temps en temps.

— Et si Davidov vous avait pris en chasse ? » demandai-je, ignorant ses diverses insultes.

Proctor hocha la tête.

« Vous venez en effet de mettre le doigt sur mon plus gros problème. Jonathan Gold m'avait reconnu. Nous cherchions tous les deux la même chose – et disons que nos chemins s'étaient déjà croisés. Il m'avait toujours semblé probable que lui, Davidov, ou les deux à la fois percutent et essaient soit de me faire arrêter à la douane et fouiller, soit de me faire tabasser par deux gorilles de Davidov et fouiller. Aucune de ces options ne me réjouissait vraiment. Mais ils n'auraient pas trouvé les diamants sur moi. »

Il eut un vilain ricanement.

« J'avais un plan infaillible, Elsie. Je devais passer les diamants à un complice qui n'avait aucun lien préalable avec cette affaire, qui ignorait totalement ce qu'il ferait passer en contrebande au Royaume-Uni et qui ne poserait pas de questions, se contentant de remettre la marchandise à Londres. Le tout à titre gratuit.

— Quelle quiche, dis-je.

— Oui, dit Proctor. Quelques jours avant d'arriver ici, j'ai croisé une vieille amie à moi. Elle venait de rentrer d'Inde, où elle avait largué un pauvre type. Quand je lui ai décrit ce dont j'avais besoin, elle m'a dit qu'elle m'aiderait en échange… en échange d'une petite part des bénéfices. Elle a téléphoné à cette andouille et lui a demandé de lui accorder une petite faveur. D'après elle, il était encore tellement raide dingue amoureux qu'il viendrait *illico* en agitant la queue, aussi étrange sa requête fût-elle. Elle lui a donc donné comme mission de sauter dans un avion et de se pointer dans cet hôtel, où quelqu'un le contacterait pour lui donner quelque chose. Il devait ensuite livrer la marchandise à cette amie à une adresse à Londres. »

Le sourire jusqu'aux oreilles, il se tourna vers Ethelred.

Je fis de même.

« Espèce d'abruti, crétin, connard sans cervelle », dis-je.

Le connard sans cervelle ne répondit rien, mais déglutit bruyamment.

« Si seulement il s'en était tenu aux instructions de base, tout se serait bien passé, poursuivit Proctor. Mais Ethelred a décidé qu'il s'occuperait des diamants lui-même – à moins que quelqu'un ne lui ait donné de nouvelles instructions. Je me suis toujours dit que cette salope essayerait de me doubler à la moindre occasion, et on dirait bien que c'est ce qui s'est passé – n'est-ce pas Ethelred ? Il pensait qu'elle lui serait infiniment reconnaissante. Bien sûr, dès que les diamants auraient été transmis, il n'aurait plus jamais vu la couleur ni de la nana, ni du fric. Sachant qu'il la connaissait très bien, je ne comprends pas pourquoi il lui a fait davantage confiance qu'à moi. Elle se servait de vous, purement et simplement, Ethelred. Mais les billes dans votre genre sont hermétiques à l'expérience, pas vrai ?

— Si cela peut vous consoler, monsieur Proctor, nous aurions récupéré les diamants quoi qu'il en soit », dit l'inspecteur.

Proctor ne dit rien mais adressa un regard sévère au policier, puis à Ethelred et enfin à moi.

« Ma foi, reprit l'inspecteur, voilà qui était fort intéressant. Il m'est déjà arrivé, bien sûr, de lire dans des romans policiers des histoires de rassemblement de suspects dans la salle à manger pour leur révéler l'identité du meurtrier, mais je ne l'avais jamais vu pratiquer dans la vraie vie. Voilà qui était fort instructif dans le sens où cela a conforté notre jugement concernant un ou deux détails tout à fait mineurs. Cependant, je doute qu'à l'avenir nous inclurons cette pratique dans notre procédure habituelle. Cela m'a aussi aidé puisque, de fait, trois d'entre vous ont confessé avoir été impliqués d'une manière ou d'une autre dans le vol de diamants d'une valeur de plusieurs millions d'euros au sein de cet hôtel. Ce qui permettra d'accélérer grandement vos condamnations. Je vous en suis très reconnaissant.

— Quoi ! » s'écria Herbie Proctor.

Une fois n'est pas coutume, je peux dire qu'il avait parlé pour nous tous.

L'inspecteur sourit.

« C'était juste une petite blague. Voyez-vous, nous

les policiers, nous avons le sens de l'humour, non ? Je suis convaincu, en dépit de certains propos qui auraient pu laisser croire le contraire, que vous trois avez toujours eu l'intention de récupérer les pierres pour nous les apporter gentiment. Si telle n'était pas votre intention, alors vous êtes la pire équipe de voleurs de diamants que j'ai jamais rencontrée. »

Maintenant que je savais avec qui Ethelred avait pactisé, je me rendais compte que mon propre plan (dévoiler sans le vouloir l'emplacement des diamants) avait finalement été le meilleur. Je n'allais certainement pas laisser cette morue ridiculiser mon Ethelred. Mieux valait que ce soit la police qui ait le magot qu'elle.

« Tout à fait, dis-je. C'était notre intention depuis le départ. Je suis ravie que vous soyez désormais en possession de ces diamants. Y compris du vilain petit canard.

— Mais, protesta Herbie Proctor, ils sont la propriété légale de mes clients.

— Qui auront la chance de plaider ceci devant les tribunaux de ce pays. Cependant, pour l'instant, ils sont la propriété du gouvernement français, tout comme, à propos, les pièces de deux livres que Mlle Thirkettle a trouvées dans la poche du peignoir – en revanche, vous pouvez garder la note du restaurant en souvenir de votre visite. Elle n'a aucune valeur de preuve.

— Alors c'est tout ? » demandai-je.

Ethelred regardait toujours dans le vide. Une petite larme coulait le long de sa joue. Il ne fit rien pour l'essuyer.

« Il pleure, le monsieur, dit la fillette danoise.

— C'est la dame indienne qui le rend triste », expliqua sa mère.

Je traversai la pièce et lui fis un gros, gros câlin. Les petits garçons s'attirent toujours des ennuis, mais on ne leur en veut jamais longtemps, pas vrai ?

« Merci de votre patience. Vous êtes tous libres de partir, déclara l'inspecteur en adressant un signe de tête aux clients. *La commedia è finita.* »

Post-scriptum

Nous étions repartis à travers la campagne brumeuse de décembre. De part et d'autre des rails, les champs s'estompaient vers d'indistincts têtards cornus. Le sol semblait irrévocablement détrempé, de grandes plaques d'eau grise quadrillaient la terre brune. Les villages s'étaient refermés sur eux-mêmes. Les routes étaient glissantes, mornes.

Nous ne nous étions presque rien dit entre Tours et Paris ; et, plus tard, le fracas du métro alors que nous traversions la capitale rendait impossible toute conversation digne de ce nom. De toute façon, je m'inquiétais du fait qu'Elsie ne nous avait laissé qu'une demi-heure pour aller de la gare Saint-Lazare à la gare du Nord. J'avais passé la majeure partie du trajet à regarder le plan, compter les stations, multiplier les minutes. Finalement, nous étions arrivés largement en avance – fait qui, pour une raison obscure, avait grandement amusé Elsie – et nous nous étions installés dans nos sièges bien avant le départ du train pour Londres.

Nous avions poursuivi notre voyage en silence à travers les banlieues désolées de Paris, une pluie désagréable s'obstinait à tomber. Tandis que nous traversions la platitude monotone des terres du Pas-de-Calais, la grêle s'était mise à frapper au carreau. Ce n'est qu'une fois de l'autre côté du tunnel, quand nous traversions le Kent, que le soleil avait percé à travers les nuages. Et c'est à ce moment-là que j'avais de nouveau soulevé la question qui m'avait trotté dans la tête depuis mon fameux coup de téléphone.

« Qu'est-ce que tu voulais dire quand tu disais que j'étais mort ? »

Elsie avait eu l'air quelque peu embarrassée.

« J'ai dit ça ? Sûrement pas, si ?

— Tu l'as dit plus d'une fois. Qu'est-ce que tu as fait ? Déclaré officiellement ma mort ?

— Oh non. Pas exactement.

— Alors quoi, exactement ? »

Elle avait pris une grande inspiration.

« Tu te rappelles que tu m'avais laissé un manuscrit à faire publier ?

— J'avais laissé un manuscrit. Je t'avais dit que j'étais plutôt soulagé que tu ne l'aies pas lu. Il y avait beaucoup de passages très personnels. Il n'avait pas vocation à être publié ni quoi que ce soit. Même toi, tu n'aurais pas osé passer outre et…

— La réception de lancement est prévue ce soir à la librairie Goldsboro Books.

— Mais… »

Je tâchais de me rappeler ce que contenait le dernier jet. Il concernait une précédente enquête que j'avais menée avec Elsie, et j'y avais reconnu avoir accompli un certain nombre de choses moins de cent pour cent légales. Quant à mes relations avec les femmes…

« Je vais avoir l'air d'un vrai con. Et à tous les coups je vais me faire arrêter. Tu n'as pas changé une ligne de ce que j'avais écrit ?

— Bien sûr que si. J'y ai mis mon grain de sel.

— Et qu'as-tu dit ? »

Mon cœur se serait volontiers serré, mais il l'était déjà au maximum.

« J'ai un peu changé la fin.

— Dans quelle mesure ?

— Tu meurs dans le crash de l'avion qui t'emmenait rejoindre ta morue. Il y avait une bombe à bord. Je suis terrassée par le chagrin, mais pas très longtemps.

— Mais je ne suis pas mort dans un accident d'avion.

— Tu le méritais », avait-elle rétorqué comme si tout était de ma faute.

J'avais réfléchi. Elle avait raison. Je le méritais. Mais ce n'était pas arrivé.

« Donc, ce soir au lancement du livre, je vais me faire arrêter pour avoir fait perdre son temps à la police, pour…

— Pas du tout.

— Pourquoi ?

— J'en ai fait une fiction. J'ai même changé ton nom… et deux ou trois autres trucs.

— Comment m'as-tu appelé ?

— Ethelred Tressider.

— Ma foi, c'est légèrement mieux que mon vrai nom. Et toi, comment t'es-tu appelée ?

— Elsie Thirkettle, avait répondu "Elsie Thirkettle".

— C'est légèrement mieux que ton vrai nom à toi.

— Eh ben voilà, tu vois bien.

— Quand même…

— On pourrait s'en resservir pour une suite.

— Il n'y aura pas de suite. Je ne fais pas dans la suite.

— Oh allez, "Ethelred", avait dit "Elsie". Je me suis vraiment prise au jeu de cette écriture à quatre mains. On pourrait écrire l'histoire d'un double meurtre dans un endroit que j'appellerais "Chaubord". Je me chargerais du premier chapitre.

— C'est absolument hors de question. Et puis arrête de faire ce geste avec tes doigts.

— S'il te plaît. Dans celui-là aussi on changerait un truc ou deux : tu n'aurais rien à craindre.

— Non.

— S'il te plaît, s'il te plaît, s'il te plaît.

— Non.

— Je vais raconter à la police ce qui s'est vraiment passé. »

C'est alors que je m'étais rendu compte que le cœur peut toujours se serrer un peu plus.

« Très bien, mais je refuse de te confier l'écriture du dernier chapitre. Pas après ce que tu as fait. Je refuse de me faire tuer une deuxième fois. »

Elle avait réfléchi un moment à ma proposition.

« OK : c'est toi qui écris le dernier chapitre. J'imagine que je peux te faire confiance et que tu n'essaieras pas de prendre je ne sais quelle revanche puérile. »

Malheureusement, avant que je puisse répondre, les portes automatiques s'étaient ouvertes dans un sifflement et un individu fouinesque était entré à grands pas dans le wagon, les mains serrées sur un Walther P 99 semi-automatique.

« Vous l'avez bien cherché », avait grondé Herbie Proctor.

Deux coups avaient retenti et Elsie s'était effondrée, molle et sans vie, sur son siège.

Ma foi, ça lui apprendrait à jouer avec la métafiction.

Dehors, la campagne anglaise défilait sans effort dans le franc soleil hivernal. Des ombres fuselées serpentaient au travers des riches sillons gras. De la cheminée d'une lointaine chaumière s'élevait dans l'azur du ciel un filet de fumée gris perle. Tout était tranquille, paisible.

Finalement, la soirée s'annonçait sympathique. Je commençais à avoir hâte d'être à cette réception de lancement.

Remerciements

L'un des nombreux plaisirs qui accompagnent la publication d'un nouveau livre, c'est de remercier les gens qui l'ont aidé à voir le jour.

Comme toujours, je suis immensément reconnaissant à toute l'équipe de Macmillan et surtout à Will, Sophie, Maria, Caitriona, Ellen et Mary pour leur contribution à différents stades du processus.

Je suis bien sûr reconnaissant à tous les libraires de toutes les villes, mais David Headley de chez Goldsboro Books s'est montré particulièrement enthousiaste vis-à-vis de mon travail et du roman policier humoristique en général.

Les écrivains sont assez névrosés pour avoir besoin de multiples groupes de soutien. Les miens comprenaient la Society of Authors (Société des auteurs), la Crime Writers's Association (Association des écrivains de polars), mes collègues du Royal College of Paediatrics and Child Health (université spécialisée en pédiatrie et dans la santé infantile), le groupe des directeurs des Medical Royal Colleges et, les derniers mais pas les moindres, mes camarades auteurs chez Macmillan New Writings, à eux tous un grand merci.

Et, une fois encore, je suis reconnaissant à Ann, Tom et Catrin de leur patience durant l'écriture de ce livre et de leur coup de pouce occasionnel concernant le déroulement de l'intrigue et la psychologie des personnages.

Composition et mise en pages
Nord Compo à Villeneuve-d'Ascq

POCKET – 12, avenue d'Italie – 75627 Paris cedex 13

Imprimé en Espagne par
Black Print CPI Iberica
à Barcelone
en août 2014

Dépôt légal : septembre 2014
S24398/01